IK, ALEX CROSS

James Patterson

Ik, Alex Cross

Vertaald door Edith Vroon

2009
DE BEZIGE BIJ
AMSTERDAM

Cargo is een imprint van uitgeverij De Bezige Bij, Amsterdam

Copyright © 2009 James Patterson
Copyright Nederlandse vertaling © 2009 Edith Vroon
Oorspronkelijke titel *I, Alex Cross*
Oorspronkelijke uitgever Little, Brown and Company, New York
Omslagontwerp Studio Jan de Boer
Omslagillustratie Ilona Wellmann / Trevillion Images
Foto auteur Sue Solie Patterson
Vormgeving binnenwerk Aard Bakker, Amsterdam
Druk Koninklijke Wöhrmann, Zutphen
ISBN 978 90 234 5642 1
NUR 305

www.uitgeverijcargo.nl

Voor Judy Torres

PROLOOG

Water en vuur

EEN

Hannah Willis was tweedejaarsstudent rechten aan de universiteit van Virginia en haar toekomst zag er stralend en veelbelovend uit – behalve dan natuurlijk dat ze op het punt stond het leven te laten in dit donkere, mistroostige, drassige bos.

Rennen, Hannah, zei ze tegen zichzelf. *Gewoon gaan. Niet nadenken. Aan klagen en janken heb je nu niks. Aan rennen misschien nog wel.*

Hannah struikelde en wankelde verder tot haar hand steun vond bij een boomstronk. Ze leunde eroverheen en wachtte tot ze genoeg kracht had om nog een keer diep in te ademen. En toen om weer verder te rennen.

Blijven gaan, of je sterft hier, in dit bos. Zo simpel is het.

De kogel die ergens in haar onderrug was blijven steken, maakte elke beweging, elke ademhaling tot een marteling, Hannah wist niet dat een mens zoveel pijn kon hebben. Slechts de dreiging van een tweede kogel, of misschien wel erger, hield haar op de been en in beweging.

Jezus, in dit deel van het bos zag je geen hand voor ogen. Een dun streepje maan hing boven het dikke bladerdak en gaf weinig licht op de grond. Bomen waren schaduwen. Doornen en braamstruiken waren onzichtbaar in het struikgewas; ze haalde haar benen tot bloedens toe open terwijl ze zich er een weg doorheen baande. Het weinige dat ze aan had gehad – alleen een dure zwart kanten teddy – hing nu in repen van haar schouders.

9

Dat maakte allemaal niks meer uit, Hannah merkte het niet eens meer. De enige heldere gedachte die door de pijn en de paniek heen kwam, was *rennen meid*. De rest was een woordenloze nachtmerrie zonder richting.

Uiteindelijk, en heel plotseling – had het een uur geduurd? Langer? – stond ze op een open plek. 'Godver...' De zanderige ondergrond maakte plaats voor kiezelstenen en Hannah zakte zonder enige houvast op haar knieën.

In het vage maanlicht kon ze net een dubbele lijn onderscheiden, die aangaf dat er een bocht in de weg zat. Een wonder. Of ten minste een half wonder, want ze wist dat ze nog niet uit de ellende was.

Toen er in de verte motorgeronk klonk, steunde Hannah op haar handen en duwde zich overeind. Ze verzamelde krachten waarvan ze niet wist dat ze die in zich had, stond weer op en wankelde vooruit, de weg op. Haar wereld was vertroebeld door zweet en nieuwe tranen.

Alstublieft, lieve God, laat het niet hen zijn. Dit kunnen niet die twee klootzakken zijn. Zo wreed kunt U toch niet zijn?

Er kwam een rode pick-uptruck de hoek om en hij kwam hard op haar af. Te hard! Plotseling zag ze weer net zo weinig als net in het bos; ze werd verblind door de koplampen van de vrachtwagen.

'Stop! Stop, alsjeblieft! Alsjeblíéft!' schreeuwde ze. 'Stop, klootzak!'

Op het allerlaatste moment piepten de banden op het asfalt. De rode pick-up slipte tot vlak voor haar en stopte net voordat hij haar plat gereden zou hebben. Ze kon de hitte van de motor door de grill heen voelen.

'Hé, schatje, wat zie jij er leuk uit! Je duim opsteken was al genoeg geweest, hoor.'

Ze herkende de stem niet – dat was een goed teken, een heel goed teken. Er kwam ook harde countrymuziek uit de boxen van de pick-up – Hannah herkende nog net de Charlie Daniels

Band, voor ze tegen de vlakte ging.

Een seconde later, toen ze weer bijkwam, zat de chauffeur al naast haar. 'O mijn god, ik wilde je niet... Wat is er met jou gebeurd? Ben je – wat is er met je gebeurd?!'

'Alsjeblieft,' kon ze nog net uitbrengen. 'Als ze me hier vinden, vermoorden ze ons allebei.'

De man greep haar met zijn sterke handen vast en toen hij haar optilde, raakte hij licht het gat ter grootte van een dubbeltje in haar rug aan. Ze blies alleen maar haar adem uit, ze had geen kracht meer om te schreeuwen. Wat er daarna volgde was een grijze, vage brij in haar geheugen, maar toen zaten ze in de pick-up en reden hard over de tweebaansweg.

'Hou vol, meissie.' De stem van de chauffeur trilde. 'Wie heeft je dit aangedaan?'

Hannah voelde dat ze het bewustzijn weer verloor. 'De mannen...'

'De mannen? Wélke mannen, liefje? Over wie heb je het?'

Er schoot vaag een antwoord door haar hoofd, maar Hannah wist niet zeker of ze het hardop zei of dat ze het alleen maar dacht, voordat alles weer op zwart ging.

De mannen van het Witte Huis.

TWEE

Hij heette Johnny Tucci, maar de jongens bij hem in de buurt in South Philadelphia noemden hem altijd Johnny Twitchy, vanwege de manier waarop zijn ogen heen en weer schoten als hij nerveus was, wat eigenlijk altijd zo was.

Maar na vanavond konden de jongens in Philly zijn rug op. Deze nacht begon voor Johnny het echte werk. Nu was het tijd voor de grote jongens. Hij had 'het pakje', nietwaar?

Het was een simpele opdracht, maar wel een toffe, want hij was alleen en hij had alle verantwoordelijkheid op zich moeten nemen. Doodeng, maar het ging allemaal prima.

Niemand had het ooit hardop gezegd, maar als je eenmaal begon met het afleveren van dit soort vrachtjes, dan had je belastend materiaal tegen de Familie, en de Familie tegen jou. Met andere woorden: er was een relatie. Na vanavond geen kruimelwerk meer voor Johnny. Het was net als de bumpersticker met de tekst: VANDAAG IS DE EERSTE DAG VAN DE REST VAN JE LEVEN.

Dus natuurlijk was hij een beetje opgefokt – en een beetje zenuwachtig en bang.

De waarschuwing van zijn oom Eddie speelde als een cassettebandje op autorepeat door zijn hoofd. *Verpest deze kans niet, Twitchy*, had Eddie gezegd. *Ik heb mijn nek uitgestoken voor jou.* Alsof hij hem een grote dienst bewees met deze klus, wat volgens Johnny misschien ook wel zo was, maar dan nog. Zijn eigen oom hoefde hem dat niet nog eens zo in te wrijven, toch?

Hij boog zich voorover en zette de radio harder. De country-muziek die ze hier draaiden was beter dan de hele avond naar het gezeur van Eddie te moeten luisteren. Trouwens, dit was een oud nummertje van de Charlie Daniels Band, 'The Devil Went Down to Georgia'. Hij kende zelfs stukken tekst. Maar de songtekst kon de woorden van oom Eddie niet uit zijn hoofd verdrijven.

Verpest deze kans niet, Twitchy.

Ik heb mijn nek uitgestoken voor jou.

'O, shit!' Blauwe zwaailichten dansten in zijn achteruitkijk-spiegel – opgedoken uit het niets. Twee, drie seconden geleden zou hij nog gezworen hebben dat hij de I-95 helemaal voor zich-zelf had.

Kennelijk niet.

Johnny voelde dat zijn rechterooghoek begon te trekken.

Hij trapte het gaspedaal in; misschien kon hij nog wegko-men. Toen drong weer tot hem door dat hij in een oud barrel van een Dodge reed, die hij had gejat van een parkeerplaats bij een Motel 6 in Essington. *Verdomme! Ik had naar het Marriott moeten gaan. Een jappenbak moeten jatten.*

Het was mogelijk dat de gestolen Dodge nog niet gesigna-leerd was. De eigenaar lag waarschijnlijk te slapen in dat motel. Met een beetje geluk had Johnny alleen een bon te pakken en niemand zou er ooit iets van te weten hoeven komen.

Maar dat was het soort geluk dat andere mensen altijd had-den, hij niet.

Het duurde eindeloos voor de agenten uit hun cruiser stap-ten. Dat was een slecht teken, een van het ergste soort. Ze trok-ken het bouwjaar en het kenteken na. Tegen de tijd dat ze alle-bei aan een kant van de Dodge verschenen, schoten Johnny's ogen heen en weer als een stel Mexicaanse springbonen.

Hij probeerde cool te blijven. 'Goedenavond, agenten, wat is er...'

De agent aan zijn kant, een lange vent met een plattelandsaccent, opende zijn portier. 'Stil jij. Uitstappen.'

Ze hadden niet veel tijd nodig om het pakketje te vinden. Nadat ze de voorstoelen en de achterbank hadden gecontroleerd, deden ze de achterbak open, trokken het dekje van de uitsparing voor het reservewiel en daar lag het dan.

'Jezus Maria!' Een van de agenten liet zijn zaklantaarn erover schijnen. De andere begon te kokhalzen bij het zien alleen al. 'Wat heb jij in godsnaam gedaan?!'

Johnny bleef niet staan om die vraag te beantwoorden. Hij rende al voor zijn leven.

DRIE

Niemand was er ooit gloeiender bij geweest dan hij nu. Johnny Tucci wist dat, ook al rende hij op dat moment door de bomenrij en glibberde en gleed hij een ondiep ravijn in langs de kant van de weg.

Hij kon misschien nog ontkomen aan deze agenten, maar niet aan de Familie. In de gevangenis niet, nergens. Dat was een gegeven. Je raakte geen 'pakketje' kwijt op deze manier, zonder er zelf een te worden.

Er klonken stemmen op de helling, even later gevolgd door de dansende lichtbundels van de zaklantaarns. Johnny liet zich zakken en kroop onder een groepje struiken. Zijn hart bonsde zo hard dat het pijn deed, zijn longen piepten van de vele sigaretten. Het was bijna onmogelijk om helemaal stil te blijven zitten en geen geluid te maken.

O, shit, ik ben er geweest. Ik ben er echt helemaal geweest.

'Zie jij iets? Zie jij die eikel? Die idioot?'

'Nog niet, maar we krijgen hem wel. Hij moet hier ergens zijn. Hij kan nooit ver zijn.'

De agenten liepen in een brede V aan weerskanten van hem en zochten verder. Heel zorgvuldig en efficiënt.

Zelfs nu hij weer adem durfde te halen, ging hij steeds meer trillen, en niet alleen vanwege de agenten. Het kwam vooral doordat tot hem door begon te dringen wat zijn volgende stap moest zijn. Welbeschouwd waren er twee echte opties. De ene bracht de .38 met zich mee die hij in zijn enkelholster had zitten. De andere, het pakketje – en de eigenaar. Het was de vraag op welke manier hij wilde sterven.

En in het koude maanlicht leek het eigenlijk helemaal geen vraag.

Hij bewoog zo langzaam mogelijk als hij kon, reikte naar beneden en trok de .38 tevoorschijn. Terwijl zijn hand maar bleef trillen, schoof hij de loop zijn mond in. Het verdomde metaal tikte hard tegen zijn tanden en smaakte zuur op zijn tong. Hij schaamde zich uiteindelijk voor de tranen die over zijn wangen stroomden, maar hij kon er niets meer aan doen en wie anders dan hij zou het ooit te weten komen?

Jezus, zou het echt zo aflopen? Huilend als een mietje, helemaal alleen in het bos? Wat zat de wereld toch beroerd in elkaar.

Hij kon de jongens bijna horen. *Zij zouden echt niet zo willen eindigen, zoals Johnny.* Johnny Twitchy. Dat zouden ze op zijn grafsteen zetten – gewoon, om te pesten. Die boerenpummels!

De hele tijd zeiden Johnny's hersenen 'haal over die trekker', maar zijn vinger deed het maar niet. Hij probeerde het nog een keer, met beide handen om de greep deze keer, maar nee, het lukte niet. Zelfs dit kon hij niet tot een goed einde brengen.

Uiteindelijk spuugde hij de loop van het geweer uit. Hij huilde nog steeds als een kind. De gedachte dat hij nog even in leven zou blijven hielp niet de tranen te stoppen. Hij lag daar maar, bijtend op zijn lip, en hij had medelijden met zichzelf, totdat de agenten het riviertje op de bodem van het ravijn hadden bereikt.

Johnny Twitchy kroop heel snel in de richting van waaruit hij gekomen was, stak de snelweg over en dook aan de andere kant de bossen in. Hij vroeg zich af hoe hij zichzelf van de aardbodem zou kunnen laten verdwijnen en wist meteen dat dat niet ging lukken.

Hij had gekeken. Hij had gezien wat er in het 'pakketje' zat.

DEEL EEN

Vuurstorm

HOOFDSTUK 1

Ik vierde mijn verjaardag met een klein, zeer exclusief, erg fees-telijk en leuk feestje op Fifth Street. Precies zoals ik het had ge-wild.

Damon was als speciale verrassing teruggekomen van kost-school in Massachusetts. Nana was er, ze deed erg gewichtig en voerde de regie over alle festiviteiten, samen met mijn kleintjes, Jannie en Ali. Sampson en zijn gezin waren er; en Bree was er natuurlijk.

Alleen de mensen van wie ik het meest hield op deze wereld waren uitgenodigd. Met wie anders zou je willen vieren dat je weer een jaar ouder en wijzer bent geworden?

Ik hield die avond zelfs een korte toespraak, waarvan ik het meeste meteen weer ben vergeten, behalve de openingszin. 'Ik, Alex Cross,' begon ik, 'beloof bij dezen plechtig – aan allen die hier nu aanwezig zijn – mijn best te doen mijn werk en mijn privéleven met elkaar in evenwicht te brengen en nooit meer de duistere zijde van het bestaan op te zoeken.'

Nana tilde haar koffiekopje op, als om te proosten, maar toen zei ze: 'Daar is het nu te laat voor,' waarop iedereen begon te lachen.

Toen deed ieder voor zich zijn best om er zeker van te zijn dat ik ouder werd met een beetje deemoed maar ook met een glimlach op mijn gezicht.

'Weet je nog die keer bij het Redskin-stadion?' Damon verkneukelde zich al. 'Toen papa de sleutels in de auto had laten zitten en het portier dicht had gegooid?'

Ik probeerde in te grijpen. 'Ja, maar het was...'

'Belde hij me na twaalven uit bed,' zei Sampson nors.

'Maar pas nadat hij een uur lang had geprobeerd de auto open te breken, omdat hij niet wilde toegeven dat hij dat niet kon,' zei Nana.

Jannie hield een hand bij haar oor. 'Want wie is hij?' En iedereen riep in koor: 'De Sherlock Holmes van Amerika!' Ze refereerden aan een artikel dat een paar jaar geleden in een tijdschrift had gestaan en dat ik kennelijk nooit meer ongedaan kan maken.

Ik nam een slok van mijn biertje. 'Briljante carrière – dat zeggen ze tenminste – tientallen grote zaken opgelost, en hoe word ik herinnerd? Volgens mij zou er iemand vanavond op een leuke manier zijn verjaardag vieren.'

'Nu je het zegt,' zei Nana die een soort van toehapte en me tegelijkertijd de mond snoerde, 'we moeten nog iets doen. Kinderen?'

Jannie en Ali sprongen op, ze waren het meest opgewonden van iedereen. Kennelijk stond mij een Grote Verrassing te wachten. Niemand zei wat het was, maar ik had al een Serengeti-zonnebril van Bree gekregen, een schreeuwerig shirt en twee miniflesjes tequila van Sampson en een stapel boeken van de kinderen, waaronder de nieuwe George Pelecanos en de biografie van Keith Richards.

Een andere 'aanwijzing', als ik het zo kan noemen, was het feit dat Bree en ik notoire afzeggers waren geworden, het ene na het andere weekendje weg was niet doorgegaan sinds we elkaar kenden. Je zou denken dat het feit dat we in hetzelfde departement werkten, op dezelfde afdeling – Moordzaken – het makkelijker zou maken voor ons om onze roosters op elkaar af te stemmen, maar meestal was het tegenovergestelde het geval.

Dus ik had een beetje een idee wat er komen ging, maar ik wist het niet precies.

'Alex, blijf waar je bent,' zei Ali. Hij noemde me sinds een tijdje Alex, wat ik prima vond, maar om de een of andere reden kreeg Nana er de riebels van.

Bree zei dat ze wel op me zou letten en bij me zou blijven, terwijl iedereen naar de keuken glipte.

'Raadsels en geheimen,' mompelde ik.

'Die steeds ingewikkelder worden terwijl wij nu met elkaar praten,' zei Bree met een glimlach en een knipoog. 'Precies zoals jij het graag ziet.'

Ik zat in een van de oude clubfauteuils en zij zat tegenover me op de bank. Bree zag er altijd goed uit, maar zo zag ik haar het liefst, nonchalant en ongedwongen, in een spijkerbroek en op blote voeten. Ze staarde naar de grond en haar blik gleed langzaam omhoog, waar haar ogen de mijne ontmoetten.

'Kom je hier vaker?' vroeg ze.

'Zo af en toe, ja. En jij?'

Ze nam een slok van haar bier en schudde nonchalant haar haar naar achteren. 'Zullen we ergens anders heen gaan?'

'Graag.' Ik wees met mijn duim naar de keukendeur. 'Zodra ik verlost ben van die vervelende, eh...'

'Geliefde familieleden?'

Ik had op de een of andere manier het idee dat deze verjaardag steeds leuker werd. Nu waren er al twee verrassingen in aantocht.

Maak er maar drie van.

De telefoon in de gang ging. Het was de vaste lijn, niet mijn mobiel, die iedereen van het werk normaal gesproken gebruikte. Ik had ook een pieper op het dressoir liggen, vanwaar ik hem kon horen. Het leek me dus dat ik veilig op kon nemen. Ik dacht dat het misschien wel een goede kennis was die me wilde feliciteren met mijn verjaardag of in het ergste geval iemand die me een schotelantenne wilde aansmeren.

Zou ik het ooit leren? Waarschijnlijk niet meer in dit leven.

HOOFDSTUK 2

'Alex, met Davies. Sorry dat ik je thuis stoor.' Ramon Davies was de hoofdinspecteur bij Metro, en tevens mijn baas. En hij belde me dus.

'Ik ben jarig vandaag. Wie is er dood?' vroeg ik. Ik was woest, vooral op mezelf, dat ik de telefoon überhaupt had opgenomen.

'Caroline Cross,' zei hij en ik kreeg bijna een hartstilstand. Op dat moment zwaaide de keukendeur open en kwam de hele familie zingend de kamer binnen. Nana droeg een met zorg bereide rozerode verjaardagstaart op een schaal, waar een mapje van American Airlines bovenop geprikt was.

'Lang zal hij leven...'

Bree stak haar hand op om hen het zwijgen op te leggen. Mijn houding en mijn gezicht moeten iets verraden hebben. Ze bleven allemaal staan waar ze stonden. Het vrolijke gezang stopte abrupt. Mijn gezin wist meteen weer wiens verjaardag het ook alweer was: die van *rechercheur* Alex Cross.

Caroline was mijn nichtje, de enige dochter van mijn broer. Ik had haar al in geen twintig jaar gezien, eigenlijk niet meer sinds Blake overleden was. Ze moest nu dus vierentwintig zijn.

Op het moment van overlijden.

Het voelde alsof de vloer onder me verdwenen was. Een deel van me wilde Davies uitmaken voor leugenaar. Het andere deel, het agentendeel, nam het woord: 'Waar is ze nu?'

'Ik werd net gebeld door de politie van Virginia. Het stoffe-

22

lijk overschot is bij de lijkschouwer in Richmond. Het spijt me, Alex. Ik vind het vreselijk dat ik je dit moet vertellen.'

'Stoffelijk overschot?' prevelde ik. Het klonk zo kil, maar ik waardeerde het dat Davies me een beetje ontzag. Ik liep de kamer uit. Ik vond het al heel vervelend dat ik zoveel gezegd had in het bijzijn van mijn gezin.

'Hebben we het hier over een moord? Ik neem aan van wel.'

'Ik vrees het.'

'Wat is er gebeurd?' Mijn hart ging gevaarlijk hard tekeer. Ik wilde het bijna niet weten.

'Ik heb niet veel details,' zei hij tegen me, op een manier waardoor ik meteen wist: hij houdt iets voor me achter.

'Ramon, wat is er aan de hand? Zeg het me. Wat weet je over Caroline?'

'Eén ding tegelijk, Alex. Als je nu vertrekt, kun je er over een uur of twee zijn. Ik regel wel een afspraak met een van de verantwoordelijke agenten.'

'Ik ben al onderweg.'

'En Alex?'

Ik had al bijna opgehangen, mijn gedachten schoten alle kanten op. 'Wat is er?'

'Ik denk dat je beter niet alleen kunt gaan.'

HOOFDSTUK 3

Ik reed hard en gebruikte bijna de hele weg mijn sirene. Binnen anderhalf uur was ik in Richmond.

Het Forensisch Instituut was gevestigd in een nieuw gebouw aan Marshall Street. Davies had geregeld dat wij ontvangen zouden worden door rechercheur Corin Fellows, van de afdeling onderzoek geweldsdelicten. Wij – Bree en ik.

'De auto is naar het parkeerterrein van het hoofdbureau bij Route One gesleept,' vertelde Fellows ons. 'Maar voor de rest is alles hier. Het stoffelijk overschot is beneden in het mortuarium. En al het bewijsmateriaal ligt in het lab op deze verdieping.'

Daar was die vreselijke uitdrukking weer. Stoffelijk overschot.

'Wat hebben jullie gevonden?' vroeg Bree hem.

'Motoragenten hebben wat vrouwenkleren gevonden en een zwart handtasje die in een verhuisdeken gerold waren in de achterbak. Hier. Ik heb dit achtergehouden om aan je te laten zien.'

Hij gaf me een rijbewijs uit Rhode Island in een plastic mapje. Het enige wat ik in eerste instantie herkende was de naam van Caroline. Het meisje op de foto zag er mooi uit, als een danseres, met haar haar naar achteren en een hoog voorhoofd. En de grote ogen – die herinnerde ik me ook weer.

Ogen zo groot als de lucht. Dat zei mijn oudere broer Blake altijd. Ik zag hem weer voor me, zoals hij haar wiegde op de oude schommelbank op Fifth Street en elke keer moest lachen als zij naar hem opkeek. Hij was verliefd op dat meisje. We waren allemaal verliefd op haar. Lieve Caroline.

Nu waren ze er allebei niet meer. Mijn broer was ik kwijtgeraakt aan de drugs. En Caroline? Wat was er met haar gebeurd?

Ik gaf het rijbewijs terug aan rechercheur Fellows en vroeg hem ons de weg te wijzen naar de werkruimte van de lijkschouwer. Als ik er toch doorheen moest, kon ik maar beter doorgaan.

De patholoog-anatoom, dr. Amy Carbondale, wachtte ons beneden op. We schudden elkaar de hand, die van haar was nog een beetje koel van de latex handschoenen die ze had gedragen. Ze leek me vreselijk jong voor dit soort werk, misschien begin dertig en een beetje onzeker over wat ze met me aan moest, wat ze tegen me moest zeggen.

'Dr. Cross, ik heb uw werk gevolgd. Gecondoleerd, het spijt me heel, heel erg,' zei ze, bijna fluisterend, waaruit sympathie en respect klonk.

'Ik zou het heel fijn vinden als je me de feiten van deze zaak kunt geven,' zei ik tegen haar.

Ze zette haar bril met een zilveren montuur recht, laadde zich op. 'Uitgaande van de monsters die ik heb genomen, is 96 procent van het lichaam vermalen. Er zijn een paar vingers gespaard gebleven en we hebben afdrukken kunnen maken die we hebben kunnen identificeren als afkomstig van degene van wie het rijbewijs is.'

'Pardon, *vermalen*?' Ik had dat nog nooit eerder als doodsoorzaak gehoord.

Ik moet dr. Carbondale nageven dat ze me recht aankeek. 'We hebben alle reden om aan te nemen dat er een soort vermaler gebruikt is, waarschijnlijk een houtversnipperaar.'

Haar woorden benamen me letterlijk de adem. Ik voelde de woorden in mijn borst. Een houtversnipperaar? De volgende gedachte was: waarom hebben ze haar kleren en rijbewijs bewaard? Als bewijs dat het Caroline was? Een souvenir voor de moordenaar?

Dr. Carbondale was nog steeds aan het woord. 'Ik doe nog een volledig toxicologisch onderzoek, maak een DNA-profiel en we zullen kijken of we kogeldeeltjes of andere metalen kunnen vinden, maar het zal niet gemakkelijk zijn de eigenlijke doodsoorzaak vast te stellen, zo niet onmogelijk.'

'Waar is ze?' vroeg ik, ik probeerde me te concentreren. *Waar was het stoffelijk overschot van Caroline?*

'Dr. Cross, weet u zeker dat dit het juiste...'

'Dat weet hij zeker,' zei Bree. Ze wist wat ik wilde en gebaarde naar het lab. 'Laten we doorgaan. Alstublieft, doctor. We zijn allemaal professionals.'

We volgden dr. Carbondale door twee stel openslaande deuren naar een onderzoekskamer die veel weg had van een bunker. De vloer was van beton en de betegelde muren waren volgehangen met camera's en paraplulampen. Er waren de gebruikelijke gootsteenbakken en alles was van roestvrijstaal. Op een van de smalle, zilverkleurige tafels lag een enkele witte lijkzak.

Ik kon meteen al zien dat er iets vreemds aan de hand was. Iets verkeerds. Iets vreemds én verkeerds.

De lijkzak bolde op in het midden en de beide uiteinden lagen plat op tafel. Ik zag er meer tegen op dan ik op voorhand gedacht had.

Het stoffelijk overschot.

Dr. Carbondale stond tegenover ons en trok de rits omlaag. 'De hittebestendige zak hebben wij erom gedaan,' zei ze. 'Ik heb de zak weer afgesloten na mijn eerste onderzoek.'

In de lijkzak – *zat nog een tweede zak.* Deze zak was gemaakt van een soort fabrieksplastic. Er zat een laagje doorschijnend materiaal overheen, net transparant genoeg om de kleur van vlees, bloed en botten erdoorheen te kunnen zien.

Ik had het gevoel of mijn hersenen even werden uitgeschakeld, een paar seconden maar, langer kon ik niet ontkennen wat ik daar zag. Er lag een dood mens in die zak, maar geen lichaam.

Caroline, maar het was Caroline niet.

HOOFDSTUK 4

De rit terug naar Washington was als een slechte droom die misschien nooit meer ten einde kwam. Toen Bree en ik eindelijk thuiskwamen, was het huis helemaal donker en stil. Ik overwoog Nana wakker te maken, maar uit het feit dat ze niet uit zichzelf wakker werd, maakte ik op dat ze diep onder zeil was en haar rust nodig had. Al het slechte nieuws kon wel tot morgen wachten.

Mijn verjaardagstaart stond onaangeroerd in de koelkast en iemand had het mapje van American Airlines op het aanrecht laten liggen. Ik wierp er een blik op en zag in de gauwigheid dat het twee tickets waren voor St. John, een eiland in de Caraïben waar ik altijd al een keer heen had gewild. Het gaf niet, dat was even uitgesteld. Alles was even uitgesteld. Ik had het gevoel dat ik in slowmotion bewoog; sommige details waren van een angstaanjagende helderheid.

'Je moet echt naar bed, jij.' Bree nam me bij de hand en leidde me de keuken uit. 'Al was het maar omdat je hier dan morgen helder over kunt nadenken.'

'Je bedoelt vandaag,' zei ik.

'Ik bedoel morgen. Nadat je hebt gerust.'

Het viel me op dat ze het niet over slapen had. We sleepten onszelf naar boven, kleedden ons uit en rolden in bed. Bree hield mijn hand vast en liet hem niet los.

Iets van een uur later lag ik nog steeds naar het plafond te staren, gefixeerd op de vraag die me al achtervolgde sinds we uit Richmond weg waren gereden: waarom?

Waarom was dit gebeurd? Waarom Caroline?

Waarom een verdomde houtversnipperaar? Waarom een stoffelijk overschot in plaats van een lijk?

Als rechercheur zou ik me moeten bezighouden met de tastbare bewijzen en waar die mij naartoe konden leiden, maar ik voelde me niet echt een rechercheur, zoals ik hier in het donker lag. Ik voelde me een oom en een broer.

Je zou kunnen zeggen dat we Caroline allemaal al een keer eerder waren kwijtgeraakt. Nadat Blake was gestorven, wilde haar moeder niets meer met onze familie te maken hebben. Ze verhuisde zonder zelfs maar afscheid te nemen. Ze nam een ander telefoonnummer. Verjaarscadeautjes werden teruggestuurd. Destijds leek het ontzettend treurig, maar sindsdien heb ik – keer op keer – geleerd dat de wereld vol zit met ellende en zichzelf toegebrachte wonden.

Om een uur of halfvijf zwaaide ik mijn benen over de rand van het bed en ging rechtop zitten. Mijn hart en mijn gemoed waren niet tot rust te krijgen.

De stem van Bree hield me tegen. 'Wat ga je doen? Het is nog nacht.'

'Ik weet het niet, Bree,' zei ik. 'Misschien naar het bureau. Kijken of ik alvast iets kan doen. Ga jij maar weer slapen.'

'Ik heb niet geslapen.' Ze kwam achter me zitten en sloeg haar armen om mijn schouders. 'Je staat er niet alleen voor. Wat er gebeurt met jou, gebeurt ook met mij.'

Ik liet mijn hoofd hangen en luisterde naar haar kalmerende stem. Ze had gelijk – we zaten hier samen in. Zo was het eigenlijk altijd geweest sinds we bij elkaar waren en dat was goed.

'Ik zal alles doen wat nodig is voor jou, en voor de hele familie, om hier doorheen te komen,' zei ze. 'En morgen gaan jij en ik daarnaartoe en dan beginnen we met uitzoeken wie dit gedaan heeft. Oké?'

Voor de eerste keer sinds het telefoontje van Davies, kreeg ik weer een beetje een warm gevoel in mijn borst – het was geen geluksgevoel, of zelfs maar opluchting, meer een soort dankbaarheid. Iets om blij om te zijn. Ik had het grootste deel van mijn leven zonder Bree doorgebracht en ik kon me nu niet meer voorstellen hoe ik dat had klaargespeeld.

'Hoe heb ik jou toch gevonden?' vroeg ik haar. 'Hoe komt het toch dat ik zoveel mazzel heb gehad?'

'Het is geen mazzel.' Ze verstevigde haar omhelzing. 'Het is liefde.'

HOOFDSTUK 5

Gabriel Reese vond het zowel toepasselijk als ironisch dat deze vreemde, bijna unieke middernachtelijke bijeenkomst plaatsvond in een gebouw dat oorspronkelijk ontworpen was voor de staats-, marine- en oorlogsdepartementen. Reese was zich bij alles wat hij deed bewust van de geschiedenis. Je zou kunnen zeggen dat Washington hem in zijn bloed zat, en in dat van de laatste drie generaties van zijn familie.

De vicepresident had Reese persoonlijk gebeld. Hij had behoorlijk gestrest geklonken en Walter Tillman had twee grote multinationals geleid, dus hij wist wel wat stress was, zou je zeggen. Hij had geen details vermeld, alleen dat Reese naar het Eisenhower-gebouw moest komen, en wel nu. Goedbeschouwd was dit het officiële kantoor van de vicepresident, hetzelfde kantoor als waar vicepresidenten van Truman tot Cheney leiders hadden ontvangen vanuit alle windstreken.

Belangrijker was het feit dat het ver van de westvleugel van het Witte Huis lag en ver van alle ogen en oren voor wie deze bijeenkomst zeker niet bestemd was.

De deuren van het binnenste kantoor waren dicht toen Reese aankwam. Dan Cormorant, hoofd van de geheime dienst van het Witte Huis, stond buiten, en halverwege de gang stonden twee agenten, ieder aan een kant.

Reese liet zichzelf binnen. Cormorant volgde hem en sloot de zware houten deuren achter hen.

'Meneer?' zei Reese.

Vicepresident Tillman stond aan de andere kant van de kamer met zijn rug naar hen toe. Een rij ramen weerkaatste de gloed van een uitbundig versierde kroonluchter die aan het plafond hing en op halve kracht brandde; een reproductie. Er stonden diverse scheepsmodellen in glazen flessen die direct verwezen naar de historie van het gebouw. Dit was het kantoor geweest van generaal Pershing tijdens de Tweede Wereldoorlog.

Tillman draaide zich om en nam het woord: 'We hebben hier te maken met een netelige kwestie, Gabe. Ga zitten. Dit ziet er niet best uit. Moeilijk voor te stellen dat het nog slechter kan.'

HOOFDSTUK 6

Agent Cormorant liep naar voren en ging naast de vicepresident staan. Het was een vreemde manoeuvre en de knoop in Reeses maag werd nog iets verder aangetrokken. Hij was stafchef – er was maar weinig dat de geheime dienst moest weten voor hij het wist. Maar in deze zaak waren ze hem duidelijk een stapje voor. Wat was er in godsnaam gebeurd? En met wie?

De vicepresident knikte naar Cormorant ten teken dat hij van wal kon steken.

'Dank u, meneer. Gabe, als je hetgeen ik je nu ga vertellen voor jezelf houdt, wordt dat waarschijnlijk gezien als een ernstig misdrijf. Dat moet je weten voor ik...'

'Gooi 't er maar uit, Dan.'

Gabe Reese mocht Cormorant wel, maar hield niet van de manier waarop hij zich altijd belangrijker voordeed dan hij was. Tillman had hen beiden in zijn kielzog meegenomen, vanuit de lokale politiek van Philadelphia naar hier, dus je zou kunnen verwachten dat ze wel een potje konden breken bij elkaar. Maar Cormorant maakte er altijd meer van dan Reese vond dat nodig was. Daartegenover stond dat Cormorant Reese waarschijnlijk een stijve hark vond.

'Heb je ooit de naam Zeus horen vallen, tijdens je werk?' vroeg de agent. 'Zeus, zoals de Griekse god.'

Reese dacht even na. De geheime dienst had steeds wisselende codenamen voor alle beschermelingen, maar deze naam kwam hem niet bekend voor, en het was waarschijnlijk een hoge piet. Hij schudde zijn hoofd. 'Ik geloof het niet. Had ik het moeten weten?'

Cormorant antwoordde niet, maar ging gewoon verder. 'Het afgelopen halfjaar is er een hele rits vermisten geweest, in de hele mid-Atlantische regio. Met name vrouwen, maar ook een paar mannen, en allemaal met hetzelfde beroep, als je begrijpt wat ik bedoel, maar dat zal wel. Tot nu toe is er geen verband gevonden tussen deze zaken.'

'Tot nu,' concludeerde Reese. 'Wat is er in hemelsnaam aan de hand?'

'Onze inlichtingendienst heeft drie verschillende berichten onderschept die deze codenaam, Zeus, linken aan drie afzonderlijke zaken. Afgelopen nacht viel de naam weer, maar nu in een bekende moordzaak.' Hij pauzeerde even om zijn woorden extra nadruk te geven. 'Dit is allemaal geheim, uiteraard.'

Reese merkte dat hij zijn geduld aan het verliezen was. 'Wat heeft de vicepresident hiermee te maken? Of de president – aangezien jullie mij hebben opgeroepen? Ik vraag me zelfs af of we dit gesprek wel moeten voeren.'

Toen nam Tillman het woord en maakte zoals gewoonlijk korte metten met al het geneuzel. 'Deze Zeus, wie het dan ook moge wezen, heeft een of andere connectie met het Witte Huis, Gabe.'

'Wát?' Reese vloog uit zijn stoel. 'Wat voor connectie? Wat wil je nu eigenlijk zeggen? Wat is hier in hemelsnaam aan de hand?'

'We weten het niet,' zei Cormorant. 'Dat is deel één van het verdomde probleem. Deel twee is dat we de regering moeten beschermen tegen wat dit ook moge worden.'

'Jouw taak is het beveiligen van de president en de vicepresident, niet de hele regering,' wierp Reese met stemverheffing tegen.

Cormorant bleef onbewogen staan, zijn armen over elkaar geslagen. 'Mijn taak is elke mogelijke dreiging onderzoeken en verijdelen...'

'Ophouden jullie, alsjeblieft!' schreeuwde Tillman. 'We werken hier met z'n allen aan, of de bijeenkomst is bij dezen beëindigd. Begrepen? Jullie allebei?'

Ze antwoordden in koor. 'Ja, meneer.'

'Dan, ik weet al wat jij ervan vindt. Gabe, ik wil jouw eerlijke mening. Ik ben er helemaal niet zeker van dat we dit stil moeten houden. Het zou weleens heel vervelend kunnen worden en dan heb ik het niet over een berisping of een tik op de vingers. Niet met dit Congres. En ook niet met de pers. En zeker niet als het echt om moord gaat.'

Moord? Goeie god, dacht Reese.

Hij haalde zijn hand door zijn haar, dat al sinds zijn vijfentwintigste zilvergrijs was. 'Meneer, ik weet niet of het in uw belang is om voor de vuist weg te antwoorden op deze vraag, of in het belang van de president. Is het een gerucht? Zijn er harde bewijzen? En wat voor bewijzen? Is de president al op de hoogte?'

'Het probleem is dat we op dit moment erg weinig weten. Verdomme, Gabe, wat zegt jouw intuïtie? Ik weet dat je hier een mening over hebt. En nee, de president weet van niks. Wij zijn de enige.'

Tillman was dol op intuïtie en hij had gelijk: Reese had een mening.

'Als we het openbaar maken, kunnen we niet meer terug. We zullen op zeer korte termijn zo veel mogelijk informatie moeten zien te verzamelen. Laten we zeggen een dag of twee, drie. Of zolang als u nodig denkt te hebben, meneer,' voegde hij eraan toe voor agent Cormorant. 'En we moeten een noodplan hebben. Iets waarmee we onszelf op de achtergrond kunnen plaatsen, voor het geval het verhaal naar buiten komt voor wij dat zelf willen.'

'Daar ben ik het mee eens,' deed Cormorant een duit in het zakje. 'We tasten nu nog te veel in het duister en dat is onacceptabel.'

Tillman zuchtte diep. Reese duidde dat als zowel gelatenheid als instemming. 'Ik wil dat jullie hier samen aan werken. Maar geen telefoontjes, en in godsnaam, helemaal geen e-mail. Dan, kun je mij verzekeren dat absoluut niets hiervan bij het crisiscentrum terechtkomt?'

'Dat kan ik, meneer. Ik zal met een paar van mijn mannen moeten praten. Maar dat kan beperkt worden. Voorlopig.'

'Gabe, jij had het over een noodplan?'

'Ja, meneer.'

'Denk in verschillende richtingen, alle mogelijke scenario's. Op alles anticiperen. En als ik zeg alles, bedoel ik ook alles.'

'Ga ik doen, meneer. Mijn hersenen draaien al op volle toeren.'

'Mooi zo. Nog vragen?'

Reese zocht zijn geheugen al af naar historische of juridische precedenten, meer uit gewoonte dan wat anders. Zijn loyaliteit was niet in het geding. Het enige voorbehoud dat hij maakte had met de omstandigheden te maken. *Goeie god, stel dat er een seriemoordenaar was die banden had met het Witte Huis? Wat voor moordenaar dan ook?*

'Meneer, als er iets hiervan naar buiten komt, hoe voorkomen we dan dat er iemand – God verhoede dat het een journalist is – mee aan de haal gaat?'

Cormorant keek beledigd, maar liet het aan de vicepresident over om te antwoorden.

'Het is de geheime dienst, Gabe. We hebben het hier niet over een of andere publieke dienst.' Cormorant kroop in zijn schulp en Reese verstrakte.

'Maar dat is niet het soort garantie waarvan ik alles laat afhangen. Ik wil dit snel geregeld hebben, heren. Snel, foutloos en degelijk. We hebben harde feiten nodig. En duidelijkheid. We moeten erachter zien te komen wie die Zeus is en wat hij op zijn kerfstok heeft. En dan moeten we dit zaakje afhandelen zodat het straks lijkt alsof er niets is gebeurd.'

HOOFDSTUK 7

Ik kreeg de ene klap na de andere te verwerken, en harde. In weerwil van het rijbewijs dat in Rhode Island was afgegeven, bleek Caroline de laatste zes maanden van haar leven in Washington te hebben gewoond, maar ze had nooit geprobeerd contact met me op te nemen. Ze woonde in een appartement in een souterrain Engelse stijl op C, vlak bij Seward Square – minder dan anderhalve kilometer van ons huis op Fifth Street. Ik had wel duizend keer langs haar flat gejogd.

'Ze had een goeie smaak,' zei Bree terwijl ze rondkeek in de kleine, maar stijlvolle woonkamer.

De hele inrichting ademde een Aziatische sfeer, veel donker hout, bamboe en prachtige planten. Op een gelakte tafel bij de voordeur lagen drie rivierkiezels. Op een van de stenen stond het woord 'waardigheid' gegraveerd.

Ik weet niet of het een geheugensteuntje was of een schimpscheut. Ik wilde helemaal niet in het appartement van Caroline zijn, niet nu. Ik was er nog helemaal niet aan toe.

'Laten we allebei de helft doen,' zei Bree. 'Dan zijn we er sneller doorheen.'

Ik begon bij de slaapkamer, dwong mezelf door te gaan. *Wie was je, Caroline? Wat is er met je gebeurd? Hoe kun je toch op zo'n manier aan je einde gekomen zijn?*

Een van de eerste dingen die me opviel was een kleine, bruine lederen agenda die op een tafeltje naast haar bed lag. Toen ik hem oppakte, dwarrelden er twee visitekaartjes uit; ze vielen op de grond.

Ik raapte ze op en zag dat ze allebei van Capitol Hill-lobbyisten waren – ik herkende hun namen niet, maar wel de bedrijven waarvoor ze werkten.

De helft van de pagina's in Carolines agenda was leeg, op andere bladzijden stonden reeksen letters. Het begon bij het begin van dit jaar en het liep twee maanden door. Elke reeks bevatte tien letters, dat zag ik meteen. De meest recente reeks, van twee weken voordat Caroline stierf, was SODBBLZHII. *Met tien letters.*

In eerste instantie dacht ik dat het telefoonnummers waren, die misschien om privacyredenen gecodeerd waren.

En als ik mezelf op dat moment had afgevraagd waarom ik dat dacht, dan had mijn antwoord moeten zijn omdat ik nog niet toe was aan de onvermijdelijke conclusie. Tegen de tijd dat ik het grote rozenhouten dressoir in haar inloopkast had doorzocht, had ik niet veel twijfels meer omtrent de manier waarop mijn nichtje zich dit prachtige appartement en alle spullen had kunnen veroorloven.

De bovenste laden waren gevuld met alle soorten lingerie die ik me maar voor kon stellen, en ik had een grote fantasie. Er was het voor de hand liggende kanten en satijnen spul, maar ook leren spullen, met en zonder sierspijkers, latex, rubber – alles even netjes opgevouwen en geordend. Waarschijnlijk had haar moeder haar geleerd hoe ze haar kleding moest opbergen toen ze nog een klein meisje was.

In de onderste laden lag een verzameling boeien, tuigjes, speeltjes en apparaten, waarvan ik in de meeste gevallen alleen maar kon raden naar het gebruik ervan en mijn hoofd erover schudden.

Apart gezien van elkaar waren de dingen die ik had aangetroffen niet meer dan vage aanwijzingen. Maar als je alles bij elkaar nam, was het vreselijk deprimerend.

Was Caroline hiervoor naar D.C. verhuisd? En was dit de reden waarom ze was gestorven zoals ze was gestorven?

Toen ik de woonkamer weer in kwam, was ik nog steeds een beetje in de war, wist ik niet eens of ik al iets kon zeggen. Bree zat op de grond met een geopende doos. Voor haar lag een aantal foto's uitgespreid.

Ze liet me er een zien. 'Ik pik je er zo uit,' zei ze.

Het was een kiekje van Nana, Blake en mij. Ik wist zelfs nog wanneer die foto gemaakt was – 4 juli 1976, de zomer van de tweehonderdjarige gedenkdag. Op de foto droegen mijn broer en ik plastic hoeden met rode, witte en blauwe linten eromheen. Nana zag er ongelofelijk jong uit en heel knap.

Bree kwam naast me staan, ze keek nog steeds naar de foto. 'Ze is je niet vergeten, Alex. Op de een of andere manier wist Caroline wie je was. Ik verbaas me er wel over dat ze niet heeft geprobeerd contact met je op te nemen toen ze hier kwam wonen.'

De foto van Nana, mijn broer en mij was niet van mij, maar ik stak hem toch in de binnenzak van mijn jasje. 'Ik denk dat ze niet gevonden wilde worden,' zei ik. 'Niet door mij. Niet door iemand die ze kende. Ze was een escort, Bree. In het hogere segment. En van alle markten thuis.'

HOOFDSTUK 8

Terug op het bureau, waar het gonsde van de bedrijvigheid, kreeg ik een bericht van rechercheur Fellows uit Virginia. De vingerafdrukken op de gestolen auto kwamen overeen met die van ene 'John Tucci' uit Philadelphia, achttien uur geleden ontsnapt aan twee agenten.

Ik belde even wat rond – van Fellows in Virginia naar een vriend bij de FBI in Washington, naar hun bureau in Philly en naar een politieagent, Cass Murdoch, die een ander puzzelstukje voor me had: Tucci was een bekend maar onbelangrijk radertje in de organisatie van misdaadfamilie Martino.

Dat bericht had een voor- en een nadeel. Het was een concreet aanknopingspunt, in een vroeg stadium van de zaak. Maar het deed daarnaast vermoeden dat de chauffeur waarschijnlijk niet ook de moordenaar was. Tucci was waarschijnlijk onderdeel van iets dat groter was dan hijzelf.

'Enig idee wat Tucci helemaal hier deed?' vroeg ik agent Murdoch. Ik had haar op de luidspreker gezet zodat Bree kon meeluisteren.

'Naar mijn idee was hij of opnieuw aangenomen of hij mocht een treetje hoger in de organisatie. Grotere opdrachten, meer verantwoordelijkheid. Hij is eerder aangehouden, maar heeft nooit hoeven zitten.'

'De auto was gestolen in Philadelphia,' zei Bree.

'Hij werkt dan dus vanuit huis, of liever gezegd: werkte. Hij zal nu wel dood zijn, na zo'n mislukking, wat er dan ook gebeurd mag zijn op de 1-95.'

'En hoe zit het met eventuele klanten in Washington?' vroeg ik. 'Doet de familie Martino hier regelmatig zaken?'

'Niet dat ik weet,' zei Murdoch. 'Maar er moet iemand geweest zijn. John Tucci was te onbelangrijk om dit op eigen houtje geregeld te hebben. Hij was waarschijnlijk dolblij dat hij de opdracht kreeg. De eikel.'

Ik beëindigde het telefoongesprek met Murdoch en nam even een paar minuten de tijd om wat aantekeningen te maken en op een rijtje te zetten wat zij ons verteld had. Helaas leidde elk nieuw antwoord naar een nieuwe vraag.

Maar één ding was me behoorlijk duidelijk. Dit was geen gewone moorzaak meer, het was niet een daad van een individu. Misschien hadden we te maken met een seks- en geweldsfreak – misschien was het een dekmantel. Of allebei.

HOOFDSTUK 9

Er was meer, natuurlijk, veel meer, het soort schokkende details die ervoor zorgen dat een verhaal maanden in het nieuws blijft en voor de verandering kwamen deze details nu eens snel door. Dr. Carbondale belde me op mijn mobiel toen ik in de auto zat, op weg naar huis. Bree reed in haar eigen auto. 'Het toxicologisch onderzoek heeft uitgewezen dat er geen gifstoffen in Carolines lichaam zaten,' vertelde Carbondale. 'Geen drugs, behalve een alcoholpromillage van 0,7. Op het tijdstip van overlijden kan ze hooguit een beetje aangeschoten zijn geweest.'

Dus Caroline had geen drugs gebruikt en was niet vergiftigd. Dat kwam niet echt als een verrassing voor me. 'En hoe zit het met andere mogelijke doodsoorzaken?' vroeg ik Carbondale.

'Ik raak er steeds meer van overtuigd dat die vraag niet te beantwoorden is. Het enige wat ik kan doen is dingen uitsluiten. Ik kan op geen enkele manier nagaan of ze bijvoorbeeld geslagen is, of gewurgd, of...'

Ze zweeg even.

De woorden kwamen bij mij als gal naar buiten. 'Of dat ze meteen in die machine is gestopt.'

'Ja,' zei ze gespannen. 'Maar er is nog iets wat u moet weten.'

Ik knarsetandde en had zin om ergens met mijn vuist op te slaan, maar ik moest luisteren.

'We hebben wat overblijfselen kunnen isoleren. Er lijkt sprake te zijn van beetsporen die voor haar dood zijn toegebracht.'

'Beetsporen?' Ik keek of ik ergens kon stoppen. 'Ménselijke beetsporen?'

'Dat denk ik wel, ja, maar ik kan het nu nog niet met zekerheid zeggen. Beten kunnen erg lijken op bloeduitstortingen, zelfs onder de beste omstandigheden. Ik ga een forensisch tandheelkundige consulteren. We hebben botsplinters waar hier en daar nog een stukje weefsel op zit, dus ik kan alleen zien...'

'Ik moet je terugbellen,' zei ik.

Ik stuurde naar de kant van de weg op Pennsylvania Avenue en liet mensen toeterend om me heen rijden. Dit was te veel – de oneerlijkheid, de wreedheid, het geweld, al die dingen waar ik anders zo goed mee om kon gaan.

Ik wierp mijn hoofd in mijn nek en vloekte tegen het dak van de auto, of tegen God, of tegen allebei. *Hoe kon dit gebeuren?* Toen legde ik mijn hoofd op het stuur en begon te huilen. En terwijl ik daar zat, bad ik voor Caroline, die niemand had gehad toen ze dat het hardst nodig had.

HOOFDSTUK 10

Eddie Tucci wist dat hij het vreselijk verkloot had deze keer. Ongelofelijk! Het was een grove fout geweest om die opdracht – of welke opdracht dan ook – aan zijn neef Johnny te geven. Ze noemden hem niet voor niets Twitchy. Nu leek hij van de aardbodem verdwenen en Eddie zat al drie dagen te wachten tot de pleuris echt goed zou uitbreken.

Maar toen hij de lichten in de bar uitdeed na sluitingstijd, die woensdagavond, dacht Eddie er niet al te veel over na. Het hele gebouw ging naar de kloten, net als de rest van de buurt. Er werd steeds meer gesloopt.

Hij trok de kast dicht waar de kassa in stond en liep vanachter de bar de duisternis in. De klapdeur door naar de achterkamer. Er was een lichtknopje op de muur, als hij het kon vinden.

Zo ver kwam Eddie niet.

Vanuit het niets werd er een zak over zijn hoofd getrokken. Op hetzelfde moment sloeg er iets van opzij tegen zijn knie, en hard. Eddie hoorde het gewricht knappen, voor hij kreunend van de pijn tegen de vlakte ging.

Zijn gekreun weerhield hen niet. Iemand hield zijn hoofd stevig vast, terwijl iemand anders zijn enkels bij elkaar bond. Hij kon niets terugdoen, geen stomp, geen trap, niks. Ze hadden zijn handen en zijn voeten aan elkaar gebonden.

'Klootzakken! Ik maak jullie af. Horen jullie me? Hóren jullie me?'

Kennelijk niet. Ze hesen hem op de grote tafel die achterin stond en maakten zijn handen met handboeien vast aan de houten tafelpoten. Eddie rukte aan de boeien, maar ze sneden alleen maar nog dieper in zijn polsen. Maar al zou hij op kunnen staan, dan nog voelde zijn knie aan alsof die nooit meer zou functioneren. Hij was kreupel.

Toen werd er een kraan opengedraaid, voluit.

Wat had dat te betekenen?

HOOFDSTUK 11

Toen ze de zak van zijn hoofd trokken, waren de lichten weer aan. Dat was een goed teken, toch?

Nou, niet echt. Eddie zag twee ondersteboven hangende gezichten die naar hem keken, een blanke gozer en een bruine, een Puerto Ricaan. Ze hadden de juiste kleren aan om niet op te vallen in de buurt, maar aan hun korte kapsels en manier van doen kon je zien dat ze leidinggevend waren, of soldaten, of misschien wel allebei.

En toen Eddie dat zag, wist hij pas hoe bang hij eigenlijk moest zijn. De megafout van zijn neefje was kennelijk behoorlijk uit de hand gelopen.

'We zijn op zoek naar Johnny,' zei de blanke gast. 'Enig idee waar hij uithangt?'

'Ik heb niks van hem gehoord!' Het was de waarheid. Dit waren geen lui die je in de maling nam. Zoveel wist hij nog wel.

'Dat vroeg ik je niet, Ed. Ik vroeg of je wist waar hij uithing.' De stem klonk beheerst, de twee mannen keken naar hem alsof hij een proefmonster in een lab was.

'Met de hand op mijn hart, ik weet niet waar Johnny is. Je moet me geloven.'

'Oké, ik begrijp het,' knikte de donkere man. 'Ik geloof je, Ed. Maar we willen het toch even zeker weten.'

Nog voor ze in beweging kwamen, klopte Eddies hart al in zijn keel. De blanke greep zijn hoofd krachtig vast, pakte zijn kaak beet en duwde het handvat van een schroevendraaier in zijn mond. Toen kneep hij Eddies neus met twee vingers dicht.

De andere man kwam weer in beeld, hij hield het uiteinde van een groene rubberen slang in zijn hand. Hij hield de slang boven Eddies hoofd en liet het water in zijn mond stromen.

Eddie moest stevig kokhalzen. Dit was vreselijk. Het water stroomde te hard om het weg te kunnen slikken en hij kon ook niet ademhalen. Hij beet bijna de schroevendraaier in tweeën in een poging het ding uit te spugen.

Vrij snel begon zijn borstkas te branden en schreeuwden zijn longen om lucht. Hij probeerde zich los te trekken van de tafel, maar de handboeien hielden hem tegen. Achter zijn ogen en neus werd de druk steeds groter en het drong plotseling tot hem door dat hij ging sterven.

Op dat moment sloeg de paniek echt toe. Hij voelde geen pijn meer, hoorde zichzelf niet meer naar adem snakken – er was alleen nog maar een allesverlammende angst. Het was erger dan de ergste nachtmerrie die hij zich kon voorstellen, want dit was de realiteit. En het gebeurde allemaal in de achterkamer van zijn eigen kroeg in Philly.

Eddie had eerst niet in de gaten dat het water niet meer stroomde. De blanke man draaide zijn hoofd naar opzij, trok de schroevendraaier uit zijn mond en liet hem een minuutje uitproesten. Hij had het gevoel alsof hij een long ging ophoesten.

'De meeste mensen hebben maar een paar minuten nodig voor ze instorten. Dan heb ik het natuurlijk over soldaten.' Een van de mannen klopte Eddie op zijn buik. 'Maar dan hebben we het niet over jou, Ed. Dus laat ik het nog een keer vragen. Weet jij waar Johnny is?'

Eddie kon nauwelijks praten, maar hij gooide er snel een antwoord uit. 'Ik vind hem wel, ik zweer het!'

'Kijk, daarom heb ik nou zo'n hekel aan de maffia.' De stem kwam dichter bij zijn linkeroor. 'Jullie zeggen altijd precies wat jullie moeten zeggen en op het juiste moment. Geen greintje integriteit. Je kan nooit ergens op rekenen.'

'Geef me een kans, ik smeek je!'

'Je begrijpt het niet, Ed. Dit ís je kans. Je weet waar Johnny is, of je weet het niet. Wat wordt het?'

'Ik weet het niet!' Hij moest janken, werd half gek. 'Alsjeblieft... ik weet het echt niet.'

Ze braken een paar tanden toen ze de schroevendraaier weer in zijn mond duwden. Eddie klemde zijn kaken op elkaar, probeerde zijn hoofd weg te draaien en smeekte om zijn leven, tot de waterstraal hem weer de adem afsneed. Het duurde niet lang voor hij weer op hetzelfde punt was aanbeland als een minuut daarvoor, er heilig van overtuigd dat hij ging sterven.

En deze keer had hij gelijk.

HOOFDSTUK 12

De bizarre en grillige moordzaak kroop als een spin over me heen, maar er was één vraag die alle andere overvleugelde: waren er andere slachtoffers die op dezelfde manier als Caroline aan hun einde waren gekomen? Was dat een mogelijkheid? Of een waarschijnlijkheid?

Een betrouwbare lijst krijgen van alle vermiste personen in D.C. is moeilijker dan het lijkt. Nadat ik met iemand had gesproken van onderzoeksbureau Jeugdzaken, dat een gecentraliseerde database had, moest ik district voor district met de dienstdoende rechercheurs gaan praten. Ongevallenreportage is openbare informatie, maar ik moest de PD252's hebben, de vertrouwelijke aantekeningen bij een zaak.

Met die gegevens kon ik de studenten, weglopers en vooral iedereen met een bekende of veronderstelde prostitutie-achtergrond eruit zeven.

De dossiers die ik had verzameld, had ik mee naar huis genomen en na het avondeten bracht ik ze naar mijn kantoor op zolder. Ik maakte een hele wand leeg en prikte alles op de muur – foto's van de vermisten, systeemkaartjes met belangrijke gegevens over de zaak die ik opgeschreven had. En een plattegrond van D.C., waarin ik vlaggetjes had geprikt op de plaatsen waar de slachtoffers voor het laatst waren gezien.

Toen ik daarmee klaar was, deed ik een stap achteruit en staarde naar de wand, in de hoop dat er een of ander patroon zichtbaar zou worden.

Je had Jasmine Arenas, negentien, twee keer veroordeeld wegens tippelen. Ze werkte op Fourth en K, waar ze voor het laatst was gezien toen ze op 12 oktober vorig jaar om twee uur 's nachts in een blauwe Beemer was gestapt.

Becca Yarrow, net zestien, heel knap, een goede leerling. Op 21 december verliet ze 's middags Dunbar High School en sindsdien is er niets meer van haar vernomen. Haar pleegouders vermoedden dat ze naar New York of de Westkust is gegaan.

Timothy O'Neill was een callboy van drieëntwintig die ten tijde van zijn verdwijning bij zijn ouders in Spring Valley woonde. Op 29 maart reed hij om ongeveer tien uur 's avonds weg van huis en is nooit meer thuisgekomen.

Het was niet zo dat ik echt verwachtte dat alles meteen duidelijk werd. Het had meer weg van het bouwen van een hooiberg. Morgen zouden we beginnen met zoeken naar de speld.

Dat hield in dat we veel veldwerk moesten gaan verrichten, heel veel veldwerk, en dat we al deze smakeloze zaken moesten gaan natrekken. Als maar een van die dossiers een verband liet zien met Caroline, dan zou dat geweldig zijn. Dit was het soort moordzaak waardoor ik me weer afvroeg waarom ik hier toch jaar in, jaar uit mee doorging. Ik wist dat ik tot op zekere hoogte verslaafd was aan de jacht, maar ik dacht altijd dat als ik had uitgedokterd waarom dat was, dat ik het dan niet meer zo nodig zou hebben, dat ik zelfs mijn penning zou inleveren. Maar dat was nooit gebeurd. Integendeel.

Zelfs als Caroline niet mijn nichtje was geweest, dan had ik ook om twee uur 's nachts op mijn zolder naar dit vreselijke bord staan staren. Dan was ik net zo gedreven geweest om erachter te komen wie haar en misschien deze andere jonge mensen had vermoord – en waarom.

Stoffelijk overschot.

Dat was de uitdrukking, of misschien het concept dat ik niet uit mijn hoofd kon krijgen, ik kon het niet van mij afschudden, al zou ik dat willen.

HOOFDSTUK 13

Ik had die nacht moeite om in slaap te komen en werd ook met moeite wakker – ik was langzaam in slaap gezakt en moest er echt uitgerukt worden. Ik ontbeet met Nana, Bree en de kinderen, maar toen ik het huis verliet, was ik nog steeds niet helemaal wakker. Het leek me geen goed teken, als je tenminste gelooft dat er zoiets als voortekenen bestaan.

De enige afspraak die ik die dag echt moest nakomen was die met Marcella Weaver. Drie jaar eerder had de sluiting van haar chique escortbureau het nationale nieuws gehaald en zo had ze haar bijnaam 'Madame van de Ringweg' gekregen. Een vermeende lijst met namen van klanten was nooit boven water gekomen, maar deed nog steeds de machtsmakelaars in de hele stad trillen in hun gaatjesschoenen.

Nadien was ze à la Heidi Fleiss wederopgestaan, met een radioprogramma dat ze aan verschillende stations verkocht, ze had een paar lingeriezaken en gaf lezingen voor vijfduizend dollar. Per uur, ironisch genoeg.

Dat interesseerde me allemaal niet. Ik wilde alleen horen wat zij dacht over de mogelijke moorden op escorts. Toen ik instemde met de aanwezigheid van haar advocaat, wilde ze me wel ontvangen bij haar thuis.

Ze woonde in een prachtige maisonnette, niet ver van Dupont Circle. Ze deed zelf open. Ze droeg een spijkerbroek en een zwarte kasjmieren trui en zag er nonchalant, maar verzorgd uit. Ze droeg ook diamanten oorbellen en een kruis dat ingelegd was met diamanten.

'Rechercheur of doctor Cross?' vroeg ze.

'Rechercheur, maar ik ben ervan onder de indruk dat u dat vraagt.'

'Het is een oude gewoonte, en oude gewoontes raak je niet zo makkelijk kwijt, denk ik. Ik ben voorzichtig. Ik doe mijn huiswerk.' Ze glimlachte ontspannen, veel ontspannener dan ik had verwacht dat ze zou zijn. 'Kom binnen, rechercheur.'

In de woonkamer stelde ze me aan haar advocaat voor, David Shupdike. Ik herkende hem van een paar grote zaken die hij in de stad had gedaan. Hij was een stugge, kalende stereotype vrijgezel; het was niet moeilijk te bedenken hoe hij en Marcella elkaar hadden ontmoet.

Ze schonk een groot glas Pellegrino voor me in en we gingen op de leren bank zitten, met uitzicht over de stad.

'Laat ik maar met de deur in huis vallen,' zei ik en schoof een foto van Caroline over de salontafel naar haar toe. 'Hebt u haar eerder gezien?'

'Geen antwoord geven, Marcella.' Shupdike wilde de foto terugschuiven, maar mevrouw Weaver hield hem tegen. Ze keek ernaar, en fluisterde toen iets in zijn oor tot hij knikte.

'Ik herken haar niet,' zei ze tegen me. 'En voor wat het waard is: als ik haar wel had herkend, had ik Davids advies in de wind geslagen. Ik wil heel graag helpen als ik kan helpen.'

Ze maakte een oprechte indruk en ik besloot haar te geloven.

'Ik probeer erachter te komen voor wie Caroline werkte voor ze werd vermoord. Ik vroeg me af of u misschien enig idee had,' zei ik.

Terwijl ze daarover nadacht, trok ze haar kleine, blote voeten onder zich op de bank.

'Hoeveel huur betaalde ze?'

'Iets van drieduizend dollar per maand.'

'Hm, dat verdiende ze dan in elk geval niet op straat. Als u dat nog niet al gedaan heeft, zou u na kunnen kijken of ze zich niet bij een of ander bureau had aangesloten. Bijna alle profielen zijn tegenwoordig online te bekijken. Maar als ze echt in het hogere segment werkte, zal het veel moeilijker worden.'

'Waarom?'

Ze glimlachte, maar niet onbeleefd. 'Omdat niet iedereen zich richt op de cliëntèle die Google gebruikt om een meisje te vinden.'

'Aha. Ik heb alle bureaus al nagetrokken.' Ik mocht deze vrouw wel, ondanks haar werkverleden. 'Nog iets anders?'

'Het zou handig zijn om te weten of ze in een club werkte of op locatie, of misschien beide. En ook of ze specialiteiten had. Dominant, onderdanig, triootjes, massages, groepsfeestjes, dat soort dingen.'

Ik knikte, maar dit viel me zwaar en het zou nog erger worden. Bij elke wending die de zaak nam, stuitte ik op iets wat ik niet wilde weten van Caroline. Ik nam een slokje van mijn mineraalwater.

'En hoe zit het met de meisjes? Waar komen die vandaan?'

'Laat ik u dit zeggen: de universiteitsblaadjes waren een goudmijn. Die meiden denken dat ze alles aan kunnen. De meesten van hen hebben al een minachting voor mannen. Sommigen hebben zin in een avontuurtje. Ik adverteer op veel plaatsen, maar u zou versteld staan.' Ze wees naar de zak waarin ik de foto van Caroline had gestopt. 'Misschien bekostigde ze op die manier haar rechtenstudie, of misschien wel een studie medicijnen, geloof het of niet. Een van mijn beste meisjes destijds is nu chirurg.'

Ze zweeg even, boog zich voorover om me in mijn ogen te kijken. 'Het spijt me, maar... betekende dit meisje iets voor u? Als u het niet erg vindt dat ik die vraag stel. U lijkt zo... verdrietig.'

Normaal gesproken had ik het wel erg gevonden, maar tot nu toe was Marcella Weaver alleen maar behulpzaam en eerlijk geweest.

'Caroline was mijn nichtje,' vertelde ik haar.

Ze liet zich achterover zakken in de kussens met een gemanicuurde hand voor haar mond geslagen. 'Ik heb nooit gezien dat er ook maar enig geweld werd gebruikt tegen mijn meisjes. Wie dit gedaan heeft, verdient het een pijnlijke dood te sterven, als u het mij vraagt.'

Het leek me dat ik al genoeg had gezegd, maar als haar advocaat er niet bij had gezeten, had ik haar waarschijnlijk verteld dat ik er precies zo over dacht.

HOOFDSTUK 14

Ik had het gevoel dat er enige positieve beweging in de zaak zat, maar de rest van de dag was ik alleen maar bezig met het natrekken van allerlei angstaanjagende vermissingen. Sampson kwam me 's middags helpen en we ondervroegen het ene na het andere bezorgde familielid.

Tegen de tijd dat we bij de ouders van Tim O'Neill waren aanbeland, had ik het gevoel dat het enige wat we werkelijk bereikten, was dat er nare gevoelens werden opgerakeld.

De familie O'Neill woonde in een koloniale, uit baksteen opgetrokken villa in Spring Valley. Het was een bescheiden optrekje voor zijn omgeving, maar ik wist zeker dat het een bedrag met zes nullen waard was. Net als veel mensen hier maakten de O'Neills deel uit van het Washingtonse systeem. Ze kwamen op mij over als een 'goede' Ierse katholieke familie en ik vroeg me af hoe het verhaal van hun vermiste zoon in dat plaatje paste.

'We hielden ontzettend veel van Timothy,' was de eerste reactie van mevrouw O'Neill op mijn vraag. 'Ik weet wat er in zijn dossier staat, en ik weet zeker dat u zult denken dat we naïef zijn, maar onze liefde voor Tim is onvoorwaardelijk.'

We stonden in de woonkamer naast een kleine vleugel waar allerlei familiefoto's op stonden. Mevrouw O'Neill hield een foto van Timothy in haar handen, een uitvergroting van de foto die ik op de muur van mijn werkkamer had geprikt. Ik hoopte voor hen dat hij Washington alleen maar verlaten had.

'U zei dat hij een baantje had als barkeeper?' vroeg Sampson.

'Voor zover wij weten, ja,' zei mevrouw O'Neill. 'Tim was aan het sparen om op zichzelf te kunnen gaan wonen.'

'En waar werkte hij?'

Meneer en mevrouw O'Neill keken elkaar vlug aan. Mevrouw O'Neill was al in tranen. 'Dat maakt het nu juist zo erg,' zei ze. 'Dat weten we niet eens. Het was een of andere privéclub. Timothy had een vertrouwelijkheidsovereenkomst moeten tekenen. Hij zei dat hij ons er niets over kon vertellen – voor zijn eigen veiligheid.'

Meneer O'Neill nam het van zijn vrouw over. 'We dachten toen dat het een beetje dikdoenerij was, maar... nu weten we niet meer wat we moeten geloven.'

Volgens mij wist hij best wat hij moest geloven, maar het was niet mijn taak om meneer en mevrouw O'Neill daarvan te overtuigen. Deze mensen wilden wanhopig graag hun zoon terug. Ze hadden dit houvast nodig om de zoveelste ondervraging van twee rechercheurs te doorstaan en ik ging hun dat niet afnemen.

Uiteindelijk vroeg ik of ik de kamer van Timothy mocht zien.

We liepen achter hen aan door de keuken en wasruimte naar een deel van het huis waar vroeger waarschijnlijk het dienstmeisje woonde. Het had een aparte ingang die uitkwam op de hal en een slaapkamer met eigen badkamer – klein maar met veel privacy.

'We hebben niets aangeraakt,' zei meneer O'Neill en voegde er bijna liefkozend aan toe: 'U kunt wel zien dat hij een echte sloddervos was.'

Mijn eerste reactie was dat rommel een goede manier was om dingen te verbergen. De hele kamer lag bezaaid met rommel, overal lag wel iets. Timothy was kennelijk nooit helemaal volwassen geworden. Overal lagen bergen kleren; op het bed, over de leunstoel, op zijn bureau.

Het waren vooral spijkerbroeken en t-shirts, maar er was

ook een boel duur spul bij. Het enige wat hij had opgehangen was een stel pakken en jasjes en drie leren jassen. Twee van het merk Polo, één Hermès.

En daar vond ik de speld in de hooiberg. Sampson en ik zaten al een kwartier in de kamer toen ik een stukje papier uit een van de zakken van een jasje trok.

Er stond een rijtje met tien letters op – net als de serie letters in de agenda van Caroline. Op dit briefje stond: AFIOZMBHCP.

Ik liet het aan Sampson zien. 'Kijk hier eens naar, John.'

Mevrouw O'Neill kwam de kamer weer in. Ze had buiten op de gang staan wachten. 'Wat is dat? Vertel het ons, alstublieft.'

'Het zou een telefoonnummer kunnen zijn, maar ik weet het niet zeker,' zei ik. 'Ik neem aan dat Timothy zijn mobiele telefoon niet heeft achtergelaten?'

'Nee, die had hij echt dag en nacht bij zich. Tja, wie niet tegenwoordig?'

Ze probeerde te glimlachen en ik deed mijn best die glimlach te beantwoorden, maar dat viel niet mee. Ik kon alleen maar denken aan het feit dat het nu veel aannemelijker was geworden dat ze Timothy nooit meer terug zou zien.

HOOFDSTUK 15

Johnny Tucci had zich na zijn aanhouding op de 1-95 aan een rigide overlevingsstrategie gehouden. Om te beginnen reisde hij nooit langer dan twee dagen in dezelfde richting en hij bleef nooit langer dan vierentwintig uur op een en dezelfde plek. Sterker nog: als het magere meisje dat achter de kassa werkte van de 7/11 in Cuttingsville niet zo'n gewillig jong ding was geweest, of als hij zich had kunnen herinneren wanneer hij voor het laatst met iemand naar bed was geweest, dan was hij hier al lang niet meer geweest.

Als, als, als, dacht hij nu.

Hij was net halverwege zijn tweede ronde met het kassameisje, toen de bordkartonnen deur van kamer 5 van het Park-It-motel openging. Twee mannen in grijze pakken wandelden naar binnen alsof ze de sleutel hadden. Hoe waren die in godsnaam binnengekomen? Nou ja, laat maar zitten. Ze waren binnen.

Johnny sprong ongeveer een meter de lucht in en trok het laken op om zichzelf te bedekken. Dat deed het meisje ook. Liz? Lisl?

'Johnny Tucci? Dé Johnny Tucci?'

Eén indringer – de woordvoerder – was blank, de andere een hispanic. Misschien een Braziliaan? Johnny had geen idee wie ze waren, maar hij wist wel waarom ze naar het motel waren gekomen. Toch zette hij zijn beste beentje voor. 'Jullie hebben de verkeerde kamer, man. Ik heb nog nooit van Johnny Hoe-heet-ie gehoord. En nu wegwezen, alsjeblieft!'

De hispanic schoot al voordat Johnny zelfs maar zag dat hij een pistool in zijn hand had. Hij deinsde achteruit en kreeg bijna ter plekke een hartaanval. Toen hij weer opkeek, zat het meisje, Liz/Lisl, scheef tegen het hoofdeinde van het bed met een gat in haar voorhoofd. Er sijpelde een straaltje bloed uit, naar het puntje van haar neus en druppelde vandaar op haar borsten.

'Jezus Christus!' Johnny viel meer van het bed dan dat hij op-stond en schuifelde zijwaarts naar de hoek van de kamer, tegen de muur. Er was eigenlijk nog nooit eerder op hem geschoten.

'Laten we het nog een keer proberen. Johnny Tucci?' zei de blanke man. 'Dé Johnny Tucci?'

'Jaja, oké!' Hij hield zijn handen in de lucht, zijn ene hand hield hij naast zijn gezicht zodat hij niet naar het meisje hoefde te kijken dat daar dood lag en leegbloedde. 'Hoe hebben jullie me gevonden? Wat willen jullie? Waarom hebben jullie haar iets aangedaan?'

De twee mannen keken elkaar aan en lachten hem uit.

Deze gasten waren ongetwijfeld geen lid van de Familie. Daar waren ze te 'wit' voor, zelfs die donkere jongen. 'Wie zijn jullie? Van de CIA of zo?'

'Veel erger, voor jou, Johnny. Wij zijn voormalige beambten van de drugsbestrijdingsdienst. Minder papierwerk, als je be-grijpt wat ik bedoel.'

Johnny had het idee dat hij het wel begreep. Ze waren niet van plan te rapporteren wat er met die arme Liz, of Lisl, ge-beurd was. Ja, zeker dat ze een pistool op hen richtte vanuit haar poes?

De blanke jongen liep met een paar snelle stappen de kamer door en schopte hem in zijn onderbuik. 'Dat betekent niet dat we het leuk vinden onze tijd te verdoen met het achterna rennen van zo'n zielig stuk vuil als jij. Laten we gaan. Trek je broek aan.'

'Ik... kan niet. Waar gaan we naartoe?' Johnny stond voorovergebogen met zijn handen in zijn kruis en wenste dat hij hem kon peren. Het voelde alsof zijn maag binnenstebuiten was gekeerd. 'Schiet me nou maar neer, dan zijn we er maar vanaf.'

'Ja, dat zou je wel willen, hè? Je bij je vriendinnetje voegen in het hiernamaals. Ik ben bang dat dat niet zo makkelijk zal gaan, mijn vriend.'

De twee mannen bogen voorover en begonnen hem in het motellaken te wikkelen. Ze trokken de vier hoeken op en knoopten die vast. Johnny kon niet eens meer zijn handen van zijn zaakje halen om iets te doen. Toen droegen ze hem naar buiten als een zak vuile was.

Op dat moment had hij gegild, als hij daar de lucht voor had gehad. Johnny Tucci had namelijk net bedacht waar ze heen gingen en wat er hierna zou gebeuren.

HOOFDSTUK 16

Carolines moeder reed de zwarte Chevy Suburban de parkeerplaats op naast begraafplaats Rock Creek – het was de eerste
keer in meer dan twintig jaar dat ik haar weer zag. We hadden
elkaar over de telefoon gesproken in verband met de begrafe-
nis, maar nu het moment daar was, wist ik niet wat ik moest
verwachten, of wat ik tegen haar moest zeggen.

Ik opende zelf het portier van de auto. 'Hallo, Michelle.'

Ik vond dat ze niets veranderd was, nog steeds mooi, nog
steeds hetzelfde lange, wilde haar, nu met grijs doorschoten.
Het hing in een slordige vlecht op haar rug.

Maar haar ogen waren anders. Die waren altijd zo levendig
geweest. Ik kon zien dat ze gehuild had, maar haar ogen waren
nu droog. Droog, roodomrand en ook heel erg vermoeid.

'Ik was vergeten hoeveel je op hem lijkt,' zei ze.

Ze bedoelde Blake; hij en ik waren altijd ontegenzeggelijk
broers geweest, in elk geval qua uiterlijk, vooral onze gezichten.
Blake lag ook hier op Rock Creek.

Ik bood haar mijn arm en was lichtelijk verrast dat ze die
aannam. We liepen in de richting van St. Paul's, de rest van de
familie liep vlak achter ons.

'Michelle, ik wil dat je weet dat ik de zaak van Caroline zelf
doe. Als ik iets voor je kan doen...'

'Niets, Alex.'

Het kwam er snel uit, een eenvoudig statement. Toen ze verder sprak, begon haar stem te trillen. 'Ik ga mijn kind te rusten leggen...' Ze stopte even om diep adem te halen en zichzelf tot bedaren te brengen. 'En dan ga ik weer terug naar Providence. Meer dan dat kan ik nu niet aan.'

'Je hoeft dit niet alleen te doen. Kom bij ons logeren. Nana en ik zouden dat heel fijn vinden. Ik weet dat het lang geleden is dat...'

'Dat je je broer de rug hebt toegekeerd.'

Dat was eruit. Twintig jaar misverstand kwam er in één keer uit, zomaar.

De verslaving van Blake bepaalde tegen het eind van zijn leven het grootste deel van zijn doen en laten. Toen ik aandrong op afkicken, sloot hij me buiten, maar dat was kennelijk niet wat hij Michelle had verteld. Zij gebruikte destijds heroïne, zelfs toen ze in verwachting was van Caroline.

'Het was eigenlijk precies andersom,' zei ik tegen haar, zo voorzichtig als ik kon.

Voor het eerst verhief ze haar stem. 'Ik kan het niet, Alex! Ik kan niet terug naar dat huis, dus vraag het me niet.'

'Natuurlijk kan je dat wel.'

We draaiden ons allebei om. Het was Nana. Bree, Jannie en Ali waren er ook. Ze liepen aan weerskanten van Nana, haar erewacht, haar beschermers.

Ze liep recht op Michelle af en sloeg haar armen om haar heen.

'We hebben jou en Caroline lang geleden uit het oog verloren en nu zijn we haar voorgoed kwijt. Maar jij bent nog steeds lid van deze familie. Dat zal altijd zo blijven.'

Nana deed een stap terug en legde haar hand op Jannies schouder. 'Janelle, Ali, dit is jullie tante Michelle.'

'Heel erg gecondoleerd,' zei Jannie.

Nana ging door. 'Wat er ook gebeurd is vóór vandaag, of wat er morgen gebeurt, dat betekent vandaag allemaal helemaal niets.' Haar stem raakte vervuld van emotie en ik kon haar

Southern Baptist-erfenis erdoorheen horen. 'We zijn hier bijeen om Caroline te gedenken met alle liefde die we in ons hart hebben. Als het afscheid voorbij is, gaan we ons wel zorgen maken over wat er daarna komt.'

Het leek erop dat Michelle in tweestrijd stond. Ze keek ons allemaal een voor een aan en zei geen woord.

'Goed dan,' zei Nana. Ze klopte zichzelf een paar keer op de borst. 'Hemel, al dat verdriet geeft me een afschuwelijk gevoel. Michelle, wil je alsjeblieft mijn arm nemen?'

Ik wist dat Nana's hart ook op het punt van breken stond. Caroline was haar achterkleindochter, hoewel ze haar nooit echt had leren kennen en nu was ze voorgoed verdwenen. Maar nu was er iemand anders hier die haar hulp nodig had. Misschien heb ik het wel van haar, dacht ik. Soms kun je het best voor de doden zorgen door voor de levenden te zorgen. En soms is dat de enige manier.

HOOFDSTUK 17

Michelle ging die avond terug naar haar huis op Rhode Island. Ik zette haar zelf op het vliegtuig naar Providence, maar ik zorgde er wel voor dat ze mijn telefoonnummer had en zei haar dat we het fijn zouden vinden als ze iets van zich liet horen, als ze daar aan toe was.

De volgende morgen stortte ik me weer helemaal op het onderzoek naar de gruwelijke moord op haar dochter, en de eventuele moorden op anderen.

Het eerste wat ik aanpakte op het bureau waren de telefoonnummers die ik in het appartement van Caroline en in de slaapkamer van Timothy O'Neill had gevonden.

Ik hield het plan achter de hand om de FBI in te schakelen, maar ik had een speciaal gevoel bij deze nummers. Als er een sleutel bestond om de codes te ontcijferen, was het er vast een die Caroline of Timothy vaak gebruikten. Het leek me dat ik die code zelf ook wel kon kraken.

Ik schreef eerst alle series uit op een vel papier, zodat ik ze in mijn hoofd kon laten rondtollen.

Een simpele sleutel als A=1 en Z=26 leek me niet juist, aangezien alles boven de J, of de 10, niet meer geschikt was voor de toetsen van een telefoon.

Maar stel dat het van de telefoontoetsen afgeleid was?

Ik legde mijn mobiel voor me op mijn bureau en schreef op wat ik zag.

ABC – 2
DEF – 3
GHI – 4   (I=1?)
JKL – 5
MNO – 6   (O=0?)
PQRS – 7
TUV – 8
WXYZ – 9

De toets van de 1 en de 0 hadden geen bijbehorende letters natuurlijk, maar de I en de O leken me goede alternatieven.

Dat betekende dat de G en de H overbleven voor de 4 en de M en N voor de 6.

Als ik die logica losliet op de eerste serie, BGEOGZAPMO, dan leverde dat 2430492760 op. Ik googelde de eerste drie cijfers om te kijken of het een kengetal was. Maar 243 bleek niet te bestaan.

Ik vond het nog te vroeg om dit idee te laten varen, dus ik borduurde er nog even op voort. Ik zette de rest van mijn lijst om in cijfers en schreef ze allemaal onder elkaar om te zien of er iets opviel.

En er viel iets op. Bijna de helft van de nummers begon met een 2.

Het duurde niet lang voordat ik erachter kwam dat die nummers allemaal een 0 op de vierde plaats hadden en nog een 2 op de zevende positie.

202 was het kengetal van Washington.

Ik keerde terug naar het eerste nummer en onderstreepte die getallen.

2430492760

De dingen begonnen op zijn plaats te vallen. Toen ik naar de getallen keek op dezelfde plaatsen bij de niet-202-nummers, kreeg ik op drie gevallen na 703 of 301, de kengetallen voor Virginia en Maryland, vlak bij D.C.

De laatste drie reeksen bleken uit Florida, South Carolina en Illinois te komen – waarschijnlijk van klanten van buiten de stad.

Ik ging weer terug naar de eerste serie. Als de posities een, vier en zeven stonden voor het kengetal, was het dan niet logisch om naar positie twee, vijf en acht te kijken voor het nummer van de telefooncentrale? Ik begon weer te krabbelen.

2430492760 = 202

2430492760 = 447

2430492760 = 3960

202-447-3960

Volgende vraag: was 447 een echte D.C. telefooncentrale? Ik pakte het telefoonboek en zocht uit wat het was.

Het begon erop te lijken dat dit de eerste goede dag van mijn onderzoek was. Een heel goede dag.

Toen ik alles wat ik tot dan toe had, had ontcijferd, belde ik een goede vriendin bij de telefoonmaatschappij, Esperanza Cruz. Ik wist dat de 'omgekeerde telefoonboeken' – waarin je op nummer kon zoeken – die wij op het werk gebruikten alleen geschikt waren voor geregistreerde nummers. Esperanza had misschien vijftien seconden nodig om de naam bij het eerste nummer te vinden.

'Oké, nu maak je me nieuwsgierig,' zei ze. 'Dit nummer is van Ryan Willoughby, geheim nummer. Wat heeft hij uitgespookt? Behalve dan dat hij een stijve hark is.'

Ik was verrast, maar niet geschokt. Ryan Willoughby was de vaste nieuwslezer van het zesuurjournaal van een lokaal tv-station hier in Washington.

'Esperanza, als jij en ik dit gesprek echt zouden voeren, zou ik het je kunnen vertellen, maar aangezien wij elkaar vandaag helemaal niet hebben gesproken...'

'Jaja, zo gaat het nou altijd, Alex. Wat is het volgende nummer?'

Binnen een paar minuten had ik een lijst met vijftien namen. Zes namen kwamen me bekend voor, onder wie een Congreslid, een proffootball-speler en de CEO van een gerenommeerd energie-adviesbureau in de stad. De zaak kwam op stoom, maar niet op een goede manier. Als ik erover nadacht hoe deze mannen Caroline kenden, werd ik misselijk, echt ziek.

Mijn volgende telefoontje was naar Bree. Zij herkende nog twee namen. Een van hen was een partner bij Brainard & Truss, een politiek pr-bureau op de Hill; en Randy Varrick, de perschef van de burgemeester, bleek een vrouw te zijn.

'Het begint allemaal behoorlijk onsmakelijk te worden,' zei Bree. 'Het zijn allemaal hooggeplaatste personen en ik ben bang dat die flink wat tegendruk zullen gaan geven.'

'Laat ze dat maar doen,' zei ik. 'Wij zijn er klaar voor. Sterker nog, ik ga mijn eerste telefoontje plegen. In hoogst eigen persoon.'

HOOFDSTUK 18

Er waren hooggeplaatste personen bij betrokken, en kennelijk behoorlijk veel. Waar ging dit over en wat had het te maken met de dood van Caroline Cross? En waar leidde het ons mogelijk nog meer naartoe?

Ik had minder dan een kwartier nodig om van het Daly-gebouw op Indiana naar de burelen van Channel Nine op Winsconsin te komen. Tegen de tijd dat ik daar aankwam, was ik nog niet bepaald tot rust gekomen. Ik liet mijn politiepenning zien en de portier liet me binnen. Ik liep door naar een receptioniste op de tweede verdieping. Achter haar hing een grote negen aan de muur naast een serie portretten op posterformaat van hun nieuwsploeg.

Ik hield mijn penning op en wees naar de muur. 'Ik ben op zoek naar hém.'

Ze drukte op een knopje terwijl ze naar me bleef kijken. 'Judy? Ik heb hier iemand van de politie voor Ryan?'

Ze legde haar hand op het microfoontje en richtte zich tot mij. 'Waar gaat het over?'

'Zeg maar tegen hem dat ik die informatie graag met iedereen deel die het horen wil als hij en ik elkaar niet binnen twee minuten onder vier ogen kunnen spreken.'

Ongeveer anderhalve minuut later werd ik langs de receptie geleid, langs de ingang van de nieuwsstudio, naar een ruimte met kantoren voorzien van ramen, ergens achter in het gebouw.

Ryan Willoughby zat daar op me te wachten, hij zag eruit alsof zijn das een tikje te strak zat. Ik had hem heel vaak het nieuws zien lezen, maar nu was er niets meer over van zijn opgepoetste, blonde sympathieke uitstraling.

'Waar gaat dit in godsnaam over?' vroeg hij me, nadat hij de deur achter me had dichtgedaan. 'U komt hier binnenvallen alsof u Eliot Ness bent, of Rudolph Giuliani in de tijd dat hij openbaar aanklager was.'

Ik hield een foto van Caroline op. 'Het gaat over haar,' zei ik zo rustig mogelijk.

Ik zag een flits van herkenning op zijn gezicht, maar binnen een seconde herstelde hij zich. Hij was slimmer dan hij leek.

'Knappe meid. Wie is het?'

'Zegt u nu dat u haar nog nooit heeft gezien?'

Hij lachte defensief, en de nieuwslezer liet weer een beetje van zich spreken. 'Heb ik een advocaat nodig?'

'We hebben uw telefoonnummer gevonden in haar appartement. Ze is vermoord.'

'Het spijt me dat dat meisje is vermoord. Veel mensen hebben mijn nummer. Of ze kunnen eraan komen.'

'Veel callgirls?' vroeg ik.

'Luister, ik weet niet wat u van me wilt, maar dit is duidelijk een misverstand.'

Wat hij in het openbaar ook voor status mocht hebben, voor mij was hij op dit moment niet meer dan een stuk tuig. Het was duidelijk dat hij niks om Caroline gaf en dat het hem niks kon schelen wat er met haar gebeurd was.

'Ze was vierentwintig,' zei ik.

Ik hield nog een keer de foto op.

'Iemand heeft haar gebeten. Ze is waarschijnlijk verkracht, voor ze haar vermoordden. En daarna hebben ze haar lichaam door een houtversnipperaar geduwd. We hebben wat er van haar over was – het stoffelijk overschot – gevonden in een plastic zak die werd vervoerd door een maffiajongen.'

'Wat wilt u... Waarom vertelt u me dit? Ik ken het meisje niet.'

Ik keek op mijn horloge. 'Ik ga u een voorstel doen, Willoughby. De komende dertig seconden zijn de voorwaarden heel gunstig. U vertelt me nu meteen hoe u met haar in contact bent gekomen en ik laat uw naam uit mijn onderzoek. Tenzij u natuurlijk schuldig bent aan iets zwaarders dan het bezoeken van een prostituee.'

'Is dat een dreigement?'

'Twintig seconden.'

'Zelfs als ik ook maar enig idee had waar u het over heeft, hoe weet ik dan dat u bent wie u zegt dat u bent?'

'Dat weet u niet. Vijftien seconden.'

'Het spijt me, rechercheur, maar u kunt mijn rug op.'

Ik balde mijn vuist, maar hield mezelf tegen. Willoughby deinsde terug en deed een stap achteruit.

'Mijn kantoor uit, tenzij u liever heeft dat u eruit gegooid wordt.'

Ik wachtte tot de dertig seconden voorbij waren.

'Ik zie u op het nieuws,' zei ik. 'En kunt erop vertrouwen dat u het bericht niet zelf hoeft voor te lezen.'

HOOFDSTUK 19

Ruim dertig kilometer oud, dicht Virginia-bos scheidde de hut van Remy Williams van ongeveer alles wat de wereld te bieden had. Het was een ongerept stukje wildernis dat hem alle privacy bood die hij wilde. Iemand zou het hier de hele nacht uit kunnen schreeuwen zonder dat hij ooit gehoord zou worden.

Niet dat er hier veel geschreeuwd werd. Remy hield van efficiency, hij was goed in wat hij deed.

Afvalverwerking.

Maar hij hield niet van verrassingen – zoals de felle lichtbundels van koplampen die over het raam van zijn hut streken, net nu de duisternis was ingevallen.

In een mum van een tijd stond hij bij de achterdeur met een van de drie Remington 870-geweren die hij om precies deze reden had – ongenood bezoek. Hij liep naar de zijkant van de hut en nam een positie in die hem perfect zicht bood op de donkere sedan die op dat moment aan de voorkant stopte.

Hij zag dat het een Pontiac was, zwart of donkerblauw.

Er stapten twee mannen uit. 'Is daar iemand?' riep een van de twee. De stem kwam hem bekend voor, maar Remy hield zijn Remington toch in de aanslag.

'Wat doen jullie hier?' riep hij naar de mannen. 'Er heeft niemand van tevoren gebeld.'

Hun schaduwen draaiden zich naar hem toe in de duisternis. 'Relax, Remy. We hebben hem gevonden.'

'Levend?'

'Nog wel.'

Remy liep langzaam naar de voorkant en ruilde het geweer in voor een zaklantaarn.

'En hoe zit het met die andere? Het meisje dat 'm gesmeerd is?'

'Daar zijn we nog mee bezig,' zei de brutaalste van de twee, de blanke. Remy wist niet hoe ze heetten en wilde dat niet weten ook. Maar hij wist dat de tacovreter de slimste was en de gevaarlijkste. Stil maar dodelijk.

Hij liep naar de achterkant van de auto en deed de achterklep open.

'D'ruit.'

HOOFDSTUK 20

Het groentje dat achterin lag was naakt als een pasgeboren baby, half in een vies laken gewikkeld, met een dubbele laag duct tape over zijn mond geplakt. Zodra hij Remy zag, begon hij rond te krabbelen alsof er in de achterbak een plek was om zich te verstoppen.

'Waarom heeft hij geen kleren aan? Wat is daar het idee achter?'

'Hij lag te rampetampen met een of ander meisje toen we hem vonden.'

'En zij is–?'

'Is voor gezorgd.'

'Ai, jullie hadden haar beter ook naar mij kunnen brengen, voor de zekerheid.'

Remy draaide zich naar de jongen om, die zich inmiddels weer stilhield – op zijn ogen na. Die hielden nooit op met bewegen.

'Het is wel een leuk woestijnratje.'

Hij boog voorover en trok de jongen omhoog, draaide hem om zodat hij de twintig jaar oude houtversnipperaar kon zien in de lichtbundels van de koplampen.

'Zo, nu weet je waarom je hier bent, dan hoef ik verder niet in details te treden,' zei hij. 'Ik moet nog één ding van je weten, en ik wil dat je hier heel goed over nadenkt. Heb je ooit iemand verteld over deze plek? Wie dan ook?'

De jongen schudde zijn hoofd, heviger dan nodig was – *nee, nee, nee, nee, nee.*

'Weet je het echt heel zeker, jongen? Je wilt toch niet tegen me liegen? Vooral nu niet?'

Zijn hoofd veranderde van richting en knikte *ja, ja, ja.*

Remy lachte hard. 'Zie je dat? Hij lijkt wel zo'n dom poppetje met zo'n wiebelhoofd. Je weet wel, die je op je dashboard kunt zetten.' Hij ging door zijn knieën zodat hij op ooghoogte van de jongen was. Hij nam het hoofd in zijn handen en wiegde het op en neer en van links naar rechts, en hij bleef de hele tijd lachen.

'Ja, ja, ja... nee, nee, nee... ja, ja, ja...'

Met hetzelfde gemak draaide hij het hoofd achterstevoren, er klonk een droog knappend geluid. Hij liet de jongen op de grond vallen als een cadeautje dat kapot is.

'Dat is alles? Je breekt zijn nek?' vroeg een van de twee mannen. 'Moesten we hem daarvoor levend oppakken?'

'O, 't is best zo,' zei Remy en hij zette zijn accent nog ietsjes aan. 'Ik heb intuïtie voor dit soort dingen.' De beide mannen schudden het hoofd alsof hij een of andere domme boer was. Remy vatte dat op als een compliment voor zijn acteertalent.

'Hé, willen jullie wat drinken? Ik heb nog wel wat lekkers liggen.'

'We moeten verder,' zei de schaduw met de donkere huidskleur. 'Bedankt voor het aanbod. Andere keer misschien, Remy.'

'Wat jullie willen. *No problema.*'

In werkelijkheid was er geen druppel alcohol op het terrein. Het enige wat Remy dronk naast flessenwater, dat hij met kratten tegelijk kocht, was zelfgemaakte ijsthee. Alcohol was vergif voor het lichaam. Hij vond het gewoon leuk om die schijnheilige eikels te laten denken wat ze toch wel van hem zouden denken.

Het waren typische overheidsproducten, die twee, zoals ze tegelijkertijd alles en niets zagen. Als ze iets beter zouden opletten, zouden ze weten wanneer ze op de proef werden gesteld en wat ze te wachten stond.

'Nog één dingetje,' voegde hij eraan toe. 'Geen ophaalservice meer.' Hij porde met zijn voet in het lichaam van de dode jongen. 'Dat onderdeel is niet zo goed gegaan, nietwaar? Ik zorg wel voor de afvalverwerking, te beginnen met hem.'

'Prima. Hij is helemaal voor jou.'

Ze reden weg zonder te zwaaien. Remy zwaaide wel, wachtte tot hij de auto niet meer kon horen en ging toen aan de slag.

De jongen was vel over been en hij hoefde niet meer snijwerk te verrichten dan hij bij een meisje had moeten doen. Twee sneeën bij de knieën, twee bij de heupen, twee bij de schouders, een bij het hoofd. Daarna één lange haal naar beneden over zijn magere borstkas. Het werken met een mes gaf meer rommel dan met een kettingzaag of een bijl, maar Remy hield wel van natte klussen, daar had hij altijd van gehouden.

Toen dat gedaan was, had hij ongeveer tien minuten nodig om het joch uit Philly door de versnipperaar te halen en in een plastic zak te stoppen. Het was altijd weer verbazingwekkend hoe licht die plastic zakken aanvoelden – alsof er meer dan alleen schuim en wat restjes in de versnipperaar achterbleven.

Hij haalde een schep en een zaklantaarn uit de hut en gooide de zak in een kruiwagen. Toen liep hij het bos in. Het maakte niet uit welke kant hij op liep. Waar deze jongen ook terechtkwam, hij zou voorgoed verdwijnen.

'Nooit meer iets van gezien of gehoord,' mompelde Remy in zichzelf. Hij wiebelde met zijn hoofd op en neer en van links naar rechts onder het lopen en hij begon te lachen. 'Nee. Nee. Nee. Nee. Nooit. Nee. Nee. Nee. Nee.'

HOOFDSTUK 21

Ik werd midden in de nacht wakker van lawaai. Beneden was iets kapotgevallen. Ik wist het bijna zeker.

Ik wierp een blik op de klok. Het was halfvijf geweest. 'Hoorde je dat?'

Bree tilde haar hoofd van het kussen. 'Wat? Ik word net wakker, als ik al wakker ben.'

Ik stond al naast het bed en trok een trainingsbroek aan.

'Wat is er, Alex?'

'Dat weet ik nog niet. Ik ga even kijken. Ben zo terug.'

Halverwege de trap stopte ik even om te luisteren. Het leek stil te zijn. Ik kon zien dat het al licht aan het worden was buiten, maar binnen was het nog steeds donker.

'Nana?' Mijn stem was nauwelijks meer dan een fluistering.

Er kwam geen reactie.

Bree was ook opgestaan en ze stond boven aan de trap, vlak achter me. 'Ik ben hier.'

Toen ik beneden in de hal kwam, kon ik de keuken in kijken.

De deur van de koelkast stond open en uit de koelkast scheen net voldoende licht om te zien dat Nana op de grond lag. Ze bewoog niet.

'Bree! Bel 911!'

HOOFDSTUK 22

Nana lag op haar zij, in haar oude lievelingskamerjas en pantoffels. Om haar heen lagen de scherven van een mengkom en haar gezicht was verwrongen alsof ze veel pijn had gehad toen ze viel.

'Nana! Kun je me horen?' riep ik toen ik de keuken in snelde. Ik knielde neer en voelde haar pols.

Haar hartslag was zwak, maar ze was er in elk geval nog. Mijn eigen hart ging als een razende tekeer.

Alsjeblieft, nee. Niet nu. Niet op deze manier.

'Alex, hier!' Bree kwam binnen rennen en gaf me de telefoon.

'911, wat is er aan de hand?'

'Mijn grootmoeder is in elkaar gezakt. Ik heb haar bewusteloos op de grond aangetroffen.' Mijn ogen schoten over haar gezicht, haar armen, haar benen. 'Ze lijkt geen verwondingen te hebben, maar ik weet niet wat er gebeurd is voor haar val. Haar hartslag is erg zwak.'

Bree nam de hartslag van Nana op met behulp van de keukenklok, terwijl de telefonist mijn naam en adres noteerde.

'Meneer, ik stuur direct een ambulance naar u toe. Het eerste wat u moet doen is controleren of ze nog ademt, maar probeer haar niet te verplaatsen. Het is mogelijk dat ze haar ruggenwervels heeft beschadigd tijdens haar val.'

'Ik begrijp het. Ik zal haar niet verplaatsen. Ik ga even haar adem testen.'

Haar gezicht lag naar de grond gedraaid. Ik boog me voorover en hield de rug van mijn hand tegen haar mond. Eerst – het leek een eeuwigheid te duren – voelde ik niets, maar toen voelde ik een zwakke ademtocht.

'Ze ademt, maar heel licht,' zei ik door de telefoon.

Er klonk een zacht gereutel in haar borst.

'Kom alstublieft snel. Ik ben bang dat ze doodgaat!'

HOOFDSTUK 23

De hulpverlener legde me stap voor stap uit hoe ik de 'kinlift-methode' kon toepassen om de luchtwegen van Nana open te houden. Het was nachtmerrieachtig en surrealistisch, op de ergste manier die ik me kon voorstellen. Ik legde mijn hand onder haar kin en bewoog die naar voren en omhoog. Met mijn duim hield ik haar lippen open.

Ze ademde wel weer, maar heel licht en niet regelmatig.

Toen hoorde ik ineens de stem van Ali achter me, zacht en bang. 'Waarom ligt Nana op de grond? Papa, wat is er met haar gebeurd?'

Hij stond in de deuropening van de keuken en hield zich vast aan de deurpost, alsof hij bang was dat iemand hem de keuken in zou duwen.

Bree legde haar hand over mijn hand die op Nana's wang lag. 'Ik neem het wel even over,' zei ze, en ik liep naar Ali om hem te vertellen wat er was gebeurd.

'Nana is ziek en ze is gevallen. Dat is alles,' zei ik tegen hem. 'De ambulance is onderweg en die brengt haar naar het ziekenhuis.'

'Gaat ze dood?' vroeg Ali en opeens stroomden de tranen uit zijn zachte ogen.

Ik gaf geen antwoord maar hield hem stevig vast en we bleven in de deuropening van de keuken staan. Ik kon Nana nu echt niet alleen laten. 'We blijven hier en we gaan aan Nana denken en aan hoeveel we van haar houden, goed?'

Ali knikte langzaam zonder dat zijn blik haar losliet.

'Papa?'

Ik draaide me om en zag Jannie in de gang staan. Ze was nog erger geschrokken dan haar broertje. Ik wenkte haar. Ze kwam bij ons staan en samen wachtten we tot de ambulance er was.

Uiteindelijk hoorden we de sirene. Op de een of andere manier maakte dat de hele toestand alleen nog maar erger.

Zodra de ambulancebroeders binnen waren, onderzochten ze Nana en dienden ze haar zuurstof toe.

'Hoe heet ze?' vroeg een van hen.

'Regina.' Die naam bleef bijna steken in mijn keel. De echte naam van Nana betekende koningin en dat was precies wat ze voor ons was.

'Regina, kun je me horen?' De broeder duwde een knokkel tegen haar borstbeen; ze bewoog niet. 'Geen pijnreactie. Laten we haar hartslag opnemen.'

Ze stelden me nog een paar vragen terwijl ze doorwerkten. Gebruikte ze medicijnen? Was haar toestand veranderd sinds ik 911 had gebeld? Had ze al eerder hartproblemen gehad? Zat het in de familie?

Ik hield de hele tijd één hand op Ali, om hem te laten weten dat ik er was. Hij deed hetzelfde. Jannie bleef ook de hele tijd dicht naast me staan.

Binnen een paar minuten hadden de ambulancebroeders een infuus aangelegd met een zoutoplossing. Toen deden ze een band om Nana's hals en schoven een rugplank onder haar. Jannie begroef haar gezicht in mijn zij, ze huilde zachtjes.

Daar moest Ali weer van huilen. En Bree ook.

'Wij zijn hopeloos,' kon ik uiteindelijk uitbrengen. 'Daarom mag ze ons niet verlaten.'

Ze tilden Nana's kleine lichaam op een brancard en wij volgden hen door de eet- en de woonkamer naar de voordeur. De vertrouwdheid van de omgeving was zowel treurig als beangstigend.

Bree was even verdwenen, maar nu stond ze weer achter me en gaf me mijn mobiel, een overhemd en een paar schoenen. Toen nam ze Ali van me over en legde een arm om Jannie. Hun gezichten weerspiegelden precies mijn gevoelens.

'Ga jij maar met Nana mee, Alex. Wij rijden er wel achteraan.'

HOOFDSTUK 24

Gabe Reese ijsbeerde met zijn armen stijf over elkaar achter de deuren in de hal van de westvleugel. Hij was niet gewend aan dit soort onzekerheid, het totale gebrek aan informatie, het hele verdomde mysterieuze aan deze zaak. Hij beschikte over een heleboel bronnen, maar hij kon de meeste niet gebruiken. Tenminste niet tot hij zeker wist waar ze mee te maken hadden.

Hij wachtte op de vicepresident en ze zouden het gaan hebben over Zeus, en over wat ze tot nu toe te weten waren gekomen, en over wat voor ongelofelijk schandaal dit zou kunnen worden. Tillman moest van halfeen tot een de Nationale Vereniging van Kleine Zelfstandigen toespreken in het Convention Center. Het was minder dan tweeënhalve kilometer verderop dus iets van vijf minuten rijden. Reese zou elke seconde nodig hebben.

Om precies tien voor halfeen kwam de vicepresident de hal binnen lopen geflankeerd door Dan Cormorant van de geheime dienst en een plaatsvervangend chef communicatie.

Twee assistenten die de planning maakten en nog een andere agent van de geheime dienst volgden. De gebruikelijke entourage, een vertoon van macht en arrogantie.

Tillman leek verrast toen hij Reese zag staan, met zijn typerende gleufhoed in zijn hand.

'Gabe, kom je hiervoor?'

'Ja, meneer. Ik zou het niet willen missen. Geen woord, nog geen opgetrokken wenkbrauw.'

'Oké, oké, laten we dan maar gaan.'

Ze liepen naar buiten waar de Cadillac-limousine van de vice-president, twee zwarte Suburbans en drie motoragenten met draaiende motor stonden te wachten. Toen de vicepresident in de auto wilde stappen, legde Reese een hand op Cormorants schouder.

'We hebben een beetje privacy nodig, Dan.'

Het hoofd van de geheime dienst kneep zijn ogen tot spleetjes van ergernis en wendde zich toen tot zijn nummer twee. 'Bender, neem jij de stafauto. Ik heb het hier onder controle.'

'Ja, meneer.'

'Je weet dat dat gerapporteerd moet worden,' zei Cormorant, zodra de andere agent buiten gehoorsafstand was.

'Nee, dat hoeft niet,' zei Reese tegen hem. Er was voldoende precedent voor dit soort verzoeken, zelfs van Reese zelf. Zodra Reese en de vicepresident in de auto waren gestapt, stapte Cormorant in. Toen gaf hij het startsein en de optocht vertrok richting Fifteenth Street.

HOOFDSTUK 25

De ruit tussen de voor- en achterbanken was dicht en met de getinte, kogelvrije en geluiddichte ramen rondom was deze bijeenkomst behoorlijk besloten – beter zou het niet worden vandaag, gezien het drukke programma van de vicepresident.

Reese haalde even kort adem en begon toen uiteen te zetten wat hij ontdekt had. Ten eerste zaten de FBI en Metro beide op de zaak – ze hadden in elk geval een onderzoek naar de moorden ingesteld. Er waren kennelijk prostitués bij betrokken, zowel mannelijke als vrouwelijke. Zeus was nog niet geïdentificeerd. Als er al een Zeus was.

'Ik hoor net dat we nog een ander probleem hebben.' Hij draaide zich om, om de agent van de geheime dienst die op het klapstoeltje zat in het gezicht te kijken. 'Dan, weet jij wie Alex Cross is?'

'Rechercheur bij Metro, gespecialiseerd in grote zaken – moord, seriemoorden. Werkt hij aan een bepaalde moordzaak in kwestie?' Cormorant had niets gemist. 'We zijn ons bewust van de betrokkenheid van Cross. We houden hem in de gaten.'

'En waarom moet ik hier zelf achter komen?'

Cormorant hield twee vingers in de lucht ter illustratie van de wensen van de vicepresident. 'Geen telefoon, geen e-mail, weet je nog? Ik zorg dat jij informatie krijgt als ik je die kan bezorgen, Gabe. We hebben het hier over één rechercheur van moordzaken.'

'Wacht even,' kwam de vicepresident tussenbeide. 'Hoe ver zijn we met Zeus, Dan?'

'Snel, alsjeblieft,' voegde Reese toe. Ze waren al bijna bij K Street, waar het nu helaas minder druk was dan normaal.

'Het is een ingewikkelde zaak. We moeten veel dingen natrekken. We hadden afluisterapparatuur geplaatst in een privéclub in Virginia. Een heel discrete plaats voor ontmoetingen. Het is een seksclub, meneer. Het is mogelijk dat Zeus daar is geweest. Het is heel aannemelijk. Het Witte Huis, of eigenlijk de ministerraad komt steeds naar voren, maar dat komt misschien door de codenaam, Zeus. Ik hoop dat er niet iets anders achter zit.'

Tillmans gezicht betrok en hij boog zich voorover naar de man van de geheime dienst. 'En dat is het? Dat is alles wat je hebt?'

'Dit is een moordonderzoek. Meestal lossen die dingen niet vanzelf op. De club heet Blacksmith Farms. We hebben de namen van diverse klanten. De club is in handen van de maffia.'

Tillman snauwde: 'Waarom kunnen wíj er niet achter komen wie Zeus is?'

'Het spijt me, meneer, maar ik kan niet veel meer overhoop halen zonder meer aandacht te trekken dan we willen. We weten niet eens zeker of Zeus de club in kwestie echt heeft bezocht. Er doen allerlei geruchten de ronde, maar we hebben nog geen harde feiten.'

Het toontje dat Cormorant tegen de vicepresident aansloeg, beviel Reese helemaal niet, hij vond het ook niet prettig hoe Cormorant tegen hem praatte. 'Allerlei geruchten. Wie weet hier nog meer van?' vroeg hij.

'Twee hoofdagenten van het Joint Operations Center, één functionaris van de inlichtingendienst, maar het is allemaal onder controle. Geen links naar het ministerie van de vicepresident.'

Cormorant wierp Reese weer een van zijn blikken toe. 'Jij moet even dimmen. Hier hebben we niks aan. We boeken zoveel vooruitgang als mogelijk en we moeten heel veel dingen natrekken. De omstandigheden konden niet slechter zijn.'

De woorden *fuck you* schoten Reese even door het hoofd, maar hij was te slim om zijn geduld te verliezen in het bijzijn van Tillman. De hele toestand had nog steeds alle ingrediënten in zich om in te slaan als een bom in Washington en een van de grootste zaken in jaren te worden. Een seriemoordenaar betrokken bij de ministerraad – of verbonden aan het Witte Huis?

'Meneer, ik wil u adviseren alle rapportages van de geheime dienst van uw detachement te markeren als gevoelige informatie – tot nader bericht.'

'Meneer, elke SCI-order plaatst uw duimafdruk precies waar u 'm niet wilt hebben,' kwam Cormorant tussenbeide.

'Maar tegelijkertijd zorg je ervoor dat die informatie volledig onbereikbaar is,' kaatste Reese terug. Tillman was in de positie om in dit geval niet alleen de veiligheidsdienst van het Witte Huis te omzeilen, maar ook de Freedom of Information Act.

'Oké.' Tillman knikte, hij was het met de stafchef eens. Zo zou het gebeuren. Toen vroeg hij: 'En hoe zit het met die rechercheur Cross? Hoeveel zorgen moeten we ons om hem maken?'

Cormorant dacht even na. 'Dat is moeilijk te zeggen, tot hij iets vindt. Als hij al iets vindt. Ik hou het in de gaten en als er iets verandert, dan zal ik u zo snel mogelijk...'

'Je hoeft míj niet op de hoogte te stellen,' zei Tillman resoluut. 'Doe het via Gabe. Alles gaat vanaf nu via Gabe.'

'Natuurlijk.'

Reese merkte dat hij steeds zijn hand door zijn haar haalde zonder dat hij dat in de gaten had. Ze waren net bij het Convention Center gearriveerd; hoog tijd om op een of andere manier een einde te breien aan dit gesprek.

Snel zei hij: 'Is er verder nog iets wat ik moet weten? Iets wat je voor jezelf hebt gehouden? Bijvoorbeeld wie in godsnaam die Zeus is?'

Cormorant werd rood, maar het enige wat hij zei was: 'We zijn er, meneer.'

HOOFDSTUK 26

Nana leefde nog. Dat was het enige wat ertoe deed, het enige waar ik me nu druk over kon maken. Maar ik vroeg me wel af hoe het kwam dat als je iemand verliest, of op het punt staat iemand te verliezen die belangrijk voor je is, die persoon je dan nog dierbaarder wordt.

Het was vreselijk te moeten wachten tot ze klaar waren met de onderzoeken in het ziekenhuis. Ik moest uren in een steriele, felverlichte gang zitten, terwijl zich in mijn hoofd de gruwelijkste scenario's afspeelden; een slechte gewoonte die ik aan mijn werk heb overgehouden. Ik probeerde herinneringen aan Nana op te halen en ik ging helemaal terug naar de tijd dat ik tien was en zij de plaats van mijn ouders in mijn leven had ingenomen.

Toen ze haar eindelijk naar buiten reden, was het een zegen haar in de ogen te kunnen kijken. Ze was buiten kennis geweest toen we in het ziekenhuis aankwamen en er was geen enkele garantie dat we haar nog levend terug zouden zien.

Maar ze was er en ze praatte.

'Ik heb je wel een beetje laten schrikken, hè?' Haar stem was zwak en ze klonk een beetje amechtig. Ze leek nog kleiner dan anders zoals ze daar rechtop op die brancard zat, maar ze was helder.

'Meer dan een beetje,' zei ik. Ik moest me inhouden om haar niet fijn te knijpen. In plaats daarvan gaf ik haar een lange zoen op haar wang.

'Welkom terug, oudje,' fluisterde ik in haar oor, om haar aan het lachen te krijgen, en dat lukte.

'Het is goed om terug te zijn. En nu wegwezen hier!'

HOOFDSTUK 27

Zodra we haar hadden geïnstalleerd – in een ziekenhuisbed – kwam de dienstdoende cardioloog langs. Ze heette dr. Englefield, leek een jaar of vijftig en had een meelevende uitdrukking op haar gezicht, maar ook een soort professionele afstandelijkheid die ik vaak had gezien bij specialisten.

Ze bekeek Nana's status terwijl ze tegen ons sprak.

'Mevrouw Cross, de algemene diagnose is hartfalen. Om precies te zijn, uw hart is niet meer in staat het bloed voldoende rond te pompen. Dat betekent dat u niet genoeg zuurstof of voedingsstoffen krijgt, en daarom bent u waarschijnlijk flauwgevallen vanochtend.'

Nana knikte, ze toonde geen enkele emotie. Het eerste wat ze vroeg was: 'Wanneer mag ik weer uit het ziekenhuis?'

'Gemiddeld genomen houden we een patiënt vier à vijf dagen. Ik wil graag uw bloeddrukmedicijnen bijstellen en dan zien we over een paar dagen wel waar we zijn.'

'O, dan ben ik thuis, dokter. En waar bent u dan?'

Englefield lachte beleefd, ze dacht dat Nana een grapje maakte. Maar zodra ze haar hielen had gelicht, wendde Nana zich tot mij.

'Je moet met iemand anders gaan praten, Alex. Ik ben klaar om naar huis te gaan.'

'Is dat zo?' vroeg ik en ik probeerde luchtig te klinken.

'Ja, dat is zo.' Ze wapperde met haar hand en probeerde me

de kamer uit te bonjouren. 'Hup, ga het regelen.'

Nu begon het een beetje ongemakkelijk te worden. Ik was nooit tegen Nana ingegaan en nu moest ik juist dat gaan doen.

'Ik denk dat we beter naar de dokter kunnen luisteren,' zei ik. 'Als een paar nachten ziekenhuis betekent dat we dit niet nog een keer mee hoeven maken, dan ben ik er helemaal voor.'

'Je luistert niet naar me, Alex.' Haar stem klonk ineens ferm en ze greep me bij mijn pols. 'Ik blijf geen dag in dit ziekenhuis, hoor je me? Ik weiger. En ik heb het volste recht om te weigeren.'

'Nana...'

'Nee!' Ze liet mijn pols los en priemde met een trillende vinger in mijn richting. 'En niet dat toontje, daar ben ik niet van gediend. En nu ga je aan mijn wensen tegemoetkomen, ja? En anders sta ik zelf op om het regelen, als het moet. En je weet dat ik daartoe in staat ben, Alex.'

Het was vreselijk om daar tegenover die priemende vinger van haar te staan. Ze probeerde haar zin door te drijven, maar tegelijkertijd smeekte ze me ook naar haar wensen te luisteren.

Ik ging op de rand van het bed zitten en boog me voorover zodat mijn hoofd naast het hare was. Ik sloot mijn ogen en nam het woord.

'Nana, ik wil dat je je herstel serieus neemt. Schakel even een tandje terug en laat het allemaal gebeuren. Je moet wel. Wees verstandig.' Dat laatste had Nana sinds mijn tiende altijd tegen mij gezegd. *Wees verstandig.*

Het was volkomen stil in de kamer. Je hoorde alleen hoe Nana zich terug liet zakken in de kussens. Toen ik mijn ogen weer opende, zag ik de tranen op haar wangen. 'Dit is het dan? Ga ik hier dood?'

Ik trok een stoel bij en ging naast het bed zitten. Later zou ik in diezelfde stoel slapen. 'Niemand gaat hier vanavond dood,' zei ik.

DEEL TWEE

Vuur met vuur

HOOFDSTUK 28

Tony Nicholson was al ongerust genoeg, op van de zenuwen eigenlijk, en nu was hij ook nog te laat, dankzij een omgekiepte aanhanger van een tractor op de weg de stad uit. Tegen de tijd dat hij Blacksmith Farms bereikte, was het al over halftien en zijn belangrijke gasten werden binnen minder dan een halfuur verwacht. Inclusief een heel speciale gast.

Hij bleef in zijn auto zitten en drukte op de bel.

'Ja?' zei een vrouwenstem. Beschaafd. Brits. Zijn assistente, Mary Claire.

'Ik ben het, M.C.'

'Goedenavond meneer Nicholson. U bent een beetje laat.' Je meent 't, Sherlock, dacht Nicholson, maar hij zei het niet hardop.

Het hek zwaaide open en sloot weer achter hem nadat hij er met zijn Cayman S doorheen was gereden.

De lange oprijlaan liep door ongeveer anderhalve kilometer open veld, liep daarna omhoog door een strook bos met voornamelijk bitternoot- en eikenbomen, waarna hij in het zicht kwam van het hoofdgebouw. Nicholson parkeerde zijn Cayman in de oude schuur en liep via de openslaande deuren van de patio naar binnen.

'Ik ben er, ik ben er. Sorry.'

Zijn gastvrouw voor deze avond, een Trinidadiaanse schone die luisterde naar de naam Esther, schikte net de lederen gastenmappen op de Chippendale-tafel in de foyer.

'Is er nog iets wat ik moet weten?' vroeg hij. 'Zijn er vanavond problemen te verwachten?'

'Nee, meneer Nicholson. Het loopt allemaal op rolletjes.' Esther had een mooie serene manier van doen en Nicholson was daar gek op. Hij werd er meteen rustig van. 'De Bollinger staat koud, we hebben de Flor de Farach-corona's in de humidors, de meisjes zijn allemaal prachtig en goed geïnstrueerd en u hebt...' Ze trok een horloge uit haar zak; er waren geen klokken in het huis. '...nog minstens twintig minuten voordat onze eerste gasten arriveren. Ze hebben van tevoren nog even gebeld. Ze zijn precies op tijd. Ze klonken erg... enthousiast.'

'Goed dan. Prima werk. Je weet waar je me kunt vinden als je me nodig hebt.'

Nicholson liep nog snel even door de vertrekken op de begane grond voor hij naar boven ging. De foyer en de lounges ademden de sfeer van een Engelse herenclub met de mahoniehouten lambrisering, koperen beelden op de bar en een heleboel belachelijk duur antiek. Het zag eruit als het soort plek waar zijn vader alleen maar van had kunnen dromen, dankzij het weerzinwekkende Engelse klassenstelsel. Nicholson was een arbeiderszoon uit Brighton, maar hij had die sombere ellende al lang geleden achter zich gelaten. Hier was hij de koning. Of op zijn minst een gekroonde prins.

Hij nam de hoofdtrap naar de eerste verdieping, waar de meeste meisjes al aangekleed waren en zaten te wachten op de eerste lading gasten, de 'vroege smeerlappen'.

Verbluffend mooie meiden, elegant én sexy, zaten te kletsen op de lage banken op de mezzanine, waar ook overal comfortabele kussens op de vloer lagen en verschillende zachte draperieën hingen die voor meer of minder privacy konden zorgen, afhankelijk van de wensen van de gasten.

'Goedenavond, dames,' zei hij terwijl hij hen met een deskundig oog opnam. 'Ja, ja, heel mooi. Jullie zijn prachtig. Perfect, jullie allemaal, in elk opzicht.'

'Dank je, Tony,' zei een van hen, een beetje harder dan de anderen. Het was Katherine, natuurlijk, die haar grijsblauwe ogen altijd iets langer op zijn Noord-Europese gelaatstrekken liet rusten dan de anderen. Ze had graag eens een poging gewaagd bij de baas, en om de verkeerde redenen, wist hij. *Om de plaats van zijn vrouw in zijn leven in te nemen.*

Nicholson boog voorover om iets in haar oor te fluisteren. Hij frunnikte even aan de zoom van haar witkanten minirokje. 'Een ander jurkje, misschien, Kat, denk ik. We moeten niet hebben dat de hoeren eruitzien als hoeren, toch?'

Hij keek toe hoe het mooie meisje haar best deed om de stralende glimlach vast te houden, alsof hij net iets liefs en charmants had gezegd. Zonder nog iets te zeggen stond ze op en verliet de kamer. 'Ik moet even mijn neus poederen,' fluisterde ze.

Toen hij had gezien dat alles verder prima in orde was, liep Nicholson tevreden naar zijn afgesloten kantoor op de tweede verdieping. Dit was het enige gedeelte van het huis dat niet toegankelijk was voor gasten en personeel.

Toen hij binnen was, schonk hij zichzelf een glas Bollinger in van zevenhonderd dollar per fles – een cadeautje aan zichzelf uit de voorraad – en ging zitten. Het was een hectische dag geweest, nu kon hij eindelijk ontspannen.

Nu ja, niet echt ontspannen, maar gelukkig was er de Bollinger.

Twee grote flatscreenmonitors besloegen het grootste deel van zijn bureau. Hij startte het systeem op en typte een lang wachtwoord in.

Er verschenen rijen kleine beelden als dominostenen op een van de twee schermen.

Op het eerste gezicht leken het miniatuur stillevens, elk van een ander deel van het huis – foyer, mezzanine, gastensuites, massagekamers, kerker, aparte kamers. In totaal zesendertig ruimtes.

Nicholson bleef even hangen bij de onbetrouwbare Katherine

in een van de kleedkamers. Ze droeg alleen een string en met deinende boezem tutte ze aan haar doorgelopen oogmake-up in de spiegel. Hoe mooi ze ook was, Katherine was een vergissing, te ambitieus, te uitgekookt, maar dat had nu even niet zijn prioriteit.

Hij klikte op een beeld van de oprit vlak voor het huis. Hij sleepte het opzij, zodat het naar het andere scherm sprong en daar schermvullend opende. Onderaan begon een klokje mee te lopen.

Hij klikte nog een keer op een rode driehoekige button aan de zijkant, RECORD.

De eerste auto's kwamen net aan. Het feest stond op het punt te beginnen.

'Laat het neuken beginnen, zowel geestelijk als anderszins. Wat al die kleine stijve pikken ook maar willen.'

HOOFDSTUK 29

Tegen halftwaalf bruiste de peperdure en exclusieve Blacksmith Farms. Alle gastensuites waren bezet, de massagekamers, de 'kerker', zelfs de mezzanine golfde van hete seks en bijbehorende escapades – meisje-jongen, meisje-meisje, jongen-jongen, meisje-jongen-meisje, wat de klant maar wilde.

Het hele huis was afgehuurd voor een vrijgezellenfeest die avond: vijf knappe boy-escorts, vierendertig meisjes, eenentwintig heel geile gasten en een rekening van 150.000 dollar. Het bedrag was al overgemaakt op de rekening van de club.

Nicholson wist precies wie de gastheer – en getuige van de bruidegom – was: Temple Suiter, partner bij een van D.C.'s meest prestigieuze advocatenkantoor met zeer goede connecties. Hun klanten waren onder anderen de Raad van Gezinszaken, de koninklijke familie van Saudi-Arabië en leden van de voormalige regering van het Witte Huis.

Nicholson had zijn huiswerk gedaan, zoals altijd.

Benjamin Painter, de vrijgezel in kwestie, stond op het punt met een van Washingtons machtige families te trouwen. Volgende week zou hij de oud-senator van Virginia 'papa' noemen en een van D.C.'s meest geliefde slachtoffers van de plastische chirurgie 'mama'. Hij werd door iedereen gezien als iemand die goed op weg was naar zijn eigen Senaatszetel, hetgeen meneer Painter allemaal heel waardevol maakte – althans, in de ogen van Nicholson.

Op dit moment zat de aanstaande bruidegom en senator nonchalant onderuitgezakt op een clubfauteuil in suite A. Twee van de jongste, mooiste en minst gevaarlijke meisjes, Sasha en Liz, waren elkaar langzaam aan het uitkleden op het bed, terwijl een nieuw meisje, Ana, hem door de stof van zijn yuppenboxershort heen onder handen nam. Het trio leek erg jong, maar ze waren allemaal meerderjarig. Negentien, om precies te zijn. Net meerderjarig.

Nicholson streek met zijn vinger over zijn touchpad om het beeld aan te passen. De camera's, ter grootte van een vlakgum, waren draadloos en hadden een bewegings- en zoomfunctie. Deze camera zat verborgen in de rookmelder in de kamer.

Een microfoontje, niet groter dan een luciferkop, kwam uit het plafond en zat verstopt in de kroonluchter die recht boven het kingsize bed hing, waar Sasha net rechtop ging zitten, vrolijk lachend, kirrend.

Ze ging schrijlings op Liz zitten, ze waren nu allebei naakt, op wat duur uitziende sieraden na. Hun nauwsluitende zwarte cocktailjurkjes lagen op een hoopje op de grond.

Sasha reikte over het bed heen naar het nachtkastje, trok de la open en haalde er een dikke vleeskleurige fallus uit. Ze hield hem omhoog en zwaaide ermee voor de neus van Benjamin Painter. Zijn ogen werden meteen een stuk groter.

'Wil je dat ik Liz neuk?' vroeg ze en ze glimlachte kuis. 'Ik wil het graag doen. Ik wil het heel graag doen met Liz.'

'Dat is geweldig,' zei Ben, alsof hij een nuttige tekst prees in zijn vaders bedrijf. 'Maak haar maar klaar voor mij, Sasha. En jij...' Hij legde zijn handen op het hoofd van Ana die voor hem geknield zat. 'Neem je tijd, Ana. Langzaam maar gestaag, daarmee komen we een heel eind, nietwaar?'

'O, ik zou het niet anders willen, Benjamin. Ik geniet hier ook erg van.'

Meneer Painter was bezig Nicholson uitstekend videomateriaal te leveren waar hij wat mee kon, maar zijn goede vriend, die hij nog kende van de rechtenstudie aan de universiteit van New York, meneer Suiter, schreef zo ongeveer een blanco cheque uit.

Suiter had de twee mooiste Aziatische meisjes van het huis, Maya en Justine. Maya lag op haar rug op de betegelde verhoging naast het bad met haar slanke, welgevormde benen in de lucht, terwijl Suiter als een gek in haar tekeerging. Het leek of ze ervan genoot, maar dat viel te betwijfelen, aangezien Maya en Justine een stelletje waren en onlangs zelfs waren getrouwd in Massachusetts, waar ze vandaan kwamen.

Justine stond op het punt hem de '*money shot*' te geven. Ze ging over Suiter heen staan, met de knieën lichtgebogen. Ze hield zich vast aan een greep aan het plafond en liet de natuur de vrije loop over de schouders en rug van de klant.

Suiter kreunde op het ritme van zijn eigen stoten, zijn stem werd luider naarmate de climax dichterbij kwam. 'Ja... ja... dat is lekker, dat is *fucking* lekker.'

Nicholson rolde met zijn ogen van walging en zette het geluid uit. Hij hoefde het gebazel van deze idioot nu niet te horen. Over een paar dagen zou hij er een leuk clipje van een halve minuut uithalen en naar het kantoor aan huis van meneer Suiter sturen. Een paar shots van voren en goed gekozen uitspraken werkten altijd het best.

Want Tony Nicholson wist dat hoeveel deze mannen ook wilden betalen om een goeie beurt te krijgen op zaterdagavond of gewoon met een vrouw te neuken die níet na afloop vraagt waar ze aan denken, ze altijd – áltijd – bereid waren nog meer te betalen om deze smerige geheimpjes voor zichzelf te houden.

Allemaal – behalve Zeus.

HOOFDSTUK 30

'Wat heb je daar?'

'Kenteken DL Y224, een donkerblauwe Mercedes McLaren. Geleased door ene Temple Suiter.'

'De advocaat?'

'Waarschijnlijk wel. Wie kan het anders zijn? Die gast heeft meer geld dan onze lieve Heer zelf.'

Carl Villanovich liet de camera zakken en wreef stevig in zijn ogen. Hij had drie nachten achtereen moeten posten in de bossen rond Blacksmith Farms, hij had het ijskoud en was de opdracht meer dan zat.

Hij klapte een statief uit en zette de camera daar op om zichzelf even een kleine pauze te gunnen. Het beeld was te zien op een laptop die naast hem stond. Hij zoemde uit om een totaalshot te maken van het huis.

Het huis was gigantisch: kalksteen, althans zo zag het eruit, met pilaren aan de voorzijde die twee verdiepingen hoog waren. Het was waarschijnlijk ooit een plantagehuis geweest. Erachter stond een verbouwde schuur en er waren nog verscheidene bijgebouwen, maar die waren allemaal donker deze avond.

'Hier komt er nog een.'

Zijn partner, Tommy Skuba, maakte een paar opnamen met zijn digitale spiegelreflexcamera toen een wijnrode Jaguar uit de bossen tevoorschijn schoot. Villanovich zoemde in op het nummerbord van de Jag op het moment dat die de bocht naar het huis maakte.

'Heb je die?' vroeg hij.

'Hebbes,' antwoordde de stem op zijn headset. Het commandocentrum lag 120 kilometer verderop in Washington, maar ze volgden alles daar live.

Er was geen parkeerbediende voor het huis. De nieuwe gast parkeerde zelf zijn auto, stapte uit en belde aan. Vrijwel onmiddellijk deed een lange, beeldschone zwarte vrouw in een glimmende jurk open. Ze glimlachte en liet hem binnen.

'Skuba, hou de ramen in de gaten.'

'Ik weet het, ik weet het. Ik doe mijn best, Steven Spielberg zou trots op me zijn. Die Jaguar moet een vaste klant zijn.'

Villanovich wreef met beide handen over zijn gezicht in een poging scherp te blijven. 'Is er een mogelijkheid dat we vanavond eerder aftaaien? We hebben al meer materiaal dan we nodig hebben, toch?'

'Neen.' Het commandocentrum reageerde meteen. 'We willen dat jullie ook de vertrekkende gasten vastleggen.'

Het geklik van de camera van Skuba trok de aandacht van Villanovich weer naar het huis. De bestuurder van de Jag was zojuist een raam langs de trap gepasseerd, met een meisje aan zijn arm. Lang en zwart, maar niet het meisje dat open had gedaan.

'Jezus Christus.' Skuba liet zijn camera zakken en bedekte zijn microfoontje. 'Heb je die tieten gezien? Ik moet eerlijk zeggen, ik ben wel een beetje jaloers. Enneh... eh, geil.'

'Dat zou ik maar niet zijn. Quantico zit nu op de zaak,' zei Villanovich tegen hem, terwijl hij naar het lege raam bleef kijken. 'Als deze club ten onder gaat, gaan ze allemaal mee.'

HOOFDSTUK 31

Voordat Nana naar huis mocht, moest ik eerst nog een keer met dr. Englefield praten. In de vertrouwde omgeving van haar kantoor op de begane grond van het St. Anthony-ziekenhuis was de dokter aanzienlijk ontspannener, relaxter en menselijker.

'We hebben het vocht achter haar longen af kunnen voeren en we hebben haar bloeddruk weer naar een normaal niveau weten te krijgen, maar dat is nog maar het begin. Zij, en u, zullen alert moeten blijven. Regina wil het niet toegeven, maar ze is over de negentig. Dit is een serieuze aandoening.'

'Ik begrijp het,' zei ik. 'En mijn grootmoeder ook, geloof het of niet.'

Nana had inmiddels een hele batterij nieuwe medicijnen voorgeschreven gekregen – ACE-inhibitoren, plaspillen en een combinatie van hydralazine en nitraat die om een of andere reden vooral goede resultaten boekte bij zwarte patiënten. Er moest ook nagedacht worden over een nieuw zoutloos dieet en haar gewicht moest dagelijks gecontroleerd worden om er zeker van te zijn dat ze niet te veel vocht zou vasthouden.

'Dat zijn wel heel veel veranderingen in één keer,' zei dr. Englefield en ze gaf een vreemd half lachje. 'Als je je er niet aan houdt, neemt de kans op een hartstilstand toe bij iemand in haar conditie. De steun van de familie is van cruciaal belang. De toestand is kritiek.'

'We zullen alles doen wat nodig is,' zei ik tegen haar. Zelfs

Jannie had op internet zitten lezen over hartfalen.

'Ik zou u ook willen aanraden thuiszorg te regelen voor de momenten dat u en uw vrouw niet thuis zijn.' Englefield had Bree één keer in het voorbijgaan ontmoet; ik deed geen moeite om haar te corrigeren. 'Het zal natuurlijk niet makkelijk zijn uw grootmoeder daarvan te overtuigen. Kan ik me zo indenken.'

Ik grinnikte voor het eerst. 'Ik merk dat jullie elkaar hebben leren kennen. En ja, we zijn al op zoek naar hulp.'

De dokter glimlachte ook – voor een tiende van een seconde. 'Regina mag van geluk spreken dat ze iemand als u in de buurt had toen ze in elkaar zakte. Het is verstandig ervoor te zorgen dat ze de volgende keer weer geluk heeft, als – of wanneer – het weer gebeurt.'

Het was niet moeilijk te begrijpen waarom Nana haar de bijnaam 'dokter Zonneschijn' had gegeven. Maar als ze me probeerde bang te maken, dan was dat gelukt.

HOOFDSTUK 32

We gingen samen naar boven om Nana te bezoeken. Dan konden we ons altijd nog achter de ander verschuilen, nietwaar?

'Mevrouw Cross,' zei dr. Englefield tegen haar, 'het gaat behoorlijk goed met u, gezien de omstandigheden. Ik adviseer u nog één nacht hier te blijven, dan kunnen we u morgen naar huis sturen.'

'Ik hou wel van dat woord, "adviseren",' zei Nana. 'Dank u voor uw advies, dokter. Ik waardeer het zeer. Als u ons nu wilt excuseren, mijn kleinzoon neemt mij nu mee naar huis. Ik heb nog een hoop dingen te doen vandaag, ik moet nog taarten bakken, bedankbriefjes schrijven, dat soort dingen.'

Englefield haalde kort haar schouders op en ik liet het gaan. Zij ook. Drie kwartier later waren Nana en ik op weg naar huis.

In de auto haalde Nana herinneringen op aan de chocoladebruine labrador die we hadden tijdens mijn jeugd in North Carolina, vlak voor mijn ouders stierven. Het raampje was naar beneden gedraaid en ze liet de lucht naar binnen blazen terwijl de wereld buiten aan haar voorbijvloog. Ik verwachtte half-enhalf dat ze dr. King zou gaan citeren. *Free at last, free at last...*

Of misschien een welgekozen zin uit *The Bucket List* van Morgan Freeman.

Ze draaide zich naar me toe en klopte met twee handen op de bekleding. 'Hoe kunnen deze stoelen nou zo lekker zitten? Ik denk dat ik hier beter zou slapen dan in een ziekenhuisbed, dat kan ik je wel vertellen.'

'Dan vind je het vast niet erg dat we je kamer hebben omgebouwd tot hobbykamer,' zei ik met een stalen gezicht.

Ze giechelde en begon de stoelleuning achterover te draaien. 'Let maar op.' Maar toen ze te ver naar achteren kwam te liggen, veranderde haar lach in een hoestbui. Haar longen waren nog steeds kwetsbaar. Ze kromp ineen met een gierende uithaal die ik in mijn buik voelde.

Ik reed snel de vluchtstrook op, stopte en hield een hand achter haar tot ik de stoel weer rechtop had kunnen zetten.

Ze wuifde me weg. Ze hoestte nog steeds, maar minder erg. Mijn eigen hart maakte overuren. Dit herstel kon een interessante onderneming worden, wat ik je brom.

De hoestbui leek me een goede opmaat, dus toen we weer reden, zei ik: 'Luister, Bree en ik hebben het erover gehad iemand in huis...'

Nana gaf een woordenloze grom.

'Alleen als we naar ons werk zijn. Misschien een half dagje.'

'Ik heb geen behoefte aan een of andere overbezorgde vreemde die de hele tijd over me heen hangt en mijn kussens opschudt. Dat vind ik gênant. En het kost onnodig veel geld. We hebben een nieuw dak nodig, Alex, geen zusters.'

'Ik begrijp je wel,' zei ik. Ik had eigenlijk wel verwacht dat ze dat zou antwoorden. 'Maar dan kan ik je niet met een gerust hart achterlaten als ik weg moet. We hebben genoeg geld.'

'Aha.' Ze vouwde haar handen en legde ze in haar schoot. 'Dit gaat allemaal over wat jíj wilt. Ik begrijp het helemaal.'

'Kom op, laten we nu geen ruzie maken. Je gaat naar huis,' zei ik, maar ik zag nog net dat ze met haar ogen rolde. Ze was me aan het uitproberen, omdat ze dat kon – gewoon voor de lol.

Wat niet inhield dat ze instemde met het inhuren van een verpleegster.

'Maar goed, de patiënt is in elk geval in een goeie bui,' zei ik.

'Ja, dat is ze,' antwoordde Nana. We draaiden Fifth Street in en ze ging een beetje rechterop zitten. 'En niemand, zelfs de grote Alex Cross niet, gaat haar op haar zenuwen werken op een mooie dag als deze.'

Een paar seconden later voegde ze eraan toe: 'Geen verpleeg-sters!'

HOOFDSTUK 33

Een haastig gemaakt spandoek hing boven de voordeur. Er stond op: WELKOM THUIS NANA! in zes verschillende kleuren.

Zodra de kinderen ons zagen, kwamen ze naar buiten gerend. Ik liep snel naar voren en plukte Ali van de grond voor hij Nana kon tackelen op het tuinpad.

'Voorzichtig!' riep ik naar Jannie, maar die hield al een beetje de rem erop.

'We hebben je zo gemist!' riep ze uit. 'O, Nana, welkom thuis! Welkom, welkom!'

'Geef me eens een echte knuffel, Janelle. Ik breek niet,' Nana straalde als een gloeilamp en grijnsde.

Ali wilde per se de koffer van Nana dragen. Hij bonke-bonke-bonkte ermee achter ons aan de trap op. Nana liep tussen mij en Jannie in.

Toen we de keuken in kwamen, was Bree aan de telefoon. Ze schonk Nana een brede glimlach en stak een vinger in de lucht ten teken dat ze nog één momentje bezig was.

'Ja, meneer. Ja. Zal ik doen. Dank u zeer!' zei Bree in de hoorn.

'Wie was dat?' vroeg ik, maar Bree snelde al naar Nana om haar stevig te omhelzen.

'Voorzichtig!' riep Ali, waarop Nana in de lach schoot.

'Ik ben geen mandje eieren,' zei ze. 'Ik ben een ouwe taaie.'

We gingen aan de keukentafel zitten, nadat Nana duidelijk had gemaakt dat ze naar bed ging op een tijd waarop 'echte mensen' naar bed gingen, dank u wel.

Toen we allemaal zaten, schraapte Bree haar keel alsof ze een mededeling wilde doen. Ze keek ons een voor een aan en stak toen van wal: 'Ik heb het idee dat het hele plan om iemand in te huren voor Nana, misschien toch niet zo in de smaak valt. Klopt dat?'

'Hm-mm.' Nana wierp me een blik toe waarmee ze zei: *Zie je nu wel, het is niet zo heel moeilijk om mij te begrijpen.*

'Dus... ik ga minder werken en blijf een tijdje thuis bij jou, Nana. Tenminste, als jij dat wilt.'

Nana begon te stralen. 'Dat is heel attent, Bree. En je hebt het mooi gezegd. Dít is nu een gezondheidszorgplan waar ik mee kan leven.'

Ik was een beetje verbaasd. 'Minder werken?' vroeg ik.

'Ja, inderdaad. Ik ben beschikbaar als je me nodig hebt in de zaak van Caroline, de rest besteed ik uit. O, en Nana, híer.' Ze stond op en pakte een stapel papier van het aanrecht. 'Ik heb deze recepten voor je uitgeprint van internet. Kijk maar of je het wat vindt. Of niet. Zie maar. Wil je thee?'

Nana zat al te lezen, ik liep achter Bree aan naar het fornuis. Eén blik in haar ogen en ik realiseerde me dat het dom was om te vragen of dit echt was wat ze wilde. Bree had altijd precies gedaan wat ze wilde, en dat bedoel ik positief.

'Dank je,' zei ik zachtjes. 'Je bent geweldig.' Ze glimlachte om me te laten weten dat bedankjes niet nodig waren en ook dat ze inderdaad geweldig was. 'Ik hou ook van haar,' fluisterde ze.

'Aubergíne?!' Nana hield een van de velletjes omhoog die ze had zitten lezen. 'Je kunt aubergine niet goed klaarmaken zonder zout. Onmogelijk.'

'Kijk maar verder,' zei Bree, die naar de tafel liep en naast Nana ging zitten. 'Er zijn nog veel meer recepten. Wat denk je van krabkoekjes?'

'Krabkoekjes zou kunnen,' zei Nana.

Ik leunde achterover en keek een tijdje naar die twee. Ik had echt het gevoel alsof de cirkel rond was. Ik zag hoe Bree tegen Nana aanleunde als ze lachten en dat Nana altijd een hand op Bree leek te hebben liggen, alsof ze al eeuwen bevriend waren. En als God het wilde, dacht ik, zouden ze dat nog heel lang zijn.

'Tulband met chocoladeglazuur?' vroeg Nana, en keek ondeugend. 'Staat dat op je gezond-eten-lijstje, Bree? Zou wel moeten.'

HOOFDSTUK 34

Toen ik de volgende dag werd gebeld door mijn vriend bij de FBI, Ned Mahoney, had ik nooit gedacht dat het over de moordzaak van Caroline zou gaan. Het enige wat hij tegen me zei was dat hij me wilde ontmoeten in het eetgedeelte van Tysons Corner Center in McLean. Als iemand anders me dat had gevraagd, was het een vreemd verzoek geweest. Maar omdat het van Ned kwam, die ik stilzwijgend vertrouwde, wist ik dat er iets aan de hand was.

Ned was een behoorlijk hoge piet die ooit aan het hoofd had gestaan van het gijzelaarsbevrijdingsteam van de FBI-opleiding in Quantico. Nu had hij een nog belangrijker functie: hij was supervisor over de agenten van de hele Oostkust. Toen ik nog bij de FBI zat, werkten we samen, en onlangs ook nog een keer, bij een bizarre confrontatie tussen corrupte agenten van het arrestatieteam en een paar drugdealers in D.C.

Ik ging tegenover Ned zitten aan een oranje plastic tafel met witte plastic stoelen, waar hij een kopje koffie achteroversloeg.

'Ik heb het behoorlijk druk momenteel. Wat moet je van me?' zei ik en grinnikte.

'Laten we een eindje gaan lopen,' zei hij en we stonden meteen op. 'Ik heb het ook druk. Je krijgt de groeten van Monnie Donnelley, trouwens.'

'Groeten terug. Zo, Ned, wat heb je op je hart? Waarom dit John le Carré-achtige sensatiegedoe?' vroeg ik terwijl we in een stevig tempo de eetgelegenheid uitliepen.

'Ik heb interessante informatie over Caroline,' zei hij zonder omhaal. 'Eerlijk, Alex, ik zou het je niet vertellen als ze niet je nichtje was. Deze hele zaak wordt met de dag vreemder en gevaarlijker.'

Ik bleef staan tegenover een boekwinkel waar de boeken van David Sedaris hoog opgestapeld in de etalage lagen. 'Welke "hele zaak"? Ned, praat me helemaal bij.' Mahoney is een van de slimste agenten die ik ooit heb gekend, maar soms werken zijn hersenen te snel en vergeet hij belangrijke details te vertellen.

Hij begon weer te lopen, hij speurde het winkelcentrum af. Hij begon me op mijn zenuwen te werken. 'We hadden een surveillanceteam op een bepaalde locatie in Virginia. Privéclub. Hele grote jongens. Alex, ik heb het hier over mensen die ons kunnen maken en breken – letterlijk en figuurlijk.'

'Ga door,' zei ik. 'Ik luister.'

Hij keek naar de grond. 'Je weet dat je nichtje eh...'

'Ja, ik weet van het forensisch onderzoek, alle andere details. Ik heb haar gezien bij de patholoog-anatoom.'

Hij gooide de rest van zijn koffie in een prullenbak. 'Het is mogelijk, zelfs aannemelijk, dat Caroline door iemand vermoord is in die club.'

'Wacht even.' We stonden weer stil. Ik wachtte tot een blonde moeder met haar drie goudlokjes en een arm vol Baby Gap-tasjes voorbij was. 'Waarom is de FBI hierbij betrokken?'

'Technisch gezien, Alex? Omdat er een lichaam over een staatsgrens is vervoerd.'

Ik dacht aan het maffialid dat aangehouden was, maar weer was ontsnapt: Johnny Tucci. 'Je hebt het over die gozer uit Philly?'

'We zijn niet geïnteresseerd in hem. Grote kans dat hij al dood is. Alex, deze club wordt bezocht door mensen uit de hogere regionen van Washington. Het is zwaar op de burelen van de FBI, de afgelopen paar dagen. Topzwaar.'

'Ik neem aan dat je bedoelt dat Burns erbij betrokken is?' Ron Burns was het hoofd van de FBI, een goeie vent. Mahoney schudde zijn hoofd. Hij wilde hier geen antwoord op geven, maar ik kon het zelf wel uitvogelen.

'Ned, wat er ook gebeurt, ik wil alleen maar helpen.'

'Dat dacht ik wel. Maar luister, Alex. Je moet ervan uitgaan dat je bij deze zaak in de gaten wordt gehouden. Het gaat heel smerig worden, dat wil je niet geloven.'

'Hoe vuiler, hoe beter. Dat betekent dat het iemand iets kan schelen. Dat risico neem ik graag.'

'Dat heb je al gedaan.' Ned sloeg me op mijn schouder en schonk me een grimmige glimlach. 'Je wist het alleen nog niet.'

HOOFDSTUK 35

De ontmoeting met Ned was nuttig geweest, maar ik had er ook hoofdpijn van gekregen. Op mijn weg terug naar Judiciary Square draaide ik Brahms in de auto. En terwijl ik me door de straten van D.C. haastte, luisterde ik een voicemailbericht af van de secretaresse van Ramon Davies. Ik moest zo snel mogelijk bij de hoofdinspecteur komen. Dat was geen fijn bericht na de waarschuwing die ik net van Ned had gekregen in het winkelcentrum. De laatste keer dat Davies mij belde was om me te vertellen dat Caroline vermoord was.

Toen ik in het Daly-gebouw aankwam, sloeg ik de lift over en rende de trappen op naar de tweede verdieping. De deur van Davies' kantoor stond open en ik gaf een roffel op de deur.

Hij zat achter zijn bureau, gebogen over papierwerk. De muur achter hem was behangen met een deel van zijn grote verzameling eerbewijzen, inclusief zijn uitverkiezing tot MPD-rechercheur van het jaar 2002. Ik had die prijs in 2004 gekregen, maar ik had geen groot kantoor waar ik een gedenkplaat in kwijt kon. Sterker nog, het getuigschrift lag ergens thuis in een la, althans, dat dacht ik.

Davies knikte toen hij me zag. We waren niet echt vrienden, maar we konden goed samenwerken en hadden respect voor elkaar. 'Kom binnen en doe de deur achter je dicht.'

Toen ik ging zitten, zag ik meteen mijn eigen handschrift op een paar gekopieerde pagina's die hij zat te bestuderen.

'Is dat het dossier van Caroline?' vroeg ik.

Davies gaf eerst geen antwoord. Hij leunde achterover en staarde een paar seconden naar me. Toen zei hij: 'Ik kreeg vanochtend een telefoontje van Interne Zaken.'

Daar had je het al – dit was echt het laatste waar ik nu zin in had. Interne Zaken werd vroeger het Bureau voor Professionele Verantwoordelijkheid genoemd. Daarvoor heette het Interne Zaken. Metro is daarin heel flexibel.

'Wat moesten ze?' vroeg ik.

'Ik denk dat je dat wel weet. Heb je die nieuwseikel van Channel Nine, die Ryan Willoughby bedreigd? Hij zegt van wel en zijn assistent ook.'

Ik leunde achterover en haalde diep adem voor ik antwoordde. 'Dat is gelul. Het liep een beetje hoog op tijdens het gesprek, dat was alles.'

'Oké. Ik kreeg nog een telefoontje, gisteren, van Congreslid Mintzer. Wil je raden waar hij over belde?'

Ik kon het bijna niet geloven, maar het was een typisch staaltje Washingtonse powerplay en onmiskenbare pesterij. 'Hun telefoonnummers werden aangetroffen in het appartement van Caroline.'

'Je hoeft me nu nog geen details te geven. Nog niet tenminste.' Hij hield het dossier omhoog om zijn opmerking te illustreren. 'Ik moet alleen weten of je het hoofd wel koel kunt houden in deze zaak.'

'Dat lukt wel, maar dit is geen gewone moordzaak, en dat zeg ik niet omdat mijn nichtje vermoord is en in stukken gesneden.'

'Verdomme, Alex, dat is het ook niet. Dat is het 'm nou juist. Deze klachten zouden een probleem kunnen vormen. Voor jou, en voor de rest van het onderzoek.'

Ik praatte verder met Davies, maar intussen probeerde ik de dingen op een rijtje te zetten. Klachten van burgers – als er een onderzoek naar ze werd ingesteld – konden tot vier verschillende conclusies leiden. De klachten konden bewezen worden verklaard; ongegrond verklaard; onbewijsbaar geacht wegens gebrek aan bewijs; of de agent werd van alle blaam gezuiverd omdat er geen regels waren overtreden. Ik had er alle vertrouwen in dat ik in het slechtste geval in de vierde categorie viel.

Maar Davies was nog niet klaar met me. 'Ik geef je meer ruimte dan welke andere rechercheur van dit bureau dan ook,' zei hij.

'Dank u. Ik ga er goed mee om, toch? Ook al heb ik de schijn tegen.'

Dat leverde me een piepklein glimlachje op. Hij keek me een paar seconden aan en leunde weer achterover. Toen hij zijn aantekeningen begon op te bergen, wist ik dat we het ergste gehad hadden. Voor dit moment althans.

'Ik wil dat jij dit onderzoek doet, Alex. Maar geloof me als ik zeg dat op het moment dat iemand probeert mij te overrulen, dan haal ik je direct – en dan bedoel ik ook direct – van de zaak af.'

Toen stond hij op, voor mij het teken dat ik kon vertrekken, nu het nog kon. 'Hou me op de hoogte. Ik wil je niet nog een keer hoeven bellen. Bel jij mij maar.'

'Natuurlijk,' verzekerde ik hem. En toen ging ik weg. Als ik langer was blijven zitten, had ik hem moeten vertellen van mijn afspraak met Ned Mahoney, en dat kon ik me op dit moment niet veroorloven. Zeker niet als Davies al overwoog me van de zaak af te halen.

Ik zou het hem allemaal later vertellen. Zodra ik zelf een paar antwoorden had.

HOOFDSTUK 36

Tony Nicholson herinnerde zich een kort verhaal dat heel populair was geweest toen hij nog een schooljongen was. Hij dacht dat het *Het gevaarlijkste spel* heette. Hij speelde op dit moment zo'n spel, maar dan in het echte leven, en het was veel gevaarlijker dan een of ander verhaaltje in een verhalenbundel.

Nicholson staarde naar de schermen op zijn bureau – hij wachtte en keek en dwong zichzelf rustig aan te doen met de whisky. 'Zeus' kon elk moment arriveren, tenminste dat was de planning, en Nicholson moest een besluit nemen.

De afgelopen maanden was het steeds hetzelfde liedje geweest met deze gek. Nicholson hield het appartement in de schuur altijd vrij, regelde escorts wanneer Zeus daarom vroeg en dan kwelde hij zichzelf met de vraag of het vastleggen op tape van een van zijn feestjes gelijk zou staan aan zelfmoord.

Nicholson had genoeg gezien in de paar stukjes die hij had bekeken, maar hij had geen idee waartoe Zeus echt in staat was, of zelfs maar wie hij was. Hij was in elk geval bikkelhard. Sterker nog, een paar van de escorts met wie hij bijeenkomsten had gehad waren van de aardbodem verdwenen, tenminste, ze waren nooit meer op het werk verschenen nadat ze bij Zeus waren geweest.

Even na halfeen stopte er een zwarte Mercedes met getinte ramen voor het hek. Er werd niet aangebeld; Nicholson liet de auto middels de afstandsbediening binnen en ging toen achterover zitten wachten tot die aan het begin van de oprit zou verschijnen.

Zijn vingers schoten dwangmatig heen en weer over het touchpad. *Opnemen, niet opnemen, opnemen, niet opnemen.*

Al snel reed de Mercedes voor het huis langs en door naar de schuur aan de achterkant – het doel van de reis. Zoals altijd waren de nummerplaten afgedekt.

Vóór Zeus was het appartement een privésuite geweest voor iedere goedgekeurde klant die het zich kon veroorloven. Het begon bij 20.000 per nacht en dat was alleen 'kost en inwoning'. De suite was voorzien van de beste alcoholische dranken en wijnen, had een goedgevulde keuken met de heerlijkste dingen, een marmeren sauna met een massagedouchecabine, twee open haarden, en alle elektronische snufjes die je je wensen kunt, inclusief een eigen telefoonlijn met software die ervoor zorgde dat stemmen werden vervormd en het niet te achterhalen was waarvandaan er was gebeld.

Nicholson zette het beeld voor van de woonkamer – waar twee meisjes zaten te wachten, zoals afgesproken. Het enige wat zij wisten was dat het een eenpersoonsfeestje was en dat hun beloofd was dat ze anderhalf keer meer kregen dan anders, met een minimum van 4000 dollar elk.

Zodra de garagedeur openging, stonden ze op en begonnen zich op te tutten.

Nicholsons lichaam verstrakte toen hij toekeek hoe Zeus de kamer binnen liep. Hij zag eruit als alle andere klanten: een splinternieuw blauw pak, koffertje in de hand, en een beige overjas over zijn arm.

Eén ding was anders: Zeus droeg een masker. Altijd. Zwart. Als een beul.

'Dag dames. Heel mooi. Heel aardig. Zijn jullie klaar voor mij?' vroeg hij.

Dat zei hij altijd.

En altijd ook op dezelfde toon. Zijn stem was zo laag dat het niet zijn echte stem kon zijn.

Het was een onderdeel van zijn vermomming.

Dus wie was deze enge, machtige, rijke klootzak?

HOOFDSTUK 37

Door de kleine kijkgaatjes in zijn masker bestudeerde Zeus de twee meisjes. Hij vond dat ze er prachtig uitzagen, een feest om naar te kijken. De ene was lang, had lang donker haar en een albasten huid. De andere was een kleine donkere schone, waarschijnlijk Latijns-Amerikaans.

Ze hadden duidelijk instructies gekregen dat ze niet naar het masker mochten vragen, of naar wie hij was, of hem een andere persoonlijke vraag stellen. Dit was goed, zijn humeur kon niet beter zijn.

'Ik denk dat we het leuk gaan hebben vanavond,' zei hij. Meer hoefden ze niet te weten voor nu, en eigenlijk had hij ook nog geen idee hoe deze avond zou gaan verlopen, behalve dan dat hij de controle hield over wat er ging gebeuren. Hij was tenslotte Zeus.

Ze vatten zijn woorden op als teken om ook te spreken en ze stelden zichzelf voor als Katherine en Renata. 'Kan ik uw jas aannemen?' vroeg Katherine, en op de een of andere manier slaagde ze erin dit verleidelijk te laten klinken. 'Wilt u iets drinken? Waar hebt u zin in? We hebben alles.'

'Nee dank je, ik hoef even niks.' Hij was beleefd, maar zeker ook gereserveerd, zelfs een beetje vreemd. Zo raakte hij bijvoorbeeld nooit iets aan buiten de slaapkamer. Zijn mensen wisten hoe ze ermee om moesten gaan.

'Laten we naar binnen gaan,' zei hij. 'Jullie zijn wel de mooiste meiden die ik hier heb gezien, trouwens. Ik ben er nog niet uit wie van jullie de knapste is.'

De slaapkamer was ingericht volgens zijn wensen. De gordijnen waren gesloten, er stond een fles Grey Goose-wodka, een nieuwe doos latex handschoenen op de commode en verder niets – geen snuisterijen, geen vloerkleden, geen ledikant, alleen een rubber matje dat precies op de matras paste.

'Dit is interessant.' Katherine ging zitten en streek erover met haar hand. 'De inrichting is verzorgd door Rubbermaid.'

Zeus ging er niet op in.

Hij liet de meisjes zich eerst uitkleden, daarna trok hij zijn eigen kleren uit, het masker hield hij op. Hij vouwde alles zorgvuldig op en legde de kleren op de commode, zodat hij de club net zo keurig en kreukloos kon verlaten als hij binnengekomen was.

Uiteindelijk deed hij zijn koffertje open.

'Ik ga jullie vastbinden,' zei hij. 'Niks engs. Dat hebben ze jullie toch wel verteld? Goed. Heeft een van jullie al eens eerder handboeien gedragen?'

De verlegene, Renata, schudde nee. De andere, Katherine, keek hem met een neuk-me-maar-blik in de ogen aan en knikte. 'Een of twee keer,' zei ze. 'En weet je, ik ben nog steeds geen gehoorzaam meisje.'

'Niet doen, Katherine,' zei hij tegen haar. Ze keek hem aan met een blik alsof ze niet wist waar hij het over had. 'Geen toneelstukjes opvoeren voor mij. Alsjeblieft. Gewoon jezelf zijn. Ik zie het verschil zo.'

Voordat hij nog meer onzin voor zijn kiezen kreeg, gooide hij een paar handboeien op het bed. 'Doe deze om, alsjeblieft. Ik zou graag zien dat jullie ze delen. Allebei een boei.'

Terwijl de meisjes de handboeien omdeden, trok hij een paar handschoenen aan en haalde de rest van zijn spullen tevoorschijn: nog twee paar handboeien, een nieuwe rol touw, twee rode rubberen knevels met een bal en zwartleren banden.

'Ga maar op je rug liggen,' zei hij en hij liep eerst naar Renata.

Nu zag hij iets interessants, de groeiende ongerustheid in haar ogen, het begin van angst.

'Geef me je vrije hand,' zei hij. Hij maakte haar hand vast aan de bedstijl. 'Dank je, Renata. Je bent heel lief. Ik hou wel van gehoorzame vrouwen. Dat is mijn zwakke punt.'

Terwijl hij om het bed heen naar de andere kant liep, kromde ze haar rug een beetje en sperde haar ogen ver open. Ze keek eerder wezenloos dan angstig.

'Alsjeblieft, doe ons geen pijn. We zullen alles doen wat je wilt, dat beloof ik je,' zei Katherine.

Hij begon een beetje pissig te worden, nu al. Ze deed zich voor als een opgeilerig vrouwtje dat haar coïtale plicht deed. Hij deed hardhandig de laatste boei om en maakte die vast aan de andere bedstijl. Hij deed haar snel de rubberen bal in de mond en trok de banden aan, voordat ze nog iets kon zeggen dat de avond zou verpesten.

'Ik zie dat je nog steeds toneelspeelt en je bent geen goeie actrice,' zei hij tegen haar. 'Je maakt me een beetje kwaad. Het spijt me. Ik vind het niet leuk als ik boos ben. En jij zal het ook niet leuk vinden.'

Hij maakte de band achter haar hoofd vast. Hij was erg sterk en hij gebruikte al zijn kracht. Het meisje probeerde nog iets te zeggen, maar er kwam niet meer uit dan een gesmoord gegrom. Hij deed haar pijn. Goed. Ze verdiende het.

Toen hij een stap achteruit deed, zag hij dat Katherines gezicht totaal veranderd was. Ze was nu bang voor hem. Dat kon je niet faken.

'Veel beter,' zei hij. 'Laten we nu eens kijken of ik nog iets kan bedenken om je optreden te verbeteren. O, wat dacht je hiervan?'

Hij reikte naar zijn zwarte koffertje – en haalde er een Tasergun uit. En een combinatietang.

'Katherine, dat is prachtig. Je vooruitgang is geweldig. Het zit 'm allemaal in de ogen.'

HOOFDSTUK 38

Nicholson had het gevoel of hij de hele nacht koffie had gedronken in plaats van dure whisky. Hij kneep zijn ogen tot spleetjes en tuurde naar de koplampen van het tegemoetkomende verkeer op Lee Highway. Hij wilde alleen nog maar een afzakkertje en een slaappil om een paar uur verlost te zijn van zijn gekwelde gedachten.

Het was in elk geval gebeurd. Hij had de harde schijf gewist en het schijfje meegenomen. Hij had de sessie van Zeus met de twee meisjes opgenomen. Hij was getuige geweest van een horrorshow. Nu was de vraag wat hij ermee ging doen.

Het was verleidelijk de hele nacht te blijven rondrijden, het schijfje in zijn kluis te gooien en er nooit meer naar om te kijken. Aan de andere kant was het misschien handiger om de schijf binnen handbereik te hebben mocht hij hem nodig hebben. Gewoon voor het geval dat.

Nicholson had zich nooit bezondigd aan het idee dat hij altijd maar door zou kunnen gaan met zijn praktijken. De discrete club en de vuile chantage waren in wankel evenwicht met elkaar. Met Zeus erbij was de zaak onhoudbaar en de gek vertoonde nog geen tekenen dat hij het rustiger aan ging doen.

Als Nicholson ermee wilde stoppen, zou hij echt moeten verdwijnen en beter vroeg dan laat.

Onder het rijden schoot het ene na het andere plan door zijn hoofd.

Op zijn buitenlandse rekening op de Seychellen stond zo'n twee miljoen dollar. Er was nog 150.000 onderweg van Temple Suiter en dan was er volgende week nog het feestje van Al-Hamad – op zijn minst goed voor een soortgelijk bedrag. Het was niet genoeg voor de rest van zijn leven, maar zeker genoeg om het land uit te komen en het een tijdje uit te zingen. In elk geval een paar jaar, misschien langer.

Hij zou via Zürich kunnen vliegen en zich een paar weken koest houden, tot hij een tweede paspoort had geregeld. Veel landen hadden een uitgebreide aanvraagprocedure; Ierland trok waarschijnlijk het minste aandacht. Dan kon hij het nieuwe paspoort gebruiken om verder te reizen, misschien wel naar het Oosten. Hij hoorde altijd dat de handel in 'vlees' in Bangkok hoogtij vierde. Misschien was het tijd om er zelf achter te komen hoe dat zat.

Maar dan had hij Charlotte nog.

Jezus, wat had hij zich in zijn hoofd gehaald toen hij met haar trouwde? Dat hij die homp klei in iets waardevols zou kunnen veranderen? Ze was een niemendallerig leraresje geweest in Londen toen ze elkaar leerden kennen; nu was ze een niemendallerig Amerikaans huisvrouwtje. Het leek een wrede grap – ten koste van hem.

Eén ding was zeker. Mevrouw Nicholson zou niet naar het Oosten reizen, of waar hij dan ook terecht mocht komen. De vraag was nu alleen of hij wel of niet iemand moest gaan zoeken om haar uit de weg te ruimen – een lijk meer of minder maakte nu ook niet meer uit – en of het die twintig of dertigduizend dollar die hem dat zou kosten waard was. Hij had er alles voor over, als ze haar smoel maar hield als hij vertrokken was.

Het was al over vieren toen Nicholson eindelijk thuiskwam. Zijn hersenen werkten nog steeds op volle toeren toen hij zijn korte oprit opdraaide. Hij ramde bijna de zwarte vierdeurs Jeep die voor de garage stond.

'Verdomme.'

Zijn eerste steekhoudende gedachte ging uit naar de cd in zijn handschoenenkastje, en naar Zeus. *Jezus, was het mogelijk dat er iemand op de hoogte was van zijn opnamen? Zou dat kunnen?*

Hij wilde het niet weten. Nicholson gooide de auto in zijn achteruit, maar dat was helaas een beetje te laat.

Een dikke kerel stond al naast zijn portier. Hij richtte een pistool op zijn hoofd en schudde nee.

HOOFDSTUK 39

Wat was dit – een aflevering van de *Sopranos*? Zo kwam het in elk geval wel over op Nicholson.

Ze waren met zijn tweeën. De tweede – ook een gangstertype – stapte in de lichtbundel van de koplampen en richtte nog een pistool op zijn gezicht.

De dikke opende het portier voor Nicholson en deed een stap achteruit. Zijn mond hing een beetje open en zijn goedkope golfhemd was enigzins opgekropen, waardoor er een indrukwekkende buik in het luchtledige kwam te hangen. Het leek onvoorstelbaar dat iemand die er zo slordig uitzag voor Zeus zou kunnen werken – de voor de hand liggende vraag lag dus nog open.

'Wie zijn jullie in godsnaam?' vroeg Nicholson. 'Wat willen jullie van me?'

'We werken voor meneer Martino.' Een New Yorks accent. Of Bostons. Of zoiets. In elk geval Oostkust.

Nicholson stapte langzaam uit de auto en zorgde ervoor dat steeds zijn beide handen zichtbaar waren. 'Oké, maar wie is dan die meneer Martino?' vroeg hij.

'Geen domme vragen meer.' De dikke vent gebaarde naar Nicholson dat hij naar het huis moest lopen. 'Laten we naar binnen gaan. We lopen vlak achter je, makker.'

Het kwam in Nicholson op dat hij allang dood was geweest als dit een rechtdoorzee moordaanslag zou zijn geweest. Dat betekende dus dat ze iets anders wilden. Maar wat?

Ze waren nog niet binnen of het zwakke, bloedirritante stemmetje van Charlotte klonk van boven. 'Schatje? Wie heb je daar bij je? Is het niet een beetje laat voor bezoek?'

'Niks aan de hand. Het gaat je niks aan. Ga maar weer naar bed, Charlotte.'

Zelfs nu zou hij haar wel willen wurgen, gewoon omdat ze was waar ze niet moest zijn.

Er viel licht uit de hal op haar blote naar buiten gedraaide platvoeten en benen toen ze een tree naar beneden kwam. 'Wat is er aan de hand?' vroeg ze nog een keer.

'Heb je me niet gehoord? Wegwezen, nu.' Ze leek aan zijn stem te horen dat hij het meende en ze verdween weer de duisternis in. 'En blijf daar,' riep hij haar achterna. 'Ik kom je straks wel halen. Ga nu maar slapen.'

Hij nam zijn twee onverwachte gasten mee naar de grote kamer aan de achterkant van het huis, omwille van de privacy. En de bar was daar. Nicholson liep er recht op af.

'Ik weet niet hoe het met jullie zit, jongens, maar ik kan wel een drankje gebruiken,' zei hij en op hetzelfde moment kreeg hij een scherpe klap op zijn achterhoofd. Hij zakte op zijn knieen.

'Godverdomme, wat denk je dat dit is, een beleefdheidsbezoekje?' schreeuwde de dikke man.

Nicholson was kwaad genoeg om te willen vechten, maar hij maakte geen schijn van kans tegen die twee. Dus hees hij zichzelf op en ging op de bank zitten. Gelukkig werd de wereld langzaam weer scherp.

'En wat moeten jullie dan van me, om vier uur 's ochtends?'

De dikke vent boog zich over hem heen. 'We zijn op zoek naar een van onze jongens. Hij is hier anderhalve week geleden naartoe gekomen en sindsdien hebben we niks meer van hem vernomen.'

God, wat zou hij die vette klootzak graag tegen de vlakte

slaan, maar dat ging niet gebeuren, niet nu in elk geval. Maar ooit, ergens.

'Ik zal meer informatie moeten hebben dan dat. Welke jongen? Geef me een hint.'

'Hij heet John Tucci,' zei Dikzak.

'Wie? Nooit van gehoord. Tucci? Is hij in mijn club geweest? Wie is hij?'

'Neem ons niet in de zeik, man.' De kleinere man kwam dichterbij, in een walm van sigarettenrook en zweet. 'We weten alles van dat clubje van je, daar op het platteland.'

Nicholson ging rechtop zitten. Dit zou wel eens meer met Zeus te maken kunnen hebben dan hij had gedacht. Of misschien met het handeltje dat hij ernaast deed?

'Dat is al beter,' ging de kleine verder. 'Denk je misschien dat meneer Martino zijn mensen hiernaartoe stuurt om vakantie te vieren?'

'Luister, ik heb nog steeds geen idee waar jullie het over hebben,' zei hij tegen hen. Tot zover sprak hij deels de waarheid.

Dikzak hurkte neer op de knoesthouten koffietafel en liet voor het eerst zijn pistool zakken. Het had een opening kunnen zijn als die andere etterbak niet zo dichtbij had gestaan.

'Ik zal het aan je uitleggen,' zei hij op een bijna verzoenende toon. 'Een van onze jongens wordt vermist. Het is niet makkelijk te achterhalen wie een contract heeft afgesloten met onze baas. Tot nu toe hebben we alleen jou. En dat betekent dat ons probleem zojuist jouw probleem is geworden. Begrijp je?'

Nicholson vreesde dat hij daarop ja moest antwoorden. 'En wat verwachten jullie dat ik ga doen aan... ons probleem?'

De man haalde zijn schouders op en wreef met de loop van zijn geweer over zijn stoppelige kin. 'Het komt erop neer dat we iemand mee terug moeten nemen naar meneer Martino. Dus jij gaat een beetje rondvragen, kijk maar wat je allemaal te weten kunt komen, anders ben jij degene die we mee terugnemen.'

'Of dat vrouwtje boven,' zei de ander.

'O, die mag je zo meenemen,' zei Nicholson. 'Dan praten we nergens meer over.'

De zware man glimlachte eindelijk en ging daarna rechtop staan. Het zaakje van vanavond was duidelijk geregeld.

'Ik neem wel wat te drinken mee voor onderweg,' zei hij tegen Nicholson. 'Blijf jij maar waar je bent.'

Hij waggelde naar de bar, waar zijn maatje inmiddels zoveel flessen als hij kon dragen aan het inslaan was.

Toen de twee maffiosi waren verdwenen, en Nicholson zijn drankje had, en wat ijs voor op zijn hoofd, zag hij dat ze al zijn flessen Johnnie Walker hadden meegenomen en alleen een fles Dalmore 62 op de bar hadden laten staan. Het was een fles van 400 dollar en hij vond het behoorlijk omineus.

Als deze twee losers hem op het spoor waren, dan viel alles sneller uit elkaar dan hij voor mogelijk had gehouden.

Maar wie was in godsnaam Johnny Tucci?

HOOFDSTUK 40

Voor Suarez en Overton waren alle afspraken met Zeus altijd zonder persoonlijk contact gemaakt. Geen bijeenkomsten onder vier ogen, nooit, met wederzijdse instemming van wie ook hun salaris betaalde. Ze gingen na hem de suite van Blacksmith Farms binnen, maakten de boel schoon en namen alles mee wat ze mee moesten nemen, inclusief de lichamen.

Vlak voor zonsopgang denderde hun G6 over de inmiddels vertrouwde zandweg in de bossen van Virginia. De auto lag aan de achterkant wat lager op de weg vanwege het gewicht in de achterbak.

'Wat ik me nou afvraag, hè,' zei Suarez tegen zijn partner. 'Hij is overduidelijk puissant rijk. Waarom neemt hij het risico? Zou hij helemaal gestoord zijn?'

'Tot op zekere hoogte wel natuurlijk.'

'Tot op zekere hoogte? Volgens mij is hij vierentwintig uur per dag en 365 dagen per jaar gekker dan een rat die speed gebruikt. Hoe komt hij er toch steeds mee weg – hóe?'

'Nou, om te beginnen, weet jíj wie hij is, Suarez?'

'Je hebt gelijk, dat weet ik niet. Maar iemand moet het toch weten. En iemand moet hem toch een keer tegenhouden.'

'Wat zal ik zeggen – welkom in de gestoorde wereld van de rijke en beroemde mensen. Kan jij het woord houtversnipperaar spellen?'

HOOFDSTUK 41

Remy Williams vertrouwde deze twee gasten voor geen meter. Nooit gedaan ook, vanaf het begin van de overeenkomst niet. Toen ze bij de hut voor kwamen rijden en niet eens uitstapten, wist hij dat er iets aan de hand was. Iets meer dan de normale uitwisseling van vuilniszakken.

'Hoe gaat-ie, jongens?' Hij slenterde hun kant op en deed zich voor als de blanke nietsnut die ze verwachtten. 'Wat hebben jullie deze keer voor me?'

'Twee vrouwen.' De bestuurder keek op, maar keek hem niet echt aan. Wat nu: had de latino ineens een geweten? 'Een van hen heeft een kogel in de borst. Je zult het wel zien.'

'O ja? Waarom heb je haar neergeschoten?'

'Ik weet het niet, misschien omdat we het vorige meisje dat 'm gesmeerd is nog steeds niet te pakken hebben.'

Die gozer zat hem te sarren, dat had Remy wel in de gaten, maar hij wist niet zeker waarom en hij wist eigenlijk ook niet waar deze moorden over gingen. Hij was maar een radertje in het grote geheel, had niet alle puzzelstukjes en dacht dat waarschijnlijk niemand ze allemaal had. Net als JFK. Als RFK, misschien zelfs net als O.J.

'Volgens mij heb je de vorige ook al neergeschoten,' zei hij, hij speelde het spelletje mee. 'Misschien is ze helemaal niet weggerend. Misschien ligt ze gewoon ergens in het bos, weg te rotten. Op dit eigenste ogenblik. Misschien wordt ze wel gevonden door wandelaars.'

'Ja, misschien.' De ex-agent zuchtte diep, hij kon zijn ergernis niet goed meer verbergen. 'Luister, als jij gewoon de kofferbak kunt leeghalen, zijn wij weg voor je 't weet.'

Remy krabde aan zijn kruis – een beetje overdreven misschien – en slenterde toen naar de achterkant van de auto. De bestuurder liet de achterklep openspringen. *Jezus, moet je nou kijken.*

De twee lichamen waren in een dubbele laag zwart polyesterfolie gewikkeld, dat was dichtgeplakt met tape. Deze jongens waren professionals en ze waren goed in wat ze deden, dat moest hij ze nageven. *Maar wie in godsnaam deed deze meisjes in eerste instantie kwaad? Hoe zag het grote geheel eruit? Wie was de moordenaar?*

Hij trok beide 'pakketjes' uit de achterbak en sleepte ze naar de canvas doek die hij alvast had klaargelegd. Zijn gereedschap lag uitgestald op de stronk van een bitternoot en naast de versnipperaar stond een extra gasfles.

'Welke was nou neergeschoten zei je?' riep hij naar de 'spoken'.

'Die lange. Linkerborst. Zonde. Dat was echt een lekker ding.'

Hij draaide haar om en sneed het plastic tot halverwege open. Hij duwde net hard genoeg met de punt van zijn jachtmes om een dun rood spoor te trekken. Toen hij het doek wegtrok, zag hij een klein gaatje net boven haar zeer welgevormde linkerborst. Het lichaam was nog warm – een graad of dertig. Hooguit een paar uur dood.

'Oké, ik zie het. Wil je dat ik de kogel eruit haal, of kan het je niet schelen?'

'Trek 'm d'r maar uit. En zorg dat-ie verdwijnt.'

'Okido. Al klaar. Anders nog iets?'

'Ja. Of je de kofferbak dicht wil doen.'

Een paar seconden later waren de klootzakken verdwenen.

Afgezien van zijn achterdocht, stoorde Remy zich niet aan hun arrogantie, voornamelijk omdat hij wist dat dat in zijn voordeel werkte. Het kwam waarschijnlijk nooit in ze op hoe onbelangrijk ze zélf waren.

Of hoe kwetsbaar.

Sterker nog, ze hadden hem al een heel eind op weg geholpen door hun eigen identiteiten te wissen. Nu waren ze alleen nog maar een stelletje spoken en Remy wist als geen ander dat er niets eenvoudiger was dan het laten verdwijnen van een spook.

Hij kon dat – jezus, dat had hij vaker gedaan. Hij had er zijn beroep van gemaakt eigenlijk.

Hij pakte het tweede meisje uit – ook een echte schoonheid. Het leek erop alsof ze gewurgd was. En gebeten. Hij masseerde de lauwwarme borsten van het meisje, speelde nog een beetje met haar en droeg de twee toen de heuvel op, naar de versnipperaar.

Zonde, inderdaad. *Wie zou toch zoiets doen? Iemand die nog gekker was dan hij?*

HOOFDSTUK 42

Ik had die middag weer een geheime ontmoeting met Ned Mahoney – deze keer in een drukke parkeergarage in M Street in Georgetown.

Toen ik de garage binnen reed, kon ik het niet helpen dat ik aan de *Deep Throat*-scènes moest denken in *All the President's Men* – het boek en de film. Het was allemaal heel spannend en geheimzinnig. Maar waarom eigenlijk? Wat was er gaande?

Ned stond al te wachten toen ik uitstapte. Hij overhandigde me een map met de stempel van de FBI erop. Erin zaten wat aantekeningen en een verzameling foto's, twee op een pagina. 'Wat is dit?'

'Renata Cruz en Katherine Tennancour,' zei hij. 'Beiden worden vermist. Waarschijnlijk dood.'

Op elke foto stond een van de meisjes, op diverse locaties in de stad, steeds in het gezelschap van doorgaans blanke, veel oudere mannen.

'Is dat David Wilke?' vroeg ik en wees iemand aan die erg veel op het huidige lid van de Senaatscommissie voor Defensie leek.

Ned knikte. 'Dat is David Wilke inderdaad. Beide vrouwen hadden machtige mannen als vaste klanten, daarom hebben we ze in eerste instantie in de gaten gehouden. Katherine Tennancour werkte in elk geval in die club in Virginia.'

Ik zei niets, staarde Mahoney alleen maar aan.

'Ik weet het, ik weet precies wat je denkt,' zei hij. 'We zouden ook het adressenbestand boven water moeten zien te krijgen, als we toch bezig zijn.'

Deze hele zaak werd met de minuut gevaarlijker. De moordenaar was op geen enkele manier te traceren – of het netwerk, dat kon ook – zonder dat we gedurende het onderzoek een hoop vuile was buiten moesten hangen. De levens van vele onschuldige familieleden zouden verwoest worden – en dat was nog maar het begin.

Meerderheden in het Huis van Afgevaardigden en de Senaat, om nog maar niet te spreken van de presidentsverkiezingen en gouverneurschappen waren over minder gestruikeld. En niemand zou ten onder gaan zonder te vechten; dat had ik al gemerkt bij Interne Zaken. Iedereen die denkt dat politiemensen uitkijken naar dit soort sensationele 'carrière bevorderende' zaken heeft er nooit middenin gezeten.

'Jezus, Ned. Het is als wachten op een orkaan, hier midden in D.C.'

'Meer alsof je erachteraan rent – zoekend naar problemen,' zei hij. 'Een goeie lading stront van de hoogste categorie. Hou jij ook zo van Washington?'

'Eigenlijk wel ja. Maar nu even niet.'

'Dus luister, Alex.' Hij klonk nu weer serieus. 'De FBI zit er bovenop. De zaak staat op klappen. Ik snap het helemaal als je je eruit terug wilt trekken, en als je dat wilt dan is dit een goed moment. Dan hoef je alleen maar die envelop terug te geven.'

Ik was een beetje verbaasd over zijn voorstel. Ik dacht dat Ned me beter kende. Wat wel weer inhield dat zijn voorstel een serieuze waarschuwing in zich had.

'Betekent dat dat jullie op het punt staan een inval te doen bij die club in Virginia?' vroeg ik hem.

'Ik zit te wachten op gerechtelijke toestemming.'

'En?'

Ned grinnikte, en als ik me niet vergis zag ik iets van opluchting in zijn blik. 'En jij kunt waarschijnlijk beter je telefoon aan laten staan als je vanavond naar huis gaat. Ik ga je bellen.'

HOOFDSTUK 43

Het goede nieuws was dat ik een fijne avondmaaltijd met mijn gezin kon nuttigen. Ik kon zelfs na het eten nog wat tijd doorbrengen met de kinderen, vlak voordat de hel waarschijnlijk zou losbarsten, misschien zoals ik nog nooit had meegemaakt. Het hing allemaal af van wie er die avond in de besloten club aanwezig zou zijn.

Jannie had Ali geleerd hoe het spelletje *Sorry* ging, een van de saaiste spelletjes ter wereld, maar ik vond alles leuk als ik het maar met hen kon doen. Ik rommelde wat aan tussen mijn beurten, jatte pionnetjes van het bord en vertelde oude moppen aan Ali. Zoals 'Het is groen en het ligt de hele dag te pitten.'

'Een krop slaap!' gilde Jannie. Ze mocht altijd graag de pret bederven en Ali was het ideale publiek. De jongen lachte graag. Hij was verreweg de minst serieuze van mijn drie kinderen.

Nana zat erbij en keek naar ons over haar boek *Duizend schitterende zonnen* heen, een van de boeken die ze dezer dagen verslond. Bree en zij hadden zich geschikt in een voorzichtige samenwerking, waarbij Bree steeds beter voor zichzelf opkwam en Nana leerde dat ze sommige dingen die ze altijd op haar manier had gedaan best los kon laten – bijvoorbeeld het inruimen van de vaatwasser.

Het was allemaal pais en vree – tot de telefoon ging.

Normaal gesproken klonk er dan onmiddellijk protest van de kinderen. 'Niet opnemen, papa' was een veelgehoorde zin in

ons huis. Dus toen ze allebei wegkeken en wachtten op het onvermijdelijke, voelde ik me nog slechter.

Ik keek naar het nummer. *Het was Mahoney. Zoals beloofd.*

'Het spijt me, maar ik moet echt even opnemen,' zei ik tegen
Ali en Jannie.

Hun zwijgen was demonstratief toen ik de gang opliep om
de telefoon op te nemen.

'Ned?'

'We zijn onderweg, Alex. Er is een Holiday Inn-hotel bij afslag 72 in Arlington. Ik kan op de parkeerplaats op je wachten
als je nu komt. Nu meteen.'

HOOFDSTUK 44

De inval had de naam Operatie Coïtus Interruptus gekregen, het bewijs dat er bij de FBI een paar mensen met gevoel voor humor zaten.

Het volledige team van Ned had zich verzameld bij een kleine boerderij in Culpeper County. Ongeveer anderhalf uur rijden ten westen van D.C., niet ver van nationaal park Shenandoah. Het team had een vreemde samenstelling die wat onheilspellend aandeed: Mahoney en zijn collega Renee Victor, zes agenten van het gijzelaarsbevrijdingsteam, drie crisisonderhandelaars van de afdeling Tactische Ondersteuning en een arrestatieteam van de FBI van tien man sterk.

Ik had verwacht dat er alleen mensen van het bevrijdingsteam zouden zijn, maar ik maakte me er geen zorgen om. De arrestatieteams van de FBI hadden de beste tactische eenheden ter wereld. Dit werd een heel spektakel.

Er was ook een afgevaardigde van de politie van Virginia, die twee arrestatiewagens stand-by had en dan had je mij. Ik weet niet wat Ned allemaal had moeten regelen om mij erbij te krijgen, maar ik waardeerde het en ik wist ook dat hij ervan uitging dat ik van waarde zou zijn. We verzamelden bij de laadklep van een pick-up voor een korte briefing van de grote baas.

'Er zitten waarschijnlijk een paar grote jongens binnen, maar voor ons wordt dit een standaardprocedure,' zei Ned tegen de groep. 'Ik wil eerst het arrestatieteam naar binnen, dan agenten, en ik wil dat alle uitgangen de hele tijd afgesloten zijn. Jullie moeten je voorbereiden op elk mogelijk scenario, inclusief seksuele situaties, en zelfs gewelddadig verzet.

Dat laatste verwacht ik niet, maar het is mogelijk, alles is mogelijk. Het idee is dat we snel en voorzichtig te werk gaan en dat we die club zo goed mogelijk ontruimen.'

Uit observaties was duidelijk geworden dat het hoofdgebouw ingangen had aan de noord-, zuid- en oostkant. Mahoney verdeelde ons dienovereenkomstig in drie groepen. Ik zou de voordeur nemen, samen met hem. Er was ook een aantal bijgebouwen, die waarschijnlijk leeg waren, in elk geval vanavond. Ik kon het niet helpen dat ik toch even moest denken aan het soort feestjes dat daar werd gehouden.

Voor we vertrokken gaf Ned me een FBI-jack en een nieuw kogelvrij vest uit de kofferbak van zijn auto. Het vest was lichter dan de kogelvrije vesten die ik eerder had gehad en dat kwam goed uit, want we moesten de laatste kilometers lopen.

We hadden drie kwartier nodig om door het dichte bos en struikgewas te komen. Na de eerste anderhalve kilometer deden we onze zaklantaarns uit. Degenen met nachtkijkers leidden degenen zonder.

Alle gesprekken vielen op dat punt stil, het enige wat je hoorde was zo nu en dan het radiocontact tussen Mahoney en de commandant van het arrestatieteam.

Het hoofdgebouw kwam al snel in zicht, op een steile helling, alle drie verdiepingen waren zichtbaar. We bleven net buiten beeld, een meter of zeventig van de voorgevel. Ned stuurde het arrestatieteam eropuit om het gebouw te omsingelen en ik leende een verrekijker om beter zicht te hebben terwijl we wachtten op het startsein.

Het was een heel groot, kalkstenen herenhuis; ik had er geen ander woord voor. De oprit leek wel een autoshowroom – Mercedessen, Rollsen, Bentleys, zelfs een antieke Lamborghini en een rode Ferrari.

De begane grond had rondom hoge ramen met verticale stijlen. De kamers waren goed verlicht, maar ik zag geen mensen. Waarschijnlijk vonden alle activiteiten plaats op de eerste verdieping, waar alle ramen donker waren, of op zijn minst afgeschermd.

Was Caroline hier vermoord? De gedachte kwam over me als een lijkwade. En was dit ook de plek waar haar lichaam zo gruwelijk ontheiligd werd? Als dat zo was, stonden we dan op het punt om een slagerij open te breken of de speeltuin van een rijke man? Het was raar om geen idee te hebben wat we konden verwachten.

Uiteindelijk kreeg Mahoney bericht. Ik kon niet verstaan wat er op zijn headset werd gezegd, maar het leek erop alsof het elk moment kon gaan gebeuren. Hij riep de andere eenheden, die zich hadden verspreid over het terrein, op stand-by te blijven en toen schonk hij mij een van zijn typische galgenhumorlachjes.

'Klaar voor Coïtus Interruptus?'

'Meer dan ooit,' zei ik.

'Daar gaan we dan. Het moet een succes worden.' Hij richtte zich weer tot zijn headset en telde af. 'Alle eenheden paraat. Niemand verwonden, niet gewond raken.'

Een paar seconden later sprintte het arrestatieteam uit het bos naar het indrukwekkende huis met de slechte naam. Wij volgden.

HOOFDSTUK 45

De notenhoutendeur die er duur uitzag versplinterde en gaf mee. Het arrestatieteam kwam zonder problemen binnen. Ik had mijn Glock in de aanslag, ik hoopte dat ik hem niet nodig zou hebben. De laatste keer dat Ned en ik hadden samengewerkt, waren we allebei neergeschoten.

Deze keer zou dat hopelijk niet gebeuren. Dit was immers een zaak met witteboordencriminelen. Zodra we het 'alles veilig'-sein hadden gekregen van het arrestatieteam, zette Ned twee man bij de deur en liet de anderen allemaal binnen.

Mijn eerste indruk was, tja, geld.

De hal reikte tot aan de tweede verdieping, had een zwartwit geblokte marmeren vloer en enorme kroonluchters die als buitensporige juwelen boven ons hoofd bungelden. De antieken meubels stonden te glanzen en er was iets vreemds met het licht. Het leek wel of alles van goud was.

De tweede indruk die ik kreeg was die van verbluffend mooie vrouwen – een heleboel – sommige in avondjurken, andere deels ontkleed. Drie van hen waren naakt maar niet verlegen met de situatie. Ze stonden met de handen op hun heupen, alsof we een appartement waren binnengevallen dat zij met z'n allen deelden.

De escortmeisjes, heel dure. Van uitgesproken Amerikaanse tot exotische meisjes uit het Verre Oosten.

Ik liep door de hal en sloeg rechts af, langs een andere agent die twee getinte mannen die Arabisch spraken en een lange zwarte vrouw naar de voorkant van het huis meevoerde. Ze waren alledrie naakt en ze scholden op de agenten alsof ze huishoudelijk personeel waren.

Ik liep door, aan beide kanten zag ik open lege salons, tot ik bij een ruimte kwam met glazen wanden die dienstdeed als rookkamer, achter in het huis. Het stonk er naar sigaren en seks, maar op dat moment was er niemand.

Toen ik terugkeerde, hoorde ik geschreeuw vanaf de ingang. Iemand protesteerde tegen onze aanwezigheid – en luidkeels.

'Blijf met je poten van me af! Raak me niet aan, eikel!' Een lange blonde man met een Brits accent probeerde de brede hoofdtrap af te lopen, maar twee FBI-agenten hielden hem tegen.

'Deze huiszoeking is onwettig, godverdomme!' De Engelsman had in elk geval een beetje ruggengraat, dat kon ik zo wel zien. Uiteindelijk moesten ze hem tegen de marmeren vloer werken om een tie-wrap om zijn polsen te krijgen.

Ik rende met twee treden tegelijk de trap op. Mahoney probeerde de man te ondervragen. 'Hebt u hier de leiding? U bent Nicholson, toch?'

'Sodemieter op! Ik heb mijn advocaat al gebeld. Jullie zijn in overtreding, jullie allemaal.' Hij was ruim een meter tachtig en leek niet echt te kalmeren. 'Jullie overtreden de wet, alleen al door hier te zijn. Dit is privé-eigendom. Verdomme, laat me los! Dit is schandalig. Dit is een privéfeestje in een privéhuis.'

'Hou hem apart van de anderen,' zei Mahoney tegen de agenten. 'Ik wil niet dat meneer Nicholson met iemand praat.'

We richtten snel een paar ruimtes in waar we mensen in vast konden houden en daarna kamden we het huis uit, we scheidden de betalende klanten van het personeel en namen zo veel mogelijk namen op.

'Ja, mijn naam is Nicholson – binnenkort zul je deze naam niet meer kunnen vergeten!' hoorde ik uit een van de kamers komen. 'Nicholson, net als de acteur.'

HOOFDSTUK 46

Het was de meest bizarre inval die ik ooit had meegemaakt sinds ik bij het corps zat. En eigenlijk best grappig, als je tenminste hetzelfde gevoel voor humor hebt als ik.

We trokken één kerel uit een betonnen hok waar hij nog steeds aan de muur vastgeklonken zat in zijn string, waarschijnlijk was hij daar achtergelaten door zijn meesteres. Welbeschouwd waren alle mensen die ik zag in een bepaalde staat van ontkleding – geheel naakt, in satijnen ondergoed, in schaarse doorkijkjurken – en één doorweekt stel dat in handdoeken was gewikkeld, inclusief tulbanden. De man rookte een sigaar.

De mannen waren deels Saudiërs, deels Amerikanen. Ik kwam te weten dat een van hen de miljonair Al-Hamad was. Hij vierde zijn verjaardag die avond. *En een heel fijne vijftigste verjaardag! Een verjaardag die je niet snel zult vergeten.*

We hielden de Engelse manager – als hij dat inderdaad was – in een kleine studeerkamer vast op de begane grond. Tegen de tijd dat ik weer bij hem kwam, had hij zich in een koppig stilzwijgen gehuld. Toen ik vroeg hoe hij aan de blauwe plek op zijn wang kwam, zei Mahoney dat hij gespuugd had naar de agent die hem had gearresteerd. Nooit een goed idee.

Ik stond in de deuropening en keek toe hoe hij zat te mokken op een antieke sofa. Hij werd omringd door hoge boekenkasten vol boeken waarvan ik me niet kon voorstellen dat ze ooit door iemand waren gelezen. Hij was overduidelijk een grote klootzak en waarschijnlijk een pooier. Maar was hij ook een moordenaar? En waarom stelde hij zich zo arrogant op tegen de inval?

Binnen een uur was zijn advocaat ter plaatse, hij droeg bretels en een vlinderdas, midden in de nacht. Als ik hem op straat was tegengekomen, had ik niet achter hem gezocht dat hij bij zoiets betrokken zou zijn. Hij was Dilbert, zonder het speciale pennenmapje in zijn borstzak.

Helaas had hij zijn papierwerk op orde.

'Wat is dit?' vroeg Mahoney terwijl de advocaat hem de papieren overhandigde.

'Een motie om deze inval ongegrond te verklaren. Op dit moment is uw gerechtelijke toestemming ongeldig en deze inval is daarmee onwettig. Mijn cliënt is genereus en geeft u vijf minuten de tijd om te vertrekken. Daarna spannen we een zaak aan wegens minachting voor de rechtbank en huisvredebreuk.'

Mahoney keek van de uitpuilende oogjes van de advocaat naar de verklaring dat deze inval ongegrond was. Wat hij zag, had kennelijk het gewenste effect. Hij liet de vellen papier vallen en liep weg terwijl ze nog door de lucht dwarrelden. Ik hoorde hem instructies schreeuwen en iedereen terugroepen. De inval was voorbij.

Ik raapte het document op en las het vluchtig door. 'Welke rechter heb je bereid gevonden om dit om één uur 's nachts te regelen?' vroeg ik aan de advocaat.

Hij reikte naar het papier, draaide het voor mij om en wees. 'Edelachtbare Laurence Gibson.'

Natuurlijk, dacht ik. Senatoren, Congressleden, miljonairs – waarom geen rechter?

DEEL DRIE

Met of zonder jou

HOOFDSTUK 47

Ik kwam zondag heel vroeg in de ochtend thuis, ergens tussen de krantenbezorgers en de overijverige joggers die zich naar het park begaven in.

Ho! Wat was dat?

Ik trof Nana op de veranda aan in een van de rieten stoelen. Ze was in diepe slaap. Op haar roze badstofslippers na was ze al helemaal aangekleed voor de kerk – ze droeg een grijze flanellen rok en een witte trui. Dit zou Nana's eerste kerkdienst worden na haar bezoek aan het ziekenhuis en de hele familie zou meegaan.

Ik legde een hand op haar schouder en ze werd met een schok wakker. Ze had niet meer nodig dan een korte blik op mijn gezicht. 'Slechte nacht?' vroeg ze.

Ik plofte neer op het tweezitsbankje tegenover haar. 'Is het altijd zo duidelijk aan me te zien?'

'Alleen voor intimi. Goed, vertel me wat er is gebeurd. Vertel het maar.'

Als het een andere zaak was geweest, had ik gezegd dat ik te moe was, maar Nana had er recht op dit te weten. Ik hield de details die niet geschikt waren voor 'kijkers onder de achttien' achter; het was niet nodig de duistere kant van Carolines bestaan te veel te benadrukken. Nana wist ervan, dat wist ik zeker. Op de een of andere manier wist ze altijd alles.

Tegen de tijd dat ik bij de sullige advocaat uitkwam met zijn 'verklaring dat de inval ongegrond was', begon ik me weer helemaal op te winden. Ik had een hele nacht verspild en daarvoor was ik bij Jannie en Ali weggerend.

'Ik denk dat Jannie aan de ene kant haar ontevredenheid uit, en aan de andere kant net doet of het haar niets kan schelen,' zei ik. 'Hoe ging het met ze nadat ik was vertrokken?'

'Ach, je weet wel. Ze overleven het wel, hoor,' zei ze. Maar ze voegde eraan toe: 'Ervan uitgaande dat dat alles is wat je van ze wilt.'

Het was zowel een goedkeurend klopje op mijn hoofd als een klap in mijn gezicht. Typisch Nana Mama.

'O, dus dat was je tweelingzus die mij gisteravond uitzwaaide en zei dat het allemaal goed was. Ik zou hebben gezworen dat jij dat was.'

'Ga nou niet in de verdediging, Alex.' Ze ging een beetje rechterop zitten en masseerde haar stijve nek. 'Ik wil alleen maar zeggen dat het de kinderen niet altijd iets kan schelen waaróm je weg bent, Alex. Ze weten gewoon dat je weg bent. Vooral kleine Damon.'

'Je bedoelt Ali.'

'Dat zei ik toch ook? Die jongen is nog geen zes, moet je maar denken.'

Ik boog me voorover om haar beter te kunnen zien. 'Hoe lang heb je vannacht geslapen?'

Ze maakte haar pssst-geluidje. 'Oude mensen hebben geen slaap nodig. Dat is een van de geheime voordelen van ouder worden. Daarom kan ik je er nog steeds van langs geven in discussies. Help me nu maar overeind, dan kan ik koffie gaan zetten. Je ziet eruit alsof je dat wel kunt gebruiken.'

Ik had een hand onder haar elleboog en ze was half opgestaan, toen ze opeens stilhield en zich weer een beetje liet zakken.

'Wat is er?' vroeg ik.

'Niks, ik eh...'

Eerst leek ze een beetje in de war. Toen vertrok haar gezicht ineens van de pijn en ze klapte voorover in mijn armen. Nog voor ik haar weer in haar stoel kon laten zakken, viel ze flauw.

O god, nee.

Haar kleine lichaam woog niets in mijn armen. Ik legde haar voorzichtig op het tweezitsbankje en probeerde haar hartslag te voelen. Niks.

'Nana? Kun je me verstaan? Nana?'

Mijn hart ging als een gek tekeer. De artsen in het ziekenhuis hadden me gezegd waar ik op moest letten – geen beweging, geen ademhaling, en ze lag daar maar, dood- en doodstil.

Nana had een hartstilstand.

HOOFDSTUK 48

Het was opnieuw een nachtmerrie – ambulancebroeders in huis, het rumoer van de ambulancerit, vragen op de eerstehulp. En dan het afschuwelijke wachten.

Ik bleef de hele dag en de hele nacht in het St. Anthony. Ze overleefde de hartaanval, maar daarmee was alles gezegd.

Ze lag aan de beademing, de slang zat vastgeplakt over haar mond. Er zat een soort knijpertje op haar vinger om het zuurstofgehalte in haar bloed te meten en de medicijnen werden toegediend via een infuus. Er liepen een heleboel draadjes van Nana's borst naar een hartmonitor die naast het bed stond. De pulserende lijnen leken wel een elektronische wake. Ik haatte dat scherm, maar ik ondervond er ook steun aan.

Vrienden en familieleden kwamen en gingen de hele dag, tot vroeg in de avond. Tante Tia kwam langs met een paar van haar kinderen, mijn neven en nichten, en toen kwamen Sampson en Billie. Bree had de kinderen meegenomen, maar die mochten er niet bij en dat was misschien maar beter ook. Ze hadden thuis meer dan genoeg gezien toen de ambulance Nana weer was komen halen.

En dan had je de 'noodzakelijke' gesprekjes. Verschillende verpleegkundigen wilden met me praten over Nana's wens niet gereanimeerd te worden die in haar dossier stond, over de mogelijkheden van verpleegtehuizen en thuiszorg, over haar religieuze voorkeur, allemaal 'voor het geval dat'. Voor het geval dat – wat? – Nana niet meer wakker werd?

Niemand stuurde me weg toen ik er buiten de bezoekuren bleef zitten, alsof ze dat gekund hadden, maar ik waardeerde hun consideratie. Ik zat met mijn onderarmen op de rand van het bed. Soms legde ik mijn hoofd even op mijn armen, soms bad ik voor Nana.

En toen, ergens midden in de nacht, bewoog ze eindelijk. Haar hand bewoog onder de deken en het leek wel of al onze gebeden werden verhoord in dat ene kleine gebaar.

En toen nog een kleine beweging – haar ogen gingen langzaam open.

De verpleegsters hadden gezegd dat ik rustig moest blijven en zachtjes tegen haar moest praten als dat gebeurde. Ik kan je vertellen dat dat geen gemakkelijke opgave was.

Ik strekte mijn hand uit en legde die op haar wang tot het tot haar doordrong dat ik bij haar was.

'Nana, probeer niet te praten. En probeer zeker niet met me in discussie te gaan. Er zit een slang in je keel om je te helpen ademen.'

Haar ogen schoten heen en weer, ze nam het allemaal in zich op en ze staarde naar mijn gezicht.

'Je bent thuis in elkaar gezakt. Weet je dat nog?'

Ze knikte, nauwelijks zichtbaar. Ik denk dat ze ook glimlachte en dat gaf me een heerlijk gevoel.

'Ik ga nu een zuster bellen om te kijken of we je van deze apparaten kunnen verlossen,' zei ik. 'Oké?' Ik reikte naar het belletje, maar toen ik weer naar Nana keek, had ze haar ogen alweer gesloten. Ik kon op de monitor zien dat ze alleen maar in slaap was gevallen.

Alle gele, blauwe en groene lijnen deden gewoon hun ding, niks aan de hand.

'Goed, morgenochtend dan,' zei ik, niet omdat ze me kon horen, maar omdat ik iets moest zeggen.

Ik hoopte dat er een morgenochtend zou zijn.

HOOFDSTUK 49

De volgende middag was Nana klaarwakker en lag ze niet meer aan de beademing. Haar hart was vergroot en ze was te zwak om van de intensive care af te mogen, maar we hadden goede reden aan te nemen dat ze weer thuis zou komen. Ik vierde dat door mijn kinderen stiekem haar kamer binnen te smokkelen waar we het kortste en stilste Cross-feestje uit de geschiedenis vierden.

Het andere hoopvolle nieuws kwam van het werkfront. Een FBI-advocaat, Lynda Cole, had ervoor gezorgd dat er gegronde reden was voor de inval en zodoende kon de FBI terug naar het landgoed in Virginia. Tegen de tijd dat ik Ned Mahoney op zijn mobiel belde, had de FBI al een compleet onderzoeksteam ter plaatse.

Bree loste me af in het ziekenhuis – tante Tia zou Bree later weer aflossen – en ik reed 's middags naar Virginia om nog een keer een kijkje te nemen op Blacksmith Farms.

Ned wachtte me voor het huis op zodat hij me binnen kon laten met zijn FBI-legitimatiebewijs. De aandacht ging in eerste instantie uit naar een klein appartement achter het gebouw. Je kon er via een inpandige trap komen vanuit een garage met drie parkeerplaatsen die eronder lag.

Binnen kon ik zien dat de ruimte eruitzag als een suite in het Hay-Adams. De meubels hadden allemaal zachte bekleding, voornamelijk in lichte tinten. Boven de eethoek was een decoratief, verlaagd plafond aangebracht en er was een open haard met een glazende walnotenhouten betimmering.

Als je de mannen van de technische dienst met hun beige broeken en blauwe FBI-poloshirts wegdacht, was het appartement maagdelijk.

'De slaapkamer werpt de meeste vragen op,' zei Ned. Ik liep achter hem aan door een paar openslaande deuren met gordijnen. 'Geen vloerbedekking, geen snuisterijen, geen beddengoed, niets.' Hij benoemde alles wat ik met eigen ogen ook kon zien. Er waren alleen een kaal bed, een commode en twee nachtkastjes – het leek alsof er net iemand verhuisd was.

'Geen vingerafdrukken, geen vezels. Dus we proberen het nu met luminol.'

Dat verklaarde de aanwezigheid van de set draagbare UV-lampen die in de kamer stond. Mahoney deed het plafondlicht uit en sloot de deur. 'Ga je gang, jongens.'

Toen zij de lampen aanzetten, leek het net of de hele kamer radioactief was. De muren, de vloer, de meubels, alles fluoresceerde helderblauw. Het was zo'n situatie waarin mijn leven inderdaad verdacht veel leek op een aflevering van CSI.

'Er is hier professioneel schoongemaakt,' zei Mahoney. 'En dan bedoel ik niet Mery Maids uit Washington.'

Een van de beperkingen van luminol is dat het, hoewel het bloedsporen kan aantonen, ook reageert op sommige middelen die mensen gebruiken om bloedsporen uit te wissen – bijvoorbeeld bleekwater. En dat is wat we nu zagen. Het was alsof de kamer was geschilderd met bleekwater.

Dit leek absoluut een plaats delict. En wellicht was hier een moord gepleegd.

HOOFDSTUK 50

Wat er daarna gebeurde, had niemand verwacht. Het was misschien een halfuur later en ik was nog steeds bij het onderzoek op Blacksmith Farms.

Er klonk enig rumoer uit de woonkamer van het appartement, en Ned en ik liepen erheen om te zien wat er aan de hand was. Een paar mannen van de technische recherche stonden om een man met een baard heen die op een laddertje bij de deur stond. Hij hield de plastic kap van een rookmelder in zijn ene hand, het blootgelegde apparaatje hing nog aan het plafond. En daar stond iedereen naar te kijken.

De technisch rechercheur wees met een potlood naar een onschuldig plastic dopje dat in het apparaat verstopt zat. 'Ik weet bijna zeker dat dat een camera is. Heel subtiel.'

Dit werd een heel ander verhaal.

Ned gaf onmiddellijk opdracht beide gebouwen een tweede keer te onderzoeken. Iedereen zette zijn mobiel uit en alle televisies en computers die we konden vinden werden uitgeschakeld zodat ze de detectoren die de radiofrequenties konden opvangen niet zouden storen.

Toen het onderzoek eenmaal was gestart, werd er snel gewerkt. Anderhalf uur later werden alle medewerkers bijeengeroepen in de hal van het hoofdgebouw voor een briefing. Ik zag een paar bekende gezichten, onder wie de dienstdoende assistent-chef, Luke Hamel en ook Elaine Kwan van de gedragsanalyse-eenheid, mijn oude afdeling.

Ik was verbaasd dat de zaak nog niet als 'zeer belangrijk' te boek stond, als je alleen al keek naar de vuurkracht die hier in deze ruimte bijeen was.

De FBI-agent van het onderzoeksteam was Shoanna Spears. Ze was lang en stevig gebouwd, ze had een zwaar Bostons accent en een piepkleine tatoeage van een klimopblaadje dat net boven de kraag van haar witte shirt uit piepte. Ze stond op de majestueuze hoofdtrap en richtte zich tot de groep.

'Op dit moment hebben we in principe het hele huis doorzocht. We hebben in elke kamer camera's gevonden, ook in de badkamers en in de appartementen achter het huis.'

'Hoe komen we erachter of er ook daadwerkelijk opnamen zijn gemaakt met die camera's?' Hamel stelde de vraag die iedereen bezighield.

'Moeilijk te zeggen. Het zijn draadloze units, ze kunnen beelden doorsturen naar een basisstation over een afstand van driehonderd meter, misschien meer. We hebben wel een harde schijf gevonden op de tweede verdieping en de geschikte software, maar er waren geen bestanden opgeslagen. Dat betekent dat de beelden ofwel live werden bekeken, ofwel – en dat lijkt me aannemelijker – dat iemand de bestanden ergens anders heeft opgeslagen.'

'En waar zoeken we naar, in dat geval?' vroeg Mahoney van achter uit de hal. 'Cd's? Een laptop? E-mails?'

Agent Spears knikte. 'En ga zo maar door,' zei ze. 'Het zijn geen ingewikkelde bestanden. Ze kunnen ongeveer overal opgeslagen worden.'

Je kon de stemming voelen dalen in de zaal. We wilden allemaal goed nieuws horen. En dat kregen we ook.

'Voor wat het waard is,' ging Spears verder, 'het lijkt erop dat de vingerafdrukken op de apparatuur boven van één persoon zijn. We halen ze nu door het vingerafdruk-identificatiesysteem.'

HOOFDSTUK 51

'Ik begrijp er helemaal niets van, Tony. Je kunt me toch op z'n minst vertellen wáár we naartoe gaan? Dat is toch niet te veel gevraagd?'

De waarheid – en die was pas deze middag tot Nicholson doorgedrongen – was dat zijn maag niet sterk genoeg was voor moord in koelen bloede. In elk geval niet met eigen handen. Hij had altijd gedacht dat als het moest, dat hij dan makkelijk een kussen op het hoofd van Charlotte zou kunnen drukken, of dat hij iets dodelijks in haar koffie zou kunnen doen, maar dat ging allemaal niet gebeuren. En nu was het te laat om haar door iemand anders te laten vermoorden, ook al zou het een klusje van niks zijn geweest.

Hij gooide nog een paar laatste dingen in een sporttas, terwijl Charlotte vanaf de andere kant van het bed tegen hem aan zeurde. De Louis Vuitton-tas die hij voor haar had klaargezet was nog steeds leeg en hij begon zijn geduld te verliezen. Hij wilde haar heel graag een klap in haar gezicht geven. Maar ja, wat had dat nog voor zin?

'Lieveling...' Het woord bleef bijna in zijn keel steken. 'Vertrouw me nou maar. We moeten het vliegtuig halen. Ik leg het je allemaal uit als we onderweg zijn. Pak nu maar wat dingen in, dan kunnen we gaan. Kom op, liefje.' *Voordat ik echt kwaad word en je met mijn blote handen wurg.*

'Heeft het te maken met die mannen die hier vannacht waren? Ik wist dat ze niet deugden. Krijgt er nog iemand geld van je – is dat het?'

'Verdomme, Charlotte, luister je wel naar wat ik zeg? We zijn hier niet veilig, suffie. Wij allebei niet. Op dit moment mogen we blij zijn als we in de gevangenis terechtkomen. Beter dan dat is er nu niet, begrepen? Het wordt vanaf nu alleen maar erger.'

Maar dat hangt er vanaf wie ons het eerst te pakken heeft, dacht hij erachteraan.

'Wíj? Wat bedoel je met wíj? Ik heb niks gedaan.'

Nicholson stoof om het bed heen en gooide een armvol kleren uit haar kast in de tas, met hangertjes en al.

Toen pakte hij het rood lederen sieradenkistje dat hij voor haar had gekocht in Florence, eeuwen geleden, in een ander leven, toen hij nog jong was, verliefd, en zeer zeker zo dom als een zak bakstenen met een stijve.

'We vertrekken. Nú.'

Ze kwam achter hem aan, haar angst om alleen te zijn was groter dan welke angst dan ook en daar rekende hij op. Ze haalden nog net het halletje bij de voordeur, voordat Charlotte totaal instortte. Hij hoorde iets wat het midden hield tussen een zucht en een schreeuw. Hij draaide zich om en zag dat ze half gehurkt op de geboende leistenen vloer zat. Ze had zwarte strepen op haar wangen van de doorgelopen make-up; ze droeg altijd veel te veel van die rommel, ze leek wel een hoer, en hij kon het weten.

'Ik ben zo bang, Tony. Ik tril helemaal. Zie je dat dan niet? Heb je ook nog oog voor iets anders dan je eigen behoeften? Waarom doe je zo?'

Nicholson opende zijn mond om iets liefs en verzoenends te zeggen, maar in plaats daarvan zei hij: 'Je bent echt te dom om voor de duvel te dansen, weet je dat?'

Hij liet haar tas vallen en trok haar ruw omhoog. Het kon hem niet schelen of hij daarbij haar arm uit de kom trok of niet. Charlotte stribbelde tegen, ze schopte en schreeuwde toen hij haar over de vloer trok. Hij moest haar alleen maar in de auto zien te krijgen en dan mocht ze van hem een aneurysma krijgen. Die hele domme, koppige koe die zijn vrouw was geworden, kon hem niets meer schelen.

Maar toen klonk de eerste ram tegen de voordeur.

Iets – niet iemand – was er net van buitenaf tegenaan geramd, hard genoeg om een lange, vertakte scheur in de deur achter te laten. Nicholson wierp een snelle blik door het raam en wist meteen wat het was: een stormram. En hij wist toen ook dat het waarschijnlijk te laat was om zelfs maar zichzelf te redden.

De volgende scherpe en harde klap kwam er meteen achteraan. Het slot en de scharnieren vlogen open alsof het speelgoed was en de deur klapte open.

HOOFDSTUK 52

'Rénnen!'

Dat was het enige advies dat Nicholson zijn vrouw kon geven, voordat hij haar arm losliet en zelf het huis in rende. Alles wat net nog belangrijk had geleken, was nu betrekkelijk, behalve overleven. En dat was nu duidelijk een geval van het recht van de sterkste geworden.

Hij haalde de keuken, waar hij oog in oog kwam te staan met een korte, gedrongen latino die van de andere kant kwam. *En wie was dit nou weer?*

Er was een waas van bewegingen en toen een martelende klap tegen de zijkant van zijn knie. Nicholson registreerde vaag de pijptang die de man in zijn hand hield, ging toen hard neer en bleef liggen.

Eerst voelde hij alleen pijn, een grote rode bal die in zijn been explodeerde.

Toen voelde hij de handboeien. Ze sneden in zijn polsen voor hij goed en wel doorhad dat hij ze om had.

Handboeien?

Daarna sleepte de latino hem aan zijn kraag helemaal terug naar de woonkamer waar hij hem midden op het vloerkleed liet vallen.

Charlotte zat op een van de Barcelona-stoelen met een stuk zilverkleurige tape over haar mond geplakt.

Een tweede man – waren ze echt maar met zijn tweeën? –

hield haar in de gaten en bekeek Nicholson met geringe interesse, bijna verveeld, alsof hij dit soort dingen elke dag deed.

Ze waren niet van de FBI of de politie, zoveel was wel duidelijk. En ze leken in niets op de twee sukkels van vorige week. Ze droegen donkere kleding, zwarte bivakmutsen en latex handschoenen.

Niet echt agenten, maar het leek erop. Voormalig agenten? Commando's?

Degene die hem had geslagen, had een boksersneus en hij keek met zijn donkere ogen op hem neer alsof hij nog nooit zo'n minderwaardig schepsel had gezien.

'De cd?' was het enige wat hij zei.

'Cd?' Nicholson spuugde het woord tussen zijn op elkaar geklemde kaken door. 'Waar heb je het over? Wie zijn jullie twee?'

'Twee – dat vind ik een mooi getal.'

De man keek op zijn horloge. 'U hebt twee minuten.'

'Twee minuten, en dan?' vroeg Nicholson, maar toen zag hij zijn vraag al beantwoord.

De langere man trok een doorzichtige plastic zak tevoorschijn en trok die over Charlottes hoofd. Ze stribbelde tegen, maar het kostte hem geen enkele moeite om de zak met zilverkleurig tape om haar nek dicht te maken.

Nicholson zag de uitdrukking op Charlottes gezicht veranderen toen ze zich realiseerde wat er gebeurde. Hij voelde zelfs een beetje medelijden, misschien zelfs wel verloren liefde, iets emotioneels, en ja, menselijks. Voor het eerst in jaren voelde hij zich weer verbonden met Charlotte.

'Jullie zijn gestoord! Dat kunnen jullie niet doen!' schreeuwde hij naar de man die zijn vrouw vasthield.

'U bent degene die dit doet, meneer Nicholson. U bent degene die de controle heeft over deze situatie, niet wij. Het is helemaal aan u. In hemelsnaam, zorg dat wij ophouden.'

'Maar ik begrijp helemaal niet wat jullie willen. Zeg het me dan!'

Hij probeerde Charlotte vast te grijpen, maar zijn geblesseerde knie wierp hem direct terug. Hij zat lastig ingeklemd tussen de bank en de salontafel.

'Vertel me alsjeblieft wat jullie willen! Ik begrijp het niet!'

Nicholson smeekte zijn longen uit zijn lijf en deed het zo overtuigend mogelijk. Het was het optreden van zijn leven en dat was ook nodig.

Tegen de tijd dat hij zichzelf op de bank had gehesen, bewoog Charlotte niet meer.

Haar vertrouwde blauwe ogen wijd open. Haar hoofd hing op een schouder als een marionet die wachtte tot iemand de touwtjes oppakte. Het was bizar, zoals ze daar zat met de plastic zak nog steeds om haar hoofd, en het was makkelijk om erop te reageren.

'Klootzakken! Stelletje gore klootzakken, jullie hebben haar vermoord! Geloven jullie me nu? Was dat nou nodig?'

De twee mannen bleven onverstoorbaar. Ze wisselden een blik. Ze haalden hun schouders op.

'We moesten maar eens opstappen,' zei de blanke man. De andere knikte en één seconde dacht Nicholson dat hij het gered had, dat 'we' misschien wel betekende alleen hun twee. Maar dat betekende het niet. Een van hen tilde Charlotte op en de andere trok Nicholson mee.

En terwijl hij gedwongen werd op zijn goede been naar de deur te hinken – en god weet waarnaartoe daarna – had Nicholson een vreemde gedachte: hij had gewild dat hij aardiger was geweest tegen Charlotte.

HOOFDSTUK 53

Ned Mahoney en ik zaten in mijn auto en reden in oostelijke richting over de I-66 naar Alexandria, toen het telefoontje kwam dat we te laat waren. De politie van Virginia berichtte dat ze het huis van Nicholson leeg had aangetroffen. Er waren sporen van braak en geweld, twee gepakte reistassen waren achtergebleven en de beide auto's van Nicholson stonden nog in de garage.

Er was een opsporingsbericht uitgestuurd, maar zonder specifiek voertuig om naar uit te kijken, was het niet te verwachten dat er een arrestatie uit voort zou komen.

Het plan was nog steeds om samen te komen in het huis. Luke Hamel riep direct nog een ander onderzoeksteam op. En Mahoney belde naar het Hoover-gebouw om een paar mensen Nicholson na te laten trekken.

Hij had ook de FBI-versie van een Toughbook in de auto, waardoor hij onderzoeken kon versnellen. Hij gaf de informatie in razend tempo aan me door, zoals Ned altijd doet als hij opgewonden is.

'Goed, onze man is nooit eerder gearresteerd, is genaturaliseerd, heeft voor de overheid gewerkt, militaire dienst, geen bijzonderheden. Hij heeft ook geen bekende schuilnamen. En er wordt in geen enkel ander FBI-dossier naar hem verwezen, niet onder de naam Tony of Anthony Nicholson.'

'Ik denk niet dat hij onze moordenaar is,' zei ik.

Mahoney stopte even met waar hij mee bezig was en richtte zijn aandacht op mij. 'Omdat?'

'Er zijn hier te veel losse eindjes,' legde ik uit. 'Nicholson hoort er ongetwijfeld bij, maar meer ook niet, Ned. Het is als in dat oude verhaal over die zes blinde mannen die allemaal een deel van een olifant moeten voelen.'

'En wat maakt dat van Nicholson – de klootzak?'

Ik moest lachen. Mahoney zit nooit om een antwoord verlegen en hij is op zijn best als hij onder druk staat.

'Ik denk dat iemand naar hetzelfde op zoek was als wij, alleen was die eerst. Dat betekent dat zij meer puzzelstukjes in handen hebben dan wij.'

'Of...' Mahoney stak een vinger op. 'Hij heeft zijn eigen verdwijning in scène gezet. Dat is niet zo moeilijk – een paar reistassen laten vallen, wat meubilair omgooien en hij hangt al boven de Atlantische Oceaan met zijn verzamelingetje snufmovies, terwijl wij nog met onze poederkwastjes in de weer zijn op zoek naar vingerafdrukken.'

We verzonnen over en weer nog wat mogelijkheden, tot er opnieuw gebeld werd. Ik weet niet wat er gezegd werd, maar Mahoney werd er helemaal opgewonden van, alweer. Hij tikte een adres in op zijn laptop.

Een paar seconden later volgden we het gps naar de ringweg, richting Alexandria, *maar niet naar het huis van Nicholson.*

'De Avalon-appartementen,' zei Mahoney. 'Nicholson dook op in een database van huurders. Hij heeft waarschijnlijk een keer de huur niet betaald of zo.'

'Een huurappartement?' vroeg ik. 'In zijn eigen woonplaats?'

Mahoney knikte. 'Hij woont bij zijn vrouw,' zei hij, 'en ik durf te zweren dat zij op z'n minst vijftien jaar ouder is dan de vrouw die we nu achter voordeur nummer twee zullen aantreffen. Wat zullen we zeggen – twintig dollar?'

'Ik wed niet met jou.'

HOOFDSTUK 54

Tony Nicholson zat op de achterbank en leunde naar voren voor zover zijn handboeien hem dat toestonden. Hij kon zien dat de lichten op de eerste verdieping brandden.

'We hebben hier niets te zoeken,' zei hij. 'Zij weet niks, ik zweer het je.'

Degene die de knie van Nicholson in puin had geslagen opende het portier. 'Wie zal het zeggen?' zei hij. 'Misschien praat je wel in je slaap.'

Hij stapte uit en liep naar de voordeur. Hij gebruikte de sleutels van Nicholson om zichzelf binnen te laten.

Nicholson dacht dat hij nog steeds in staat was zichzelf te redden en Mara misschien ook. Hij kreeg het surrealistische beeld voor ogen van haar prachtige gezicht dat gevangen zat in een plastic zak.

De bestuurder was lang en blond – net als hij – met bleke ogen en een vierkant voorhoofd. Hij zag er intelligenter uit dan die latino. Misschien was hij ook redelijker.

'Luister,' fluisterde Nicholson. 'Ik weet niet waar jullie naar op zoek zijn. Ik wil jullie wel helpen, maar dan niet zonder dat er een ontsnappingsplan voor mij in zit.'

De man bleef doodstil zitten, hij staarde door de voorruit alsof Nicholson niks had gezegd.

'Ik wil alleen maar zeggen dat ik bereid ben een deal te sluiten.'

Nog steeds geen woord van de voorstoel.

'Voor de opnamen. Van Zeus. Hoor je me? Ik zal je vertellen waar die zijn.'

'Ja,' zei de blonde man eindelijk. 'Dat zal je zeker.'

'Dus... waarom willen jullie geen deal sluiten? Nu, hier? Waarom niet, verdomme?'

De bestuurder trommelde zachtjes met zijn vingers op het stuur. 'Omdat we je toch gaan vermoorden. Jou en je vriendinnetje.'

Nicholson voelde zich leeg, hij besefte dat niks er meer toe deed. Hij lachte, een tikje wanhopig.

'Jezus, man, ik wil je echt niet vertellen wat jij moet doen, maar waarom zou ik dan in godsnaam...'

Plotseling draaide de bestuurder zich om, reikte omlaag en kneep in de weke delen van Nicholsons gehavende knie.

Het deed direct gruwelijk veel pijn. Zijn mond viel open terwijl zijn keel werd dichtgeschroefd. Nicholson kon niet meer ademen en al helemaal niet meer schreeuwen en in de vreemde stilte was de lage stem van zijn beul goed te horen.

'Omdat je op een bepaald moment niet meer verder wilt leven, vriend, en dood wilt. Begrijp je? En als je ons tegen die tijd nog steeds niet hebt verteld wat wij willen weten – geloof me, dat ga je dan vanzelf doen.'

HOOFDSTUK 55

Het portier ging open en Mara schoof naar binnen, haar smalle heupen eerst. De andere man hield beschermend zijn hand boven haar blonde haar. Nicholson zag nog net hoe hij een .45 in zijn broeksband stopte voordat hij de deur achter haar dichtgooide.

Zijn vriendin zag er – heel begrijpelijk – hysterisch uit. Jezus, ze was pas drieëntwintig. Haar armen hield ze voor zich. Er was een trui overheen gedrapeerd om de handboeien te bedekken. Hij had haar die trui cadeau gedaan. Kasjmier. Uit de Polo-winkel in Alexandria. Dat waren nog eens tijden.

'Gaat-ie?'

'Jezus, Tony, wat is er aan de hand? Hij zei tegen mij dat hij van de politie was. Liet me zijn penning zien. Is hij echt van de politie?'

'Zeg maar niks,' zei Nicholson zacht tegen haar. Hij had het gevoel dat zijn gewonde been elk moment kon exploderen. Het was bijna onmogelijk om geconcentreerd te blijven en het feit dat Mara hier was, maakte het er niet beter op. Helemaal niet. Nicholson hield van haar.

Ze was compleet het tegenovergestelde van Charlotte. Ten eerste wist ze te veel. Ten tweede was ze New Yorks-Iers-Italiaans. Zwijgen was niet de beste eigenschap van de meeste New Yorkers.

'Wat willen ze?' drong ze aan. 'Waar nemen ze ons mee naartoe? Zeg het me, Tony.'

'Dat is een hele goeie vraag.' Nicholson schopte met zijn goede been tegen de rug van de voorstoel. Hij schreeuwde tegen ze. 'Waar denken jullie ons godverdomme naartoe te brengen?'

Dat leverde hem een backhand met een .45 op tegen zijn jukbeen. Hij voelde de pijn, maar hij kon zich daar moeilijk druk om maken. Sterker nog, pijn kon je ook als iets goeds zien – het betekende immers dat hij nog leefde, nietwaar?

'Waar dit ook over gaat, ik werk niet meer voor hem.' Mara richtte zich al tot de twee mensen voorin. 'Jullie moeten me geloven. Ik zal jullie alles vertellen wat jullie willen weten. Ik was de boekhouder.'

'Hou je kop, Mara,' zei Nicholson. 'Dat gaat ons niet helpen.'

'Hij heeft mensen afgeperst. Belangrijke mensen. Voor geld. Hij heeft opnamen gemaakt, en...'

Hij boog zich naar haar toe, meer kon hij niet doen. 'Mara, ik waarschuw je.'

'Want anders, Tony? Het is een beetje te laat voor waarschuwingen, niet? Ik zou hier niet eens moeten zijn.'

Haar donkerbruine ogen schitterden van angst en woede. Hij voelde hetzelfde, hij kon het haar niet helemaal kwalijk nemen. 'Ik heb het over grote namen,' ratelde ze door. 'Rijke gasten. Politici, Wall Street, advocaten, dat soort werk...'

'Ja, ja.' De bestuurder snoerde haar de mond. 'Vertel ons ook eens iets wat we nog niet weten. En anders doe je maar wat die vent zegt – hou je kop, Mara.'

HOOFDSTUK 56

Mahoney gaf onze nieuwe positie door, we volgden nog steeds het gps en reden van de ringweg af naar Eisenhower Avenue. Het was al bijna donker maar de weg was nog vol forenzen. Ik vroeg me vaag af wanneer van-negen-tot-vijf eigenlijk een anachronisme was geworden.

Na tweeënhalve kilometer op Eisenhower kwamen we bij een rij identieke herenhuizen met drie verdiepingen die aan de rand van de weg stonden.

Een inrit markeerde de ingang, er hing een bord boven dat de bezoekers welkom heette in *Avalon at Cameron Court*.

Het gps leidde ons door de minidoolhof van de compound. Het was zo'n nieuwbouwproject voor de betere kringen, een *community*, waarin alles was. Volgens Mahoney en zijn laptop was de huur hier rond de 3500 per maand.

'Wist je dat mijn tante in net zo'n complex woont, in Vero Beach, Florida? Ze mogen maar twee huisdieren hebben, maar zij heeft vier identieke hondjes. Ze laat er twee per keer uit.'

Ik luisterde met een half oor, totdat we bij het blok van Nicholson kwamen. 'Hé, Ned, zie je dat?' Een donkerblauwe sedan draaide net de oprit uit, een meter of vijftig voor hen. 'Is dat het gebouw van Nicholson?'

Mahoney ging rechtop zitten en klapte zijn laptop dicht. 'Zou kunnen. Laten we maar eens gaan kijken.'

De andere auto reed in onze richting. Het had D.C.-nummerborden. Twee mannen voorin, twee mensen achterin die minder goed te zien waren.

Toen we ze passeerden, keek ik opzij en één seconde keek ik recht in het gezicht van Tony Nicholson.

HOOFDSTUK 57

Zodra ik mijn sirene aanzette, trok de donkerblauwe sedan snel op en sloeg de hoek om. Ik had geen idee wie deze mannen waren – maffia, huurmoordenaars of iets anders – maar aan de manier waarop ze wegscheurden kon ik zien dat Nicholson en zijn vriendin serieus in de problemen zaten.

Ned was al aan het bellen. 'Mahoney hier. Ik heb ons doelwit in het vizier – Nicholson. We rijden achter een blauwe Pontiac G6, uit Washington, kenteken...'

We sloegen nog een hoek om en ik zag de auto stoppen voor de uitgang van de compound.

'Mogen de goeien winnen!' zei Ned en balde zijn vuist. Een gestage stroom verkeer op Eisenhower blokkeerde de doorgang voor hen en één seconde dacht ik dat we dit misschien netjes konden oplossen.

Toen vlogen de portieren van de Pontiac aan twee kanten open en er stapten twee mannen uit – schietend!

Een kogel doorboorde mijn voorruit met een doffe plof voordat Ned en ik de auto uit konden komen. Ik gooide mijn portier open en rolde de straat op. Mahoney verliet de auto ook aan de bestuurderskant en bleef laag.

Ik lag in een goot en vandaaruit kon ik alleen de bestuurder van de sedan zien. Hij zag eruit als een militair, lang met blond stekeltjeshaar – en hij schoot nog steeds. Ik schoot niet terug, ik durfde niet.

Het probleem zat hem in het verkeer dat achter hem stopte. Ik kon niet schieten zonder het risico te lopen iemand anders te raken. Het leek alsof hij dat in de gaten had en hij bewoog in de richting van het dichtstbijzijnde gebouw.

Toen hij langs het grote bord met AVALON erop liep dat voor het complex hing, drukte ik twee keer snel af. Twee lege hulzen vlogen over mijn schouder. De blonde man ging bij het tweede schot neer.

Maar we waren er nog niet klaar mee, bij lange na niet. Mahoney was overeind gekomen en rende nu. Ik kon de andere man nu ook zien – hij was halverwege de straat. Hij had een natte plek in zijn broekspijp, maar hij was weer opgestaan.

'Laat je wapen vallen!' schreeuwde Mahoney toen de man probeerde weg te strompelen.

Ik liep om om de andere hoek af te dekken, en op dat moment richtte die kerel een .45 op Mahoney.

Wij schoten allebei eerder dan hij. Bij beide schoten ging er een siddering door hem heen, maar hij slaagde er toch in om de trekker nog één keer over te halen. Zijn schot raakte Ned bijna. Ned liet zich vallen en schoot terug. Zijn laatste kogel raakte de man in zijn schouder.

De schutter leefde nog toen we bij hem kwamen, zijn ogen waren wijd open en hij rilde, zijn vinger lag nog om de trekker. Ned zette zijn voet op zijn pols en trok de .45 uit zijn hand.

'Hou vol,' zei ik tegen hem. 'De ambulance is onderweg.'

Hij was er slecht aan toe. Hij had een schotwond in zijn maag en het bloed stroomde eruit. Mahoney rende naar Nicholson en de vrouw, en ik trok mijn jas uit en drukte die op de wond.

'Voor wie werk je?' vroeg ik.

Ik wist niet zeker of hij me wel kon horen. Hij keek niet bang, maar hij had ogen als schoteltjes. Toen hij probeerde te slikken, kwam er schuimend bloed over zijn lippen. Mijn jack was al helemaal doorweekt.

'Vertel het me!' schreeuwde ik uiteindelijk naar hem. 'Wie heeft je gestuurd?'

De ademhaling van de schutter stokte en hij greep mijn arm vast – even daarna verslapte hij helemaal. Hij stierf zonder ons iets te vertellen waar we wat aan zouden hebben, over wat er gaande was.

HOOFDSTUK 58

Onze twee doden werden er al snel drie, toen het nog warme lichaam van Charlotte Nicholson, met een blauw gezicht, uit de kofferbak van de Pontiac tevoorschijn kwam.

Tony Nicholson en zijn vermoedelijke vriendinnetje, Mara Kelly, zwegen als het graf, maar ze zeiden nog wel dat ze niets verkeerd hadden gedaan en dat ze geen idee hadden wie de twee dode mannen waren. Meer dan dat kregen we er niet uit voor ze door de FBI in hechtenis werden genomen.

Intussen was het onderzoeksteam uitgebreid met drie FBI-auto's, de politie van Alexandria, medische bijstand en het lokale corps. Zodra ik de mogelijkheid had, belde ik Bree om te vragen of ze ook kon komen.

Pas toen drong tot me door dat mijn telefoon uren uit had gestaan – vanaf het onderzoek in de privéclub in Culpeper. Toen ik mijn telefoon aanzette, kwamen er drie voicemailberichten binnen – alle drie van Bree.

Ik werd meteen een beetje zenuwachtig.

Ik luisterde naar het eerste bericht. 'Ha, met mij. Luister, de artsen maken zich zorgen over de nierfunctie van Nana. Ze zeggen dat haar vochthuishouding niet is wat het moet zijn. Er is nog geen prognose, maar je moet me maar even bellen. Ik hou van je.'

Ik draaide me om naar mijn auto en begon te lopen. Ik was er niet zeker van of ik het tweede bericht wel wilde horen.

'Alex, met Bree. Ik heb de FBI al gebeld, maar niemand lijkt te weten waar je uithangt. Ik heb ook al bij Ned ingesproken. Ik weet niet wat ik nog meer kan doen. Het gaat niet goed met Nana. Ik hoop dat je dit snel hoort.'

Ik rende al – maar het derde bericht deed me ter plekke bevriezen.

'Alex, waar ben je? Ik vind het vreselijk dat ik dit nu bij je moet inspreken, maar... Nana is in coma geraakt. Ik ga nu weer naar haar toe, dus het zou kunnen dat je me niet meer kunt bereiken. Kom zo snel mogelijk hiernaartoe.'

HOOFDSTUK 59

Het feest dat vanavond werd gehouden in One Observatory Circle, de ambtswoning van de vicepresident, was relatief informeel, een typisch Maryland-krabdiner voor diverse stafmedewerkers uit het middenkader en hun gezinnen. Dat hield in jasje maar geen dasje – tot de vicepresident zijn jasje uittrok en in hemdsmouwen aan tafel ging en zijn mannelijke gasten zijn voorbeeld volgden.

Maar agent Cormorant hield zijn jasje aan. Het was speciaal gemaakt om een holster met een .357 SIG Sauer-pistool onder zijn rechterarm te verbergen. En ook al was de situatie duidelijk niet dreigend, het zat niet in Cormorants aard iets als vanzelfsprekend aan te nemen, zeker nu niet.

De geheime dienst had de enorme Victoriaanse residentie sinds 1972 onder zijn hoede gehad. De Rockefellers hadden er nooit gewoond, maar de Mondales, de Bushes, Quayles, Gores en de Cheneys hadden er gewoond voor Tillman erin was getrokken. Elk hoekje van het huis was letterlijk goed gedocumenteerd. Cormorant kende het huis beter dan zijn eigen driekamerflatje op M.

Dus toen hij de vicepresident even onder vier ogen wilde spreken, volgde hij zijn tweede natuur door de bibliotheek binnen te gaan via een zitkamer achter de bibliotheek, om te voorkomen dat een van de gasten hem zag komen of gaan.

Tillman schonk zichzelf een whisky met ijs in en wachtte bij de open haard totdat Cormorant de deuren aan beide kanten van de kamer had gesloten.

'Wat is er zo belangrijk dat het niet kan wachten, Dan?' vroeg Tillman.

'Ik zal u maar meteen vertellen, meneer, dat ik op het punt sta mijn boekje te buiten te gaan,' zei Cormorant.

Tillman nipte van zijn drankje. 'Dat is nieuw. Dat je me daarvoor waarschuwt, bedoel ik.'

De twee mannen waren bevriend, voor zover hun posities dat toelieten. Ooit zouden ze samen dagjes gaan vissen en met vakantie gaan; maar voor nu was het meneer de vicepresident en agent Cormorant – beschermeling en beschermer.

'Meneer, ik denk dat het de hoogste tijd is dat u de president op de hoogte stelt van het bestaan van Zeus. Vooral van het feit dat er iemand is die verbonden is met het Witte Huis of het kabinet en die wellicht een moordenaar is.'

Het gezicht van Tillman verstrakte direct en hij zette zijn glas neer. 'De president weet dat al, daar heb ik voor gezorgd. We hebben nog steeds feiten nodig. We hebben een naam nodig.' Tillman was al op de hoogte gebracht van de FBI-inval in Virginia, maar nog niet van de laatste ontwikkelingen. Cormorant praatte hem snel bij, ook over de camera's die waren gevonden in de seksclub.

'Nog niemand heeft het specifiek over Zeus, maar als er opnamen worden gevonden, dan doet het er niet meer toe hoe hij zichzelf noemt.'

'Wanneer is dit bekend geworden?' vroeg Tillman. Hij zag er nu oprecht geschokt uit.

'Vandaag. Vanmiddag.'

'En hoe kan het dan dat jij dit al weet?'

Cormorant hield oogcontact met de vicepresident en liet ook een naar hij hoopte duidelijk respectvolle stilte vallen.

'Oké,' zei Tillman. 'Maakt niet uit. Ga alsjeblieft verder. Sorry dat ik je onderbrak.'

'De minister van Justitie zou hier misschien iets aan kunnen doen. Als er een redelijk excuus is om het onderzoek stop te zetten, of het zelfs maar te vertragen...'

Opeens leek het of Tillman kwaad werd, maar dat was bij hem altijd moeilijk met zekerheid vast te stellen.

'Wacht even. Je wilt dat de president de minister van Justitie onder druk zet? Weet je wel wat je voorstelt? Het zou wel eens een lid van het kabinet kunnen zijn dat erbij betrokken is.'

'Het gaat er nu niet om wat ik wil, meneer. Het gaat in de eerste plaats om het beschermen van president Vance en haar regering.'

Er klonk een lachsalvo op achter de deuren aan de kant van de hal. Cormorant gaf geen krimp, hij ging alleen nog zachter praten.

'Ik stel niet voor dat we dit schandaal in de doofpot stoppen. Ik heb alleen iets meer tijd en ruimte nodig om te kijken of we erachter kunnen komen wie die Zeus is. Als me dat lukt, zal het Witte Huis beter in staat zijn de informatie onder controle te houden als die naar buiten komt – en die zál naar buiten komen, meneer, hoe dan ook, vroeg of laat.'

'Wat heeft Reese hierover te zeggen?' vroeg Tillman. 'Heb je hem dat gevraagd? Weet hij van de camera's?'

'Ik heb de stafchef vanmiddag geïnformeerd, maar er is niets gezegd betreffende het op de hoogte brengen van de president. Ik wilde eerst met u praten.'

'Speel hem niet tegen mij uit, Dan. En ook niet tegen president Vance. Ik sta volledig achter de president.'

'Dat probeer ik ook niet te doen, meneer...'

'Nee, oké. Ik zal je vertellen wat ik wil dat je doet.' Tillman had de neiging om van het uitwisselen van informatie zonder waarschuwing over te schakelen naar het nemen van besluiten en dat was ook wat er nu gebeurde. 'Heb het er met Gabe over en laat hem weten hoe jij erover denkt. Als hij het er weer met mij over wil hebben, dan gaan we vanaf daar verder. Zo niet, dan hebben jij en ik dit gesprek nooit gevoerd.'

De vicepresident was al onderweg naar de deur toen Cormorant voor het eerst zijn stem verhief.

'Walter!' Hij brak daarmee met het protocol en onder bepaalde omstandigheden had dat er makkelijk voor kunnen zorgen dat een agent een paar rangen teruggezet zou worden. 'Ik kan hem vinden. Die Zeus. Geef me alleen even de tijd.'

Tillman bleef staan maar draaide zich niet om. 'Praat met Gabe,' was alles wat hij nog wilde zeggen, en toen hij de kamer uit liep had agent Cormorant geen andere keuze dan hem te volgen.

Het gesprek was voorbij en de krab stond koud te worden in de eetzaal.

HOOFDSTUK 60

Ik had mijn sirene de hele weg terug over de Potomac en de stad in aan, tot op de parkeerplaats van het St. Anthony-ziekenhuis. De gedachten tolden door mijn hoofd na het horen van de berichtjes van Bree. Hoe had dit kunnen gebeuren? Vanochtend nog had Nana rechtop in bed gezeten, ze had met ons gepraat, ze was aan de beterende hand geweest.

Toen ik op de vijfde verdieping uit de lift stapte was het eerste vertrouwde gezicht dat ik zag dat van Jannie. Ze zat op het puntje van een plastic kuipstoeltje net buiten de intensive care. Toen ze me zag, sprong ze op, rende in mijn armen en omhelsde me stevig.

'Nana ligt in coma, papa. Ze weten niet of ze weer wakker wordt of niet.'

'Stil maar, ik weet het, ik weet het. Ik ben hier.' Ik voelde hoe haar lichaam verslapte tegelijkertijd dat de tranen kwamen. Jannie was sterk en tegelijkertijd ook zo kwetsbaar. Net als Nana, kon ik niet laten te denken toen ik haar in mijn armen had. 'Ben je bij haar geweest?' vroeg ik.

Ze knikte tegen mijn borstkas. 'Maar een minuutje of zo. De zuster had gezegd dat ik hier moest wachten.'

'Kom,' zei ik en ik pakte haar hand. 'Ik denk dat ik je hierbij nodig zal hebben.'

We zagen Bree naast het bed van Nana zitten, in dezelfde stoel als waarin ik de vorige nacht had geslapen. Ze stond op en omhelsde ons allebei.

'Ik ben zo blij dat je er bent,' fluisterde ze.

'Wat is er gebeurd?' fluisterde ik terug. Voor het geval Nana me kon horen, denk ik.

'Haar nierfunctie ging ineens hard achteruit, Alex. Ze ligt nu aan de dialyse, en ze is weer aan de hydralazine, de bètablokkers...'

Ik kon Bree nauwelijks verstaan, laat staan de ware betekenis van haar woorden doorgronden. Mijn benen waren slap, de gedachten in mijn hoofd tolden in kringetjes rond.

Niets had me erop kunnen voorbereiden hoe slecht Nana eruitzag.

Ze lag weer aan de beademing, deze keer met een tracheotomie in haar luchtpijp. Ze had een slangetje in haar neus voor de sondevoeding en dan had je nog het dialyseapparaat. Maar het ergste van alles was het gezicht van Nana – mager en vertrokken, alsof ze pijn had. Ik had gedacht dat het eruit zou zien alsof ze sliep, maar het was veel erger dan dat.

Ik wurmde me ertussen en ging naast haar zitten. 'Ik ben het, Alex. Ik ben nu hier. Het is Alex, jij oude vrouw.'

Ik had het gevoel alsof er een dikke glaswand tussen mij en Nana stond. Ik kon wel tegen haar praten, en haar aanraken en haar zien, maar ik kon haar niet echt bereiken en het gaf me het meest hulpeloze gevoel dat ik ooit had gehad. Ik werd misselijk bij de gedachte aan wat er komen ging.

Normaal gesproken ben ik goed in crisissituaties – ik verdien er mijn brood mee – maar ik kon me ternauwernood goed houden. Toen Jannie naast me kwam staan, deed ik geen moeite mijn tranen te verbergen.

Dit overkwam niet alleen Nana. Dit overkwam ons allemaal.

En toen we daar zaten en naar Nana keken, zagen we ook een traan over haar wang lopen.

'*Nana*,' zeiden wij allemaal tegelijk. Maar ze zei niets terug, ze probeerde niet eens haar ogen te openen.

Het was alleen die ene traan.

HOOFDSTUK 61

Als ik niet sliep of even plaatsmaakte voor de zusters die om de paar uur kwamen controleren hoe het met hun patiënt ging, praatte ik die nacht tegen Nana. Eerst hield ik het bij het softe gedoe – hoeveel we van haar haar hielden, hoe hard we voor haar duimden en zelfs over wat er allemaal gebeurde in de kamer.

Maar uiteindelijk drong tot me door dat Nana altijd alleen maar de waarheid wilde horen, wat dat dan ook inhield. Dus ik begon haar te vertellen over wat ik die dag allemaal had gedaan. Zoals we altijd hadden gepraat. We hadden nooit gedacht dat er ooit een einde zou komen aan onze gesprekken.

'Ik moest vandaag iemand doodschieten,' zei ik.

Ik had het gevoel dat ik er nog iets aan toe zou moeten voegen, nu ik het zo hardop had uitgesproken, maar ik zei niets meer. Ik denk dat ik eigenlijk vond dat Nana nu iets moest gaan zeggen.

En dat deed ze eigenlijk ook, zoals ik het me herinnerde van een soortgelijk gesprek dat we eerder hadden gevoerd.

Had hij een gezin, Alex?

Nana had me die vraag gesteld voor ze iets anders had gezegd. Ik was toen achtentwintig. Het was bij een gewapende overval op een kruidenierswinkeltje in Southeast. Ik had niet eens dienst toen het gebeurde, ik was gewoon op weg naar huis. De man heette Eddie Clemmons, ik zal het nooit vergeten. Het was de eerste keer dat iemand op mij schoot en de eerste keer dat ik uit zelfverdediging terugschoot.

En ja, hij had een vrouw, vertelde ik Nana, maar ze woonden niet samen. En twee kinderen.

Ik herinner me nog dat ik in de hal bij de voordeur stond op Fifth Street, met mijn jas nog aan. Nana droeg een volle wasmand toen ik binnenkwam en het eindigde ermee dat we samen op de trap wasgoed zaten te vouwen en te praten over de schietpartij. Ik vond het eerst maar raar dat ze me steeds weer iets aangaf om op te vouwen. Maar na een tijdje realiseerde ik me dat over een poos mijn leven weer zijn normale loop zou nemen.

Het komt allemaal goed, had ze tegen me gezegd. *Misschien wordt het niet meer precies zoals het was, maar het komt toch goed. Je bent een politieagent.*

En ze had gelijk, natuurlijk. Misschien wilde ik daarom nu zo graag net zo'n soort gesprek met haar voeren. Het was vreemd, maar ik wilde heel graag dat zij tegen me zou zeggen dat het allemaal weer goed zou komen.

Ik pakte haar hand en kuste die en drukte hem tegen mijn wang. Ik deed alles om maar contact met haar te maken, denk ik.

'Het komt allemaal goed, Nana,' zei ik.

Maar ik kon niet zeggen of dat de waarheid was of niet, of tegen wie ik eigenlijk aan het liegen was.

HOOFDSTUK 62

Ik werd wakker doordat er een hand op mijn schouder drukte en iemand in mijn oor fluisterde. 'Tijd om aan het werk te gaan, liefje. Tia is hier.'

Mijn tante Tia zette haar grote canvas breitas voor mijn voeten. Ik was een keer of zes wakker geweest en weer in slaap gevallen die nacht; het was raar om hier te zijn, er zaten geen ramen in de kamer en ik was alle besef van tijd kwijt. En dan Nana die er zo slecht aan toe was.

Ze zag er in mijn ogen deze ochtend nog steeds hetzelfde uit. Ik wist niet of dat een goed of een slecht teken was. Misschien van allebei een beetje. 'Ik wacht nog even op de ochtendploeg,' zei ik tegen Tia.

'Nee, lieverd, je gaat nu.' Ze trok aan mijn arm om me te laten opstaan uit de stoel. 'Er is niet genoeg ruimte hier en Tia's kuiten doen haar vreselijk pijn. Dus, hup. Aan het werk jij. Dan kan je straks terugkomen en Nana vertellen wat je allemaal gedaan hebt, net als anders.'

Het breiwerk kwam automatisch tevoorschijn, met de dikke gekleurde houten breipennen die zij altijd gebruikte. Ik zag ook een thermosfles en een USA *Today* in de tas zitten. Aan de manier waarop ze het zich gemakkelijk maakte, kon ik zien dat ze dit vaker had meegemaakt, met mijn oom en daarna met haar jongere zus, Anna. Mijn tante was heel erg goed in het zorgen voor de zieken en stervenden.

'Ik wilde wat van die David Whyte meenemen, die jij zo goed vindt,' zei Tia. Ik dacht even dat ze het tegen mij had. 'Maar toen dacht ik nee, laten we je een beetje wakker houden, dus ik heb in plaats daarvan de krant meegebracht. Wist je dat ze het maken van het standbeeld van dr. King aan China hebben uitbesteed? Chína! Dat geloof je toch niet, Regina?'

Tia is geen sentimentele vrouw, maar op haar manier is ze een heilige. Ik wist ook dat ze het nooit toe zou staan dat Nana haar zou zien huilen, coma of geen coma. Ik boog me voorover en kuste Tia op haar hoofd. Toen kuste ik Nana.

'Dag Tia, dag Nana. Tot straks.'

Mijn tante kletste door, maar ik hoorde Nana antwoord geven. Weer een echo, of een herinnering of wat het dan ook was.

Gedraag je, zei ze tegen me. *En Alex, wees voorzichtig.*

Welbeschouwd zou ik nu geen direct gevaar lopen. Technisch gezien had ik verplicht verlof na de schietpartij van de vorige dag. Hoofdinspecteur Davies had het teruggebracht tot twee dagen, wat ik zeer waardeerde, maar ik kon het me niet veroorloven zo lang stil te zitten. Ik moest met Tony Nicholson en Mara Kelly praten. Nu. Dus ik vroeg of Sampson niet een ondervraging kon regelen onder zijn naam. Dan zou ik er gewoon bij gaan zitten, als een extra paar ogen en oren.

HOOFDSTUK 63

Het detentiecentrum in Alexandria is een oud roodstenen gebouw aan het doodlopende stuk van Mill Road.

Hier had Zacarias Moussaoui gezeten tot hij werd overgebracht naar de zwaarbewaakte inrichting in Florida, Colorado, wat toevallig de laatst bekende verblijfplaats was van Kyle Craig, een seriemoordenaar en een onafgemaakte zaak waar ik hopelijk ooit nog eens aan toe zou komen. Het is verbazingwekkend hoe klein en incestueus de wereld van de grote misdaad kan gaan voelen als je er al zo lang mee te maken hebt als ik. Alleen al de gedachte aan Kyle Craig wekte een grote woede in me op.

Nicholson en juffrouw Kelly werden respectievelijk op de begane grond en de eerste verdieping vastgehouden. We moesten hen in aparte verhoorkamers zetten en met de lift tussen hen beiden heen en weer pendelen.

In eerste instantie waren ze geen van beiden bereid iets te zeggen – behalve dan dat ze het slachtoffer waren geworden van ontvoering en bedreiging. Ik liet dat een paar uur zo gaan en ik liet Mara Kelly zelfs subtiel weten dat haar vriendje zich goed hield. Ik wilde haar vertrouwen in Nicholson doen toenemen, voordat ik het tot de grond zou afbreken.

Toen ik de keer daarop de verhoorkamer binnen kwam, legde ik een fotokopie op de tafel voor haar.

'Wat is dit?' vroeg ze.

'Kijk zelf maar.'

Ze boog zich voorover en met een witgelakte vingernagel duwde ze een pluk haar terug achter haar oor. Zelfs hier in de verhoorkamer legde Kelly een soort elegantie aan de dag die mij eerder bestudeerd dan natuurlijk voorkwam. Ze gaf zich uit voor accountant, maar ze had maar één jaar college gevolgd.

'Vliegtickets?' zei ze. 'Ik begrijp het niet. Waar zijn die voor?'

Sampson boog zich over de tafel. Hij is bijna twee meter en als hij zijn best doet kan hij behoorlijk intimiderend overkomen, en dat is bijna altijd als hij aan het werk is.

'Van Montreal naar Zürich, vertrek gisteravond. Kun je het lezen? Zie je de namen op de tickets?'

Hij tikte met zijn vinger op het vel papier. 'Anthony en Charlotte Nicholson. Je vriendje stond op het punt je te verlaten, Mara. Hij ging met zijn vrouw.'

Ze duwde het papier weg. 'Jaja, ik heb ook een computer en een kleurenprinter thuis.'

Ik pakte mijn mobiel en bood haar die aan. 'Hier is het nummer van Swiss Air. Wil je bellen en de reservering bevestigen, mevrouw Nicholson?'

Toen ze geen antwoord gaf, besloot ik haar een paar minuten met rust te laten zodat alles kon bezinken. Ze had het eigenlijk bij het rechte eind gehad – we hadden de tickets vervalst. Toen we terugkwamen, was ze er klaar voor. Ik kon zien dat ze gehuild had en ook dat ze had geprobeerd elk spoor van tranen weg te wissen.

'Wat willen jullie weten?' vroeg ze. Ze kneep haar ogen tot spleetjes. 'Wat levert het mij op?'

Sampson ving haar blik en hield die vast. 'We zullen alles doen om je te helpen.'

Ik knikte. 'Zo werkt het, Mara. Wie ons eerst helpt, wordt daarna door ons geholpen.'

Ik deed de bandrecorder aan en zette hem neer. 'Wie waren de mannen in de auto? Laten we daarmee beginnen.'

'Ik heb geen idee,' zei ze. 'Ik had ze nog nooit van mijn leven gezien.' Ik geloofde haar.

'Wat wilden ze? Wat hebben ze gezegd?'

Nu zweeg ze even. Ik had het gevoel dat ze klaar was om Nicholson af te serveren, maar dat ze dat niet in één beweging wilde doen. 'Weet je, ik heb hem heel vaak gewaarschuwd dat er zoiets als dit ging gebeuren.'

'Zoiets als wat, Mara?' vroeg Sampson. 'Kun je iets specifieker zijn?'

'Hij chanteert klanten van de club. Het had het geld moeten opleveren voor ons "nieuwe leven". Zo noemde Tony het altijd. Nou, wat een nieuw leven.' Ze gebaarde de kamer rond. 'Is dít alles?'

'En hoe zit het met de namen? Schuilnamen, verzonnen namen, wat je ook maar hebt gehoord. Wat weet je van de mensen die hij heeft gechanteerd?'

Mara Kelly kreeg de smaak te pakken en toen ze die eenmaal te pakken had, werd haar toon bitterder en sarcastischer. 'Ik weet dat hij altijd beide kanten afdekte. Beide kanten van het traject. Zo dat als er iemand praat, iedereen de pineut is. En als er iets met Tony zou gebeuren, dan moest ik de hele zaak naar buiten brengen.' Ze leunde naar achter en sloeg haar slanke armen over elkaar. 'Dat was althans het idee. Daarmee dreigde hij de sukkels die hij chanteerde voor een potje neuken.'

'En iedereen betaalde?' vroeg Sampson haar.

Haar ogen keken weer de hele kamer rond alsof ze niet kon geloven dat ze hier echt was, dat het hiertoe geleid had.

'Als dat zo zou zijn, dan hadden wij dit gesprek niet hoeven voeren, wel?'

HOOFDSTUK 64

Het duurde daarna niet lang voordat Tony Nicholson honderd-uit begon te praten over de club en de chantage. Ik had het al zo vaak gezien, hoe verdachten bereid waren de concurrentie aan te gaan met elkaar zodra ze het gevoel kregen dat de situatie was veranderd. Zoals hij het vertelde had Mara Kelly voor de hele afwikkeling gezorgd – een geheime Aziatische bank, een systeem om de gegevens te versleutelen – alles wat ze nodig hadden om zo lang mogelijk buiten schot te blijven.

'Waarom denken jullie dat ze haar ook wilden hebben?' vroeg hij ons keer op keer. 'Laat je niet misleiden door haar mooie snoetje. Die trut is niet zo dom als ze eruitziet.'

Ik denk dat je kon stellen dat de verkering wel uit was. Nu werd het interessant.

Nicholson had uren op dezelfde gammele klapstoel gezeten, zijn gewonde been zat in een brace en had hij naar de zijkant gestrekt. Aan de verwrongen uitdrukking op zijn gezicht kon je zien dat hij toe was aan een pijnstiller.

'Oké,' zei ik. 'Dat is een begin, Tony. En laten we het dan nu hebben over de werkelijke reden waarom we hier zijn.'

Ik haalde een dossier tevoorschijn en legde foto's op tafel. 'Timothy O'Neill, Katherine Tennancour, Renata Cruz, Caroline Cross.'

Hij leek even verrast, maar dat duurde maar een seconde. Nicholson hield zich goed, ook al lag hij onder vuur. 'Wat is er met hen?'

'Ze werkten allemaal voor jou.'

'Kan,' zei hij. 'Er werken een hoop mensen voor mij.'

'Het was geen vraag.' Ik wees naar de foto van Caroline. 'Ze hebben haar zwaar verminkt gevonden, ze was onherkenbaar. Heb je dat ook op video vastgelegd, Nicholson?'

'Ik heb echt geen idee waar je het over hebt. Ik heb ook geen idee waar je op uit bent. Misschien kun je iets duidelijker zijn als je toch zo nodig iets moet zeggen.'

'Hoe is ze gestorven?'

Opeens leek Nicholson zich iets te herinneren, ik zag een vonkje in zijn ogen. Hij keek nog een keer naar de foto en daarna weer naar mij.

'Caroline Cross zei je? Zo heet jij ook, toch?' Toen ik niet antwoordde, kwam er een grijns om zijn mond. 'Het spijt me, rechercheur, maar misschien zit je zelf wel tot over je oren in deze zaak.'

Ik stond razendsnel op. Als de tafel niet vast had gestaan, had ik Nicholson er misschien mee tegen de wand gedrukt.

Maar Sampson had hem als eerste te pakken. Hij schoot om de tafel heen en trok de stoel onder hem vandaan. Nicholson smakte op de grond als een gevangen vis.

Hij begon te schreeuwen. 'Mijn been! Mijn been, verdomme! Ik sleep jullie voor de rechter!'

Sampson leek het niet te horen. 'Je weet dat ze in Virginia de doodstraf nog kennen?'

'Wat is dit, Abu fucking Graib? Blijf bij me uit de buurt!' Nicholson knarsetandde en sloeg met zijn vuist op de vloer. 'Ik heb niemand vermoord!'

'Maar je weet wie dat wel gedaan heeft!' schreeuwde ik terug.

'Als ik iets had om mee te onderhandelen, denk je dan niet dat ik dat zou gebruiken? En help me overeind, domme klootzakken! Help me overeind. Hé! Hé!!'

In plaats daarvan liepen we de verhoorkamer uit. En op onze weg naar buiten, namen we de stoelen mee.

HOOFDSTUK 65

Vier uur later bood Nicholson ons de toegangscode voor een kluis in D.C., omwille van het 'eerlijk bekennen', hij wilde ons vertellen wat hij wist en vooral de best mogelijke deal sluiten. Hij zei dat er bewijsmateriaal in de kluis zat dat ons verder zou kunnen helpen. Ik had mijn twijfels, maar ik besloot de vooruitgang die ik met hem boekte stap voor stap te bekijken.

We moesten even het een en ander ritselen, maar de volgende ochtend stonden Sampson en ik voor de deur van de Exeter Bank op Connecticut met al het nodige papierwerk, een sleutel uit het bureau van Nicholson en twee lege koffertjes voor het geval er werkelijk bewijsmateriaal was dat we moesten veiligstellen.

Dit was geen gewone spaarbank, te beginnen bij het feit dat we moesten aanbellen om binnengelaten te worden. De ontvangstruimte ademde een overal-afblijven-sfeer, er was geen folder of stortingsbewijs te bekennen.

Vanaf de receptie werden we naar een rij kantoren met glazen wanden gestuurd in de mezzanine. Een vrouw in een van de kantoren legde haar telefoon neer, draaide zich om en keek naar ons toen wij naar boven kwamen.

Sampson lachte en zwaaide naar haar. 'Het lijkt verdomme wel een James Bond-film,' zei hij met opeengeklemde kaken. 'Kom binnen, dr. Cross. We verwachtten u al.'

De filiaalmanager, Christine Currie, verwachtte ons inderdaad. Haar korte glimlach en handdruk waren ongeveer net zo warm als de havermoutpap van gisteren.

'Dit is allemaal nogal ongebruikelijk voor ons,' zei ze. Haar accent was een beetje muf en Brits, en aristocratischer dan dat van Nicholson. 'Ik hoop dat dit allemaal in stilte kan plaatsvinden. Zou dat kunnen, heren?'

'Natuurlijk,' zei ik tegen haar. Ik denk dat we allebei hetzelfde wilden – dat Sampson en ik zo snel mogelijk weer buiten stonden.

Zodra mevrouw Currie zich tevreden had gesteld met onze papierwinkel en de handtekening van Nicholson op zes plaatsen had vergeleken, ging ze ons voor naar een lift achter op de mezzanine. We stapten erin en gingen met een razende vaart naar beneden.

'Zijn jullie zo'n bank die transactiekosten in rekening brengt?' vroeg Sampson. Ik staarde voor me uit, zei geen woord. John kon soms een beetje opstandig worden van stijve omgevingen. Van stijve mensen ook. Maar vooral van slechte mensen, criminelen en medeplichtigen.

We kwamen in een kleine wachtkamer. Er stond een gewapende bewaker bij de enige andere deur en er zat een werknemer in pak achter een veel te groot bureau. Mevrouw Currie liet ons zelf binnen en nam ons toen rechtstreeks mee naar de kluisruimte.

De kluis van Nicholson, nummer 1665, was een van de grotere kluizen achterin.

Nadat we allebei de klapdeur door waren gelopen, trok mevrouw Currie een lange rechthoekige la uit de kluis en droeg die naar een van de kamers in een aangrenzende hal die ingericht waren voor bezichtigingen.

'Ik sta buiten, tot jullie klaar zijn,' zei ze op een manier die klonk alsof ze wilde zeggen 'doe er niet te lang over'.

We deden er niet te lang over. In de box vonden we een dertigtal cd's, allemaal in hun eigen plastic hoesje, de datum was er met de hand opgeschreven met een zwarte stift. Er zaten ook nog twee leren mappen in, vol handgeschreven aantekeningen, lijsten, adressen en kasboeken.

Een paar minuten later vertrokken we met gevulde koffertjes.

'God zegene Tony Nicholson,' zei ik tegen de onverstoorbare mevrouw Currie.

HOOFDSTUK 66

De rest van de middag brachten Sampson en ik op mijn kantoor door met een paar laptops. We waren de hele middag zoet met het bekijken en catalogiseren van de 'buitenschoolse activiteiten' van de rijken en voornamelijk beroemden. De filmpjes vielen verbazingwekkend vaak in herhaling, zeker gezien wat Tony Nicholson allemaal in de club aanbood.

Maar bij het zien van de hoofdrolspelers, vielen onze monden keer op keer open. In minstens de helft van de gevallen waren de gezichten herkenbaar, en het bleken allemaal mensen te zijn die je bij de inauguratie van de president zou verwachten. Op de eerste rij.

De klanten waren niet alleen maar mannen. De verhoudingen man-vrouw was ongeveer twintig tegen een, maar ze zaten ertussen, onder wie een voormalig Amerikaanse ambassadeur voor de Verenigde Naties.

Ik moest mezelf er steeds aan herinneren dat al deze mensen – in elk geval technisch gezien – verdachten waren in een moordzaak.

We maakten een overzicht, waarbij we de data gebruikten die onder in beeld stonden. Bij elk fragment schreven we de naam van de klanten die we herkenden en markeerden degenen die we niet herkenden. Ik maakte ook een aantekening van waar elke 'scène' zich in de club had afgespeeld.

Mijn grootste belangstelling ging uit naar het appartement

boven de schuur, wat voor mij een soort *ground zero* was in deze heel nare moordpuzzel.

En bij die beelden kregen we in de gaten dat er een logisch verloop in zat. Net toen ik dacht dat mijn ogen uit mijn hoofd zouden branden, ontdekte ik een interessant patroon in de opnamen.

'John, laat eens zien wat jij tot nu toe hebt. Ik moet even iets controleren.'

Al onze aantekeningen waren met de hand geschreven, dus ik legde alle blaadjes naast elkaar en begon ze te bestuderen.

'Hier... hier... hier...'

Elke keer als ik zag dat iemand het appartement had gebruikt, omcirkelde ik de datum met een rode pen en vinkte de deelnemers af. Toen ging ik terug naar alle omcirkelde data.

'Zie je dat? Ze gebruikten die studio een tijdje behoorlijk vaak en zes maanden geleden stopt dat ineens. Geen feestjes meer.'

'Dus wat is er zes maanden geleden gebeurd?' vroeg Sampson. De vraag was zuiver retorisch, aangezien we allebei het antwoord wisten.

Toen was het moorden begonnen.

In dat geval – waar waren de andere cd's van Nicholson?

HOOFDSTUK 67

Na het werk haalde ik wat bij de Thai op Seventh en bracht dat naar Bree in het ziekenhuis. Het was niet het soort eetafspraakje dat ze verdiende, maar vergeleken bij de goedkope biefstuk en gelatinepudding van de cafetaria was alles een verbetering.

Het leek wel of ze een heel mobiel kantoor had opgezet, met een laptop en een printertje. Op het tafeltje achter haar lagen allerlei dossiers. Op de laptop stond de site webMD.com, een site voor mensen die wachten tot een geliefde uit zijn of haar coma ontwaakt. Ze was druk bezig met het maken van aantekeningen toen ik binnenkwam.

'Een panang curry en pad thai?' riep ik vanuit de deuropening.

'Dat moet voor mij zijn,' zei Bree.

Ze zocht zich voorzichtig een weg door alle apparatuur heen en kuste me.

'Hoe is het met ons meisje?' vroeg ik.

'Ze vecht nog steeds. Ze is echt geweldig, echt.'

Nana zag er iets vrediger uit, maar voor de rest lag ze er precies hetzelfde bij. Dr. Englefield had ons al gewaarschuwd dat we ons niet te veel moesten blindstaren op de details. Je kon jezelf helemaal gek maken als je elk beweginkje en zenuwtrekje nauwkeurig ging bekijken. Het belangrijkste was dat je bleef komen en de moed niet verloor.

Terwijl ik het eten uitpakte, praatte Bree me bij over wat er die dag was gebeurd. Englefield wilde Nana voorlopig aan de bètablokkers houden. Haar hart was nog steeds zwak, maar het was stabiel, voor wat het waard was. En ze gingen het aantal dialyses terugbrengen naar drie per dag.

'Er is een nieuwe arts, dr. Abingdon, met wie je die dingen kunt bespreken,' zei Bree. 'Ik heb haar nummer hier.'

Ik ruilde het nummer tegen een bord eten en een flesje water. 'Je doet te veel,' zei ik tegen Bree.

'Dit komt het dichtst bij een echte familie, die heb ik nooit gehad,' zei ze. 'Dat weet je toch wel?'

Dat wist ik. Haar moeder overleed toen Bree vijf was en haar vader toonde daarna niet erg veel belangstelling voor zijn kinderen. Ze was opgevoed door een hele rits neven en nichten en nadat ze op haar zeventiende het huis uit was gegaan, was ze nooit meer teruggeweest.

'Maar dan nog,' zei ik tegen haar. 'Je kunt niet maar eindeloos vrij nemen van je werk.'

'Liefje, luister. Ik vind het vreselijk dat dit gebeurt. Er is helemaal niets goeds aan. Maar zolang de situatie zo is, blijf ik waar ik wil zijn. Einde verhaal, oké? Ik vind het goed zo.'

Ze draaide een vork vol rijstnoedels en stopte die in haar mond, met een grijns die ik al een tijdje niet had gezien. 'En trouwens, wat denk je dat ze gaan doen op het werk, mij vervangen? Daar ben ik veel te goed voor.'

Daar had ik niets tegen in te brengen.

Eerlijk, ik weet niet zeker of ik alles had kunnen doen wat Bree nu deed. Misschien ben ik niet zo ruimhartig. Maar ik weet wel dat ze me gelukkig maakte en ervoor zorgde dat ik een ongelofelijke dankbaarheid voelde. Ik zou haar nooit genoeg kunnen bedanken, maar het leek erop dat Bree niet uit was op bedankjes.

We brachten de rest van de avond met Nana door. We lazen haar voor uit *Een ander land*, een oude favoriet van haar. Tegen tienen kusten we haar welterusten, en voor het eerst sinds het hele gebeuren, ging ik naar huis en sliep ik in mijn eigen bed. Naast Bree, waar ik thuishoorde.

HOOFDSTUK 68

Toen Ned Mahoney me de volgende dag belde en zei dat ik naar hem toe moest komen in de Hirshhorn-beeldentuin, aarzelde ik geen moment. Ik verliet meteen het kantoor en liep er snel heen.

Het gaat maar door. Sneller en sneller. Wat wil Ned? Wat heeft hij voor informatie?

Hij zat op een van de lage gemetselde muurtjes toen ik van de helling van de kant van de Mall aankwam. Voordat ik bij hem was, was hij al opgestaan en verder gelopen. En toen ik naast hem kwam lopen, begon hij te praten, zonder enige begroeting. Ik kende Ned goed genoeg om te weten wanneer ik mijn mond moest houden en gewoon moest luisteren.

Kennelijk had de FBI al een dagvaarding geregeld om de overzeese bankrekeningen van Tony Nicholson te bekijken. Ze hadden via het Swift-programma een hele lijst gekregen van stortingen, rekeningen die daaruit voort waren gekomen en namen die weer bij die rekeningen hoorden.

Swift staat voor de Society of Worldwide Interbank Financial Telecommunications. Het is een wereldwijd collectief dat in België gevestigd is en dat iets in de orde van zes biljoen transacties per dag volgt. De database houdt niet de routine-bankhandelingen bij – ze weten niet wanneer ik naar de pinautomaat ga – maar verder staat ongeveer alles erin. Het programma staat onder wettelijk toezicht nadat bekend was geworden dat de regering van de Verenigde Staten het gebruikte om na 9/11 terroristencellen op te sporen. Maar ondanks die obstakels was iemand van de FBI erin geslaagd de hand te leggen op de gegevens.

'Als dit mijn zaak was, wat het niet is, zou ik alle nummers natrekken,' zei Mahoney, die me nog steeds bekogelde met allerlei informatie. 'Ik zou beginnen met degenen die de hoogste bedragen op de rekening van Nicholson hebben gestort en dan de lijst afwerken. Maar ik weet niet hoeveel tijd je nog hebt, Alex. Deze zaak is ongelofelijk hot. Iets is hier niet pluis, iets is hier heel erg niet pluis.'

'Zit de FBI dan nog niet op deze zaak? Dat zou toch wel moeten?'

Het was de eerste vraag die ik stelde nadat Ned vijf minuten onafgebroken aan het woord was geweest. Ik had Ned nog nooit zo opgewonden gezien en dat wil wat zeggen, aangezien Ned doorgaans een cirkelzaag is die op Red Bull loopt.

'Eerlijk, ik weet het niet,' zei hij en haalde zijn schouders op. Hij stopte zijn handen in zijn broekzakken en we begonnen aan nog een rondje door de beeldentuin.

'Er is absoluut iets aan de hand, Alex. Neem nou dit. Ik begrijp het niet, maar de hele zaak is verplaatst naar het bureau in Charlottesville, een voorstad. Ze gaan samenwerken met Richmond, denk ik.'

'Verplaatst? Dat slaat nergens op. Waarom zouden ze dat doen?'

Ik wist uit eerdere ervaringen dat de FBI niet zomaar halverwege zaken verplaatste. Dat gebeurde bijna nooit. Ze stelden weleens een taskforce samen uit twee bureaus om een groter gebied te kunnen bestrijken, maar niet zoals ze nu hadden gedaan.

'Dat bericht kwam gisteren van het kantoor van de plaatsvervangend chef – en ze hebben de dossiers 's náchts overgebracht. Ik weet niet wie de nieuwe FBI-agent van dienst is, als er al een is. Niemand praat met mij over deze zaak. In hun ogen ben ik gewoon iemand die leiding geeft aan een heleboel agenten in het veld. Ik zou me hier niet meer mee bezig moeten houden. En ik zou zeker niet híer moeten zijn.'

'Misschien proberen ze je iets duidelijk te maken,' zei ik, maar hij ging niet in op mijn grapje. Ik wilde proberen Ned een beetje te kalmeren, als het even kon. Ik wilde dat hij zo langzaam zou praten dat ik hem ook zou kunnen volgen.

Hij hield stil bij het grote beeld van Rodin midden in de tuin, nam mijn hand, schudde die op een vreemd formele manier. 'Ik moet gaan,' zei hij.

'Mahoney, nu maak je me een beetje bang...'

'Kijk maar wat je voor elkaar kunt krijgen. Ik zal zo veel mogelijk informatie proberen te verzamelen, maar doe in de tussentijd geen beroep op de FBI. Nergens voor. Snap je?'

'Nee, Ned, ik begrijp er niets van. Hoe zit het met de lijst met bankgegevens waar je het net over had?'

Hij liep al van me weg, de trap op richting Jefferson Drive.

'Ik weet niet waar je het over hebt,' zei hij over zijn schouder, maar hij klopte op zijn jaszak terwijl hij dat zei.

Ik wachtte tot hij uit zicht was en voelde toen in mijn zak. Naast mijn sleutelbos zat een zwart met zilveren USB-stick.

HOOFDSTUK 69

Ned zette meer dan alleen zijn baan op het spel door mij deze gevoelige informatie te bezorgen. Hij kon er voor in de gevangenis komen. Ik was het aan hem verschuldigd om zo veel mogelijk met de lijst te doen. Dus ik nam zijn advies ter harte en begon bovenaan, met Nicholsons grootste 'weldoener'.

Als iemand me een maand geleden had gezegd dat senator Marshall Yarrow van Virginia een connectie had met een schandaal als dit, zou ik mijn wenkbrauwen gefronst hebben. Die man had te veel te verliezen, en dan bedoel ik niet alleen geld – maar daar had hij in elk geval ook genoeg van.

Yarrow was voor zijn vijftigste al miljardair, hij had in de jaren negentig meegelift op de internethype en was er toen uitgestapt. Hij had een deel van zijn fortuin ondergebracht in een soort Bill Gates-achtige stichting die werd gerund door zijn vrouw en die zich richtte op initiatieven ter verbetering van de gezondheid van kinderen in de Verenigde Staten, Afrika en Oost-Azië. Daarna stopte hij de daarmee verkregen goodwill, en nog een bak met geld, in een verkiezingscampagne om senator te worden, die niemand erg serieus nam – tot hij won. Nu vervulde Yarrow zijn tweede termijn en het was een publiek geheim dat hij met het oog op de komende presidentsverkiezingen al een officieuze onderzoekscommissie gevormd had.

Dus ja, genoeg te verliezen – maar hij zou niet de eerste politicus zijn in Washington die alles verpestte door zijn hoogmoed, nietwaar?

Na een klein belrondje kwam ik erachter dat Yarrow een zakenlunch had op zijn kantoor, gevolgd door een TVA caucus-bijeenkomst om halftwee. Beide in het Russell Senate-gebouw. Dus hij zou even voor halftwee in de zuidwesthal van het gebouw zijn.

En daar en op dat tijdstip ging ik achter hem aan.

Om vijf voor halftwee stapte hij uit de lift met een stoet hulpjes in pak, die allemaal tegelijk begonnen te praten. Yarrow zelf was aan het bellen.

Ik stapte zijn blikveld binnen met mijn penning in mijn hand. 'Pardon, senator, ik hoop dat ik u één minuutje kan spreken.'

De enige vrouw in de groep assistenten, heel blond, aantrekkelijk, achter in de twintig, deed een stap naar voren zodat ze tussen ons in kwam te staan. 'Kan ik u helpen, agent?'

'Rechercheur,' zei ik tegen haar, maar ik bleef Yarrow aankijken, die in elk geval nu zijn hand over zijn Treo had gelegd. 'Ik heb een paar vraagjes voor senator Yarrow. Ik onderzoek een grote fraudezaak met creditcards in Virginia. Zou het kunnen zijn dat iemand een van de creditcards van de senator heeft gebruikt – bij een gezelligheidsvereniging in Culpeper?'

Yarrow deed het heel goed. Hij gaf geen krimp toen ik refereerde aan Blacksmith Farms.

'Als het snel kan,' zei hij met enige tegenzin. 'Grace, zeg even tegen senator Morehouse dat ze niet zonder mij moeten beginnen. Gaan jullie allemaal maar vast. Ik red me wel met de rechercheur. Ik kom er zo aan. Het is goed, Grace.'

Een paar seconden later waren de senator en ik alleen, voor zover mogelijk in zo'n ruimte. Bij mijn weten droeg het geluid erg ver door de hoge koepel boven ons hoofd.

'Zo, over welke creditcard hebben we het?' vroeg hij met een uitgestreken gezicht.

Ik bleef zacht praten. 'Senator, ik zou u graag een vraag willen stellen over de half miljoen dollar die u het afgelopen halfjaar van uw rekening naar een zekere overzeese rekening hebt overgeboekt. Wilt u dit liever ergens anders bespreken?'

'Weet u wat?' zei hij stralend, alsof hij geïnterviewd werd door Matt Lauer voor de *Today Show.* 'Het schiet me net te binnen dat ik nog een ander dossier nodig heb voor deze bijeenkomst en ik heb mijn assistenten al vooruit gestuurd. Loopt u even met me mee?'

HOOFDSTUK 70

Het eerste wat me opviel aan het kantoor van Marshall Yarrow was de enorme hoeveelheid foto's van hemzelf die aan de muur hingen. Er leek een groepje 'belangrijke' mensen te zijn met wie hij graag gezien wilde worden. Er was een foto met de president, een met de vicepresident. Tiger Woods. Arnold en Maria. Bob Woodward. Robert Barnett. Hij was duidelijk een man met goede contacten en hij wilde dat iedereen die dit kantoor binnen liep dat direct zag.

Yarrow ging op het randje van een enorm met kersenhout ingelegd bureau zitten en vroeg mij nadrukkelijk niet om ook te gaan zitten.

Ik wist van tevoren dat ik eerst agressief zou moeten zijn, maar nu hield ik me liever in en wilde kijken hoever ik zou komen met een beetje tact. Als Yarrow ervoor koos zich helemaal in te graven, zou het moeilijk zijn om iets voor elkaar te krijgen zonder dagvaardingen.

'Senator, laat ik beginnen met te zeggen dat ik niet geïnteresseerd ben in uw connectie met die gezelligheidsvereniging. Daarom ben ik niet hier,' zei ik tegen hem. Dat was niet helemaal waar, maar voor nu kon het ermee door.

'Ik heb nooit gezegd dat ik een connectie heb met welke club dan ook,' zei hij. Het was een ijzersterk staaltje acteerwerk van zijn kant, vooral gezien de seksuele handelingen die ik hem had zien uitvoeren op diverse banden van Nicholson.

Ik oefende geen druk op hem uit. 'Prima, maar u moet weten dat ik me hier vooral richt op afpersing, niet op hoerenloperij.'

'Alstublieft, u moet hier niet binnen komen vallen en een paar puzzelstukjes uitdelen terwijl u op de rest blijft zitten, rechercheur,' zei Yarrow. Hij klonk ineens een stuk agressiever. 'Daarvoor ben ik te slim en heb ik het te druk. Wat dacht u hier precies te vinden?'

'Goeie vraag, en ik heb een antwoord. Ik wil dat u me vertelt dat die overschrijvingen precies zijn wat ik denk dat ze zijn.'

Er viel een lange stilte; ik denk dat hij wachtte tot ik met mijn ogen zou knipperen.

Toen zei hij eindelijk: 'Oké, goed dan, laten we dit even uit de wereld helpen. Ik ben op Blacksmith Farms geweest, maar alleen maar om mensen te entertainen. En dan heb ik het níet over mezelf. Dan heb ik het over gasten van buiten de stad, medewerkers, gasten uit het Midden-Oosten, dat soort werk. Het is helaas onderdeel van mijn werk.

Ik zorg ervoor dat ze binnenkomen. Drink een borreltje of twee en laat ze dan verder hun gang gaan. Dat is alles. Geloof me...' hij stak zijn linkerhand in de lucht en zwaaide met een goudgeringde vinger. 'Ik kan me niet veroorloven Barbara kwaad te maken, laat staan mijn hele kiesdistrict. Er is geen sprake van hoerenloperij. Niets om mee gechanteerd te worden. Ben ik duidelijk?'

Ik werd er zo langzamerhand goed ziek van dat mensen maar net deden alsof dit allemaal niet gebeurde.

'Het spijt me, senator, maar ik heb materiaal waaruit het tegendeel blijkt. Digitaal videomateriaal. Weet u zeker dat u het zo wilt spelen?'

Senator Yarrow gaf geen krimp en hij dacht er zelfs aan het dossier te pakken dat hij zogenaamd was vergeten in zijn kantoor.

'Weet u, rechercheur, mijn verkiezingsbijeenkomst met mijn partijleden is vijf minuten geleden begonnen en als ik vandaag niets doe met dit belangrijke waterwetsontwerp, dan gaat het helemaal mis. Ervan uitgaande dat er geen aanklachten zijn, zult u me moeten excuseren.'

'Hoe lang duurt uw bijeenkomst?' vroeg ik.

Hij trok een kaartje uit zijn zak en gaf dat aan mij. 'Bel Grace maar. Dan zetten we u in de agenda,' zei hij.

Ik voelde hoe de loopgraven werden gegraven, dieper en dieper, sneller en sneller.

HOOFDSTUK 71

Die avond nam ik een verzamel-cd mee naar Nana, *The Best of U Street*, met een boel grote namen uit de tijd dat zij met mijn grootvader en vrienden naar de clubs ging – Basie, Sarah Vaughan, Lena Horne en sir Duke zelf, de geweldige meneer Ellington.

Ik draaide de cd zachtjes op de laptop van Bree terwijl we daar zaten.

De jazz-zangers waren niet de enige vertrouwde stemmen in de kamer. Ik had ook Jannie en Ali meegenomen. Dit was de eerste avond waarop Ali van de zusters in de kamer mocht komen. Hij was heel stil en heel respectvol. Hij zat dicht naast het bed van Nana. Wat was hij toch een braaf jochie.

'Waar is dit voor, papa?' vroeg hij met het stemmetje dat jonger klonk dan hij was en dat hij opzette als hij een beetje nerveus of onzeker was.

'Dat is de hartmonitor. Zie je die lijntjes? Die laten de hartslag van Nana zien. Je kunt zien dat die nu stabiel is.'

'En wat is die slang daar?'

'Daarmee wordt Nana gevoed terwijl ze in coma ligt.'

En toen zei hij ineens: 'Ik hoop dat Nana snel weer thuiskomt. Dat hoop ik echt heel erg. Ik bid de hele dag voor Nana.'

'Dat kun je best tegen haar zeggen hoor, Ali. Nana is hier. Toe maar, zeg het maar als je haar iets wilt vertellen.'

'Kan ze me horen dan?'

'Ik denk het wel.' Ik legde zijn hand op die van Nana en mijn eigen hand daar weer overheen. 'Toe maar.'

'Hai Nana!' Hij zei het alsof Nana hardhorend was en ik had moeite om mijn lachen in te houden.

'Je binnen-in-huis-stem, vriend,' zei Bree. 'Maar je enthousiasme kwam wel over. Ik denk dat Nana je gehoord heeft.'

HOOFDSTUK 72

Jannie hield zich wat meer in tegenover haar overgrootmoeder. Ze bewoog een beetje onhandig door de kamer, alsof ze zich niet goed een houding wist te geven. Meestal hing ze in de deuropening, tot ik haar wenkte.

'Kom eens hier, Janelle. Ik wil jou en Ali iets interessants laten zien.'

Ali hing aan mijn arm en Jannie kwam naast me staan en keek over mijn schouder. Het was een beetje vol in die kleine ruimte naast het bed, maar ik vond het prettig zoals we daar opeengepakt stonden, hopelijk klaar voor wat ons allemaal te wachten stond.

Ik haalde een foto uit mijn portemonnee. Het was de foto die ik in het appartement van Caroline had gevonden en die ik al die tijd bij me had gedragen.

'Kijk, dit is Nana Mama, jullie oom Blake en ik. Een foto helemaal uit 1976, als jullie dat kunnen geloven.'

'Papa! Je ziet er lachwekkend uit,' zei Jannie, en ze wees op de rood-wit-blauwe hoed die over mijn jarenzeventigafrokapsel getrokken was. 'Wat had je in hemelsnaam op je hoofd?'

'Dat heet een matelot. Het was de tweehonderdste verjaardag van Amerika en ongeveer een miljoen mensen droegen die dag zo'n hoed. Maar hij stond niet iedereen zo goed.'

'Ach, dat is nou jammer.' Jannie klonk alsof ze zowel in verlegenheid was gebracht als vervuld was met medelijden voor haar arme, idiote vader.

'Maar goed,' ging ik verder, 'ongeveer vijf minuten nadat deze foto was genomen, kwam er een grote praalwagen van de Washington Redskins langs in de parade. Ze gooiden minivoetballen het publiek in en Blake en ik werden helemaal gek toen we probeerden er een te vangen. We renden straten lang achter de praalwagen aan zonder ook maar één seconde aan die arme Nana te denken. En jullie weten wel wat er daarna gebeurde, toch?'

Ik deed dit vooral voor de kinderen, maar ook voor Nana. Het was net of we aan de keukentafel zaten en zij bij de oven stond en stiekem meeluisterde. Ik zag haar zo voor me, hoe ze daar stond, ze roerde in iets lekkers en deed net of ze me niet hoorde, maar had al een kwinkslag voor me klaar.

'Het duurde uren voor ze ons had teruggevonden en toen ze ons had gevonden, toen was ze zo kwaad, zo kwaad hebben jullie Nana nog nooit gezien. In de verste verte niet.'

Ali staarde naar Nana en probeerde zich er iets bij voor te stellen. 'Hoe kwaad was ze? Vertel eens.'

'Nou, weet je nog dat ze bij ons weg is gegaan en een tijdje ergens anders heeft gewoond?'

'Ja.'

'Nog kwader dan toen. En weet je nog toen "iemand"...' en ik gaf Ali een por in zijn ribbenkast, '– op de stofzuiger de trap af was gereden en overal krassen op het houtwerk had gemaakt?'

Hij speelde het spelletje mee en liet zijn mond wijd open vallen. 'Nog kwader dan toen?'

'Tien keer zo kwaad, jongeman.'

'En wat gebeurde er toen, papa?' viel Jannie in.

De waarheid was dat Nana ons allebei een klap in ons gezicht had gegeven, voor ze ons als een gek omhelsde. Daarna had ze onderweg naar huis voor ons allebei een rood-wit-blauwe suikerspin gekocht die zo groot was als ons kapsel. Ze was altijd een beetje ouderwets in dat soort dingen, althans toen. Maar ik heb haar het incidentele pak slaag nooit verweten. Zo ging het toen gewoon. Hard maar liefdevol, en het leek te werken voor mij.

Ik nam haar hand en keek naar haar, ze zag er heel broos uit en lag stil in het bed, als een soort substituut voor de vrouw die ik al zo lang kende en van wie ik zoveel hield, waarschijnlijk al voor ik me dat kan herinneren.

'Je hebt er wel voor gezorgd dat we nooit meer zijn weggelopen, hè, Regina?'

Twee seconden geleden zat ik nog grapjes te maken. Nu werd ik overmand door emoties en ik durf te zeggen dat ik ongeveer hetzelfde voelde als Nana die dag op de Mall, vlak voor ze Blake en mij veilig en wel terugvond.

Ik was bang en wanhopig, vooral omdat ik bekaf was van het verdringen van alle worstcasescenario's die door mijn hoofd spookten. Meer dan wat dan ook wilde ik dat ons gezin bij elkaar zou zijn, zoals het moest zijn, zoals het altijd was geweest.

Ik betwijfelde alleen of dat ooit nog zou gaan gebeuren, maar dat kon ik nu nog niet onder ogen zien. Misschien nooit niet.

Blijf bij ons, Nana.

HOOFDSTUK 73

De volgende dag begon vroeg, te vroeg voor de meeste andere rechercheurs die aan deze zaak werkten. Ik had een lijst met namen uit de agenda's die in de kluis van Nicholson hadden gelegen en Sampson had de huidige adressen nagetrokken van tweeëntwintig escorts die onlangs in de club in Virginia hadden gewerkt.

Om acht uur stuurde ik vijf teams van twee agenten in burger op pad om zo veel mogelijk escorts van de lijst op te halen.

Waarschijnlijk waren het nachtvlinders waar we achteraan joegen. Om het zo vroeg in de ochtend te doen, leek een goede zet te zijn. Ik wilde er zo veel mogelijk spreken, voor ze de kans kregen om het er met elkaar over te hebben en de boel in de war te sturen en op die manier dit onderzoek nog lastiger te maken dan het al was.

Sampson deed ook een beroep op de bereidwilligheid van onze vriendin Mary Ann Pontano van de afdeling prostitutiezaken. Ze regelde voor ons dat we het kantoor mochten gebruiken dat zij deelden met de narcoticabrigade op Third Street. En Mary Ann zou in elk geval bij een paar ondervragingen aanwezig zijn. Ik wilde graag een blanke vrouw aan onze kant van de tafel, aangezien we met name blanke prostituees voor ons zouden krijgen.

Tegen tienen hadden we vijftien van de tweeëntwintig namen binnen – een indrukwekkende score.

Ik verspreidde ze over elke beschikbare vergaderzaal, verhoorkamer, cel en hal, en ik denk dat ik die ochtend niet veel nieuwe vrienden heb gemaakt bij de narcoticabrigade. Jammer dan. Het kon me niet schelen dat ik sommige mensen misschien stoorde.

Het leek wel een dierentuin, met al die prostituees en de vier extra agenten die ik achter de hand hield om ervoor te zorgen dat er niemand wegliep. De andere agenten stuurde ik op pad om de escorts die niet waren opgedoken te gaan zoeken. De mogelijkheid dat sommigen van hen misschien nooit meer gevonden zouden worden, was iets waar ik me later mee bezig zou gaan houden.

De ondervragingen verliepen traag. Geen van deze prachtige vrouwen vertrouwde ons en ik kon het ze niet kwalijk nemen. We hielden geen details achter van de moord op Caroline of de mogelijkheid van andere moorden. Ik wilde dat de jonge vrouwen zich realiseerden in welk gevaar ze hadden verkeerd, door voor Nicholson te werken, door escortwerk te doen. Ik deed alles om ze aan de praat te krijgen.

Een paar vrouwen zeiden meteen dat ze Caroline op de foto herkenden. Ze gebruikte de naam Nicole als ze op de club was, wat niet zo vaak was, begrepen wij. Ze was 'aardig'. Ze was 'stil'. Met andere woorden: ze zeiden niets wat me hielp om de moordenaar op te sporen.

In plaats van te lunchen ging ik een blokje om om mijn hoofd leeg te maken, maar dat hielp niet echt. Verdeed ik mijn tijd? Stelden we de verkeerde vragen? Of zouden we de escorts moeten laten gaan en de middag voor iets anders gebruiken?

Dit was een klassiek probleem voor mij: ik wist nooit wanneer ik moest stoppen, omdat stoppen bijna altijd voelde als opgeven. En daar was ik nog niet aan toe. En tenslotte stond het 'stoffelijk overschot' van Caroline me nog helder voor de geest. Ik vreesde dat er nog meer vrouwen op dezelfde gruwelijke wijze om het leven waren gekomen.

Ik liep weer in de richting van Third Street, ik voelde me niet beter dan voor mijn wandeling, toen mijn telefoon ging. Ik zag de naam van Mary Ann Pontano in het display staan.

'Ik ben buiten,' zei ik. 'Ik probeerde alles op een rijtje te krijgen – als dat al mogelijk is. Zeg 't eens.'

'Dat is de enige plek waar ik je niet gezocht heb,' zei ze. 'Je kunt beter weer binnen komen en nog een keer met Lauren praten.'

Ik versnelde mijn pas. 'Rood haar, bontjas?'

'Ja, die, Alex. Het lijkt erop dat ze haar geheugen teruggevonden heeft. Ze heeft wel wat interessante dingen te vertellen over een van de vermiste meisjes, Katherine Tennancour.'

HOOFDSTUK 74

Net als alle andere escorts die we vandaag hadden gesproken, was Lauren Inslee slank, weelderig geschapen en ongelofelijk knap. Ze had als fotomodel gewerkt in New York en Miami en was afgestudeerd aan de universiteit van Florida. Ze was een escort voor mannen die van brutale cheerleadertypjes hielden. Nicholson had ongetwijfeld een verscheidenheid aan smaken die hij moest bevredigen, maar over het algemeen voldeden zijn meisjes aan het predikaat 'duur'.

'Katherine is dood, hè?' Dat was het eerste wat Lauren mij vroeg toen ik bij haar was komen zitten. 'Niemand vertelt me hier iets. Jullie willen dat wíj praten, maar jullie zeggen niks over wat er is gebeurd.'

'Dat is omdat we het niet weten, Lauren. Daarom willen we graag met jou praten.'

'Oké, maar wat dénk je dan? Ik wil niet morbide zijn. Ik wil het gewoon weten. Ze was een vriendin van me, ze kwam ook uit Florida. Ze wilde advocaat worden. Ze was net aangenomen op Stetson, dat is een hele goeie universiteit.'

Lauren speelde met een papieren servetje terwijl ze praatte, ze scheurde het in kleine stukjes. De pizzapunt die we hadden laten brengen lag nog onaangeraakt op een bord naast een berg snippers. Ik denk dat ze alleen maar de waarheid wilde horen. Dus besloot ik haar die te vertellen.

'Volgens het politieverslag zijn er geen aanwijzingen dat ze haar koffers had gepakt thuis. Gezien de periode dat ze nu al weg is – ja, er is een gerede kans dat ze niet meer terugkomt.'

'O god.' Het meisje draaide haar hoofd weg. Ze vocht tegen de tranen en sloeg haar armen om zich heen.

De stemming werd met de minuut deprimerender. We zaten in een van de grotere verhoorkamers. De graffiti schemerde door de nieuwe verflaag op de muren en op de vloer zaten schroeiplekken van de berg sigarettenpeuken die hier jaar in jaar uit waren uitgetrapt.

'Rechercheur Pontano vertelde me dat je iets had gezegd over een bepaalde klant van Blacksmith? En misschien van Katherine. Lauren, vertel me alsjeblieft iets over deze klant.'

'Ik weet het niet,' zei ze. 'Misschien. Ik bedoel – ik weet alleen wat Katherine me heeft verteld. Maar het wemelde daar altijd van de geruchten.'

Ik probeerde zo rustig en kalmerend mogelijk te klinken. 'Wat heeft ze je verteld, Lauren? We zullen je niet arresteren voor iets wat je ons nu vertelt. Dat kun je gerust van me aannemen. Dit is een grote moordzaak. Ik ben niet geïnteresseerd in zedenzaken.'

'Ze zei dat ze een privéafspraak had staan met iemand, een belangrijke klant die zij Zeus noemde. Dat was de laatste keer dat ik Katherine gesproken heb.'

Ik schreef het op. *Zeus?*

'Is dat een soort schuilnaam? Of was het de codenaam die Katherine voor de klant gebruikte?'

Ze bette haar ogen. 'Een schuilnaam. Bijna iedereen gebruikt een codenaam bij boekingen. Je weet wel – meneer Shakespeare, Pigskin, Dirty Harrie, wat ze maar leuk vinden. Natuurlijk kom je elkaar uiteindelijk in levenden lijve tegen. Maar het betekent dat niemands eigen naam ergens wordt opgeschreven. Geloof me, dat is veiliger voor iedereen.'

'Natuurlijk,' knikte ik. 'En, Lauren, weet jij wie Zeus is? Enig idee?'

'Ik weet het niet. Eerlijk niet. Dat zeg ik, probeer ik te zeggen. Vermoedelijk had hij iets te maken met de regering, maar Katherine kon soms een beetje te goedgelovig zijn in die dingen. Ik heb er niet één gedachte aan gewijd toen ze het me vertelde.'

Mijn hersenen draaiden nu op volle toeren en liepen een beetje op de zaken vooruit. 'Goedgelovig, hoe bedoel je? Kun je daar iets meer over zeggen? Wat bedoel je precies?'

Lauren leunde naar achteren en streek met beide handen haar haar uit haar gezicht. Ik denk dat het haar opluchtte om eindelijk over Katherine te kunnen praten – en voor mij was het ook een opluchting.

'Je moet me goed begrijpen,' zei ze en boog zich weer naar voren. 'Klanten liegen altijd over wat ze doen. Alsof je harder voor ze gaat werken als je denkt dat ze belangrijker zijn dan ze in werkelijkheid zijn, of dat ze dan wel zonder condoom mogen, of andere idiote dingen waar ze over fantaseren. Dus ik geloof nog niet de helft van wat ik hoor. Sterker nog, ik denk dat juist degenen die veel over zichzelf vertellen, liegen. De mannen met echte macht? Dat zijn degenen die niks over zichzelf vertellen.'

'En Zeus?'

'Eerlijk gezegd weet ik niet eens of hij wel echt bestaat. Het is gewoon een naam. De naam van een Griekse god, toch? Grieks? Misschien is dat een aanwijzing? Zijn seksuele voorkeur?'

HOOFDSTUK 75

Ik kwam er nooit aan toe te besluiten wat ik van het verhaal van Lauren vond – want de volgende ochtend werd dat voor mij besloten.

Ik stond mijn huurauto vol te gooien bij de 7-Eleven op L Street en dacht er voornamelijk aan hoezeer ik mijn eigen auto miste. Die stond in de garage omdat de ruiten vervangen moesten worden na de schietpartij in Alexandria, en ik wilde hem terug, liever gisteren dan vandaag. Die vertrouwdheid laat zich niet vervangen, die ouwe trouwe veilige haven, en de bekerhouder op juist die plaats waar je hand automatisch naartoe gaat.

Toen mijn mobiel ging, zag ik dat het een geblokkeerd nummer was, maar sinds Nana in het ziekenhuis lag, nam ik alle telefoontjes op. Ik dacht er niet eens bij na.

'Dr. Cross?' Het was een vrouwenstem, een beetje formeel, niet een die ik kende. 'Blijft u alstublieft aan de lijn, dan verbind ik u door met de stafchef van het Witte Huis.'

Voor ik kon antwoorden, werd ik in de wacht gezet. Ik was met stomheid geslagen – niet alleen door het telefoontje zelf, maar door de timing. *Wat was hier in godsnaam aan de hand? Wat nu weer? Het Witte Huis aan de lijn? Zou het echt waar zijn?*

Het duurde niet lang voor ik Gabriel Reese aan de lijn had. Ik herkende zijn karakteristieke stem direct, waarschijnlijk van zijn optreden in het journaal en van zondagochtendtalkshows, zoals *Meet the Press*.

'Hallo, rechercheur Cross, hoe gaat het met u?' begon hij op een behoorlijk opgewekte toon.

'Dat hangt ervan af, meneer Reese. Mag ik u vragen hoe u aan mijn nummer komt?'

Hij gaf natuurlijk geen antwoord. 'Ik zou graag zo snel mogelijk een afspraak met u maken. Het liefst bij mij op kantoor. Dan wordt een en ander vanzelf duidelijk. Op welke termijn bent u beschikbaar?'

Ik dacht aan Ned Mahoney en aan hoe geagiteerd hij was geweest bij onze vorige ontmoeting. En hoe bang hij was dat de gegevens van het onderzoek naar buiten zouden komen. Nou, ik denk dat dat nu gebeurd was.

'Het spijt me, meneer Reese, maar waar gaat dit over? Mag ik dat dan tenminste vragen?'

Er viel even een stilte, wellicht zorgvuldig gekozen, ik wist het niet zeker. Toen zei Reese: 'Ik denk dat u dat al wel weet.'

Goed, ik wist het ook.

'Ik kan er met een kwartier zijn,' zei ik.

Toen verraste Reese me opnieuw.

'Nee. Zegt u maar waar u bent. Dan halen we u op.'

HOOFDSTUK 76

Binnen een paar minuten kwam er een leverkleurige auto met een chauffeur in legeruniform voorrijden op de plaats waar ik stond. Hij volgde me naar de dichtstbijzijnde parkeergarage, wachtte terwijl ik parkeerde en reed me toen naar het Witte Huis.

We kwamen vanaf Pennsylvania Avenue binnen via de noordwestelijke ingang die bestemd was voor mensen die een afspraak hadden. Ik moest me twee keer legitimeren, een keer bij de bewaker bij het hek en toen bij de gewapende bewaker die me begroette bij de ingang van de westvleugel. Vanaf daar bracht een agent van de geheime dienst me direct naar de ingang die het dichtst bij de rozentuin lag.

Ik was vaak genoeg op het Witte Huis geweest om te weten dat dit de snelle route was naar het kantoor van de stafchef.

Ik begreep ook dat ze niet wilden dat mijn bezoek de aandacht trok, vandaar de begeleiding.

Gabriel Reese stond eerder te boek als een harde werker dan als een terriër, maar hij werd ook gekenmerkt door de onzichtbare macht die hij hier uitoefende. Hij en president Vance kenden elkaar al jaren. Diverse autoriteiten bestempelden hem als de eigenlijke vicepresident in de regering. Daaruit concludeerde ik dat Reese deze bijeenkomst op eigen houtje had geïnitieerd of op verzoek van de president. *Beide mogelijkheden stonden me niet aan.*

Mijn geheimedienstbegeleider leverde me af bij een vrouw wier stem overeenkwam met de stem die ik eerder had gehoord – aan de telefoon. Ze bood me een kopje koffie aan, dat ik weigerde, en bracht me daarna meteen naar Gabriel Reese.

'Rechercheur Cross, fijn dat u kon komen.' Hij schudde mij de hand vanachter zijn bureau en gebaarde dat ik plaats kon nemen in een van de grote oorfauteuils. 'Het spijt me van uw nichtje. Het moet een vreselijke schok zijn geweest. Ik kan me er nauwelijks iets bij voorstellen.'

'Dat was het zeker, dank u,' zei ik. 'Maar ik moet u zeggen dat ik me een beetje ongemakkelijk voel over het feit dat u zoveel informatie over de zaak hebt.'

Hij keek verbaasd. 'Het zou veel gekker zijn als ik die informatie niet had. Het is de taak van de geheime dienst op de hoogte te zijn van alles wat het Witte Huis aangaat.'

Ik probeerde mijn verbazing te verbergen. *Wat had mijn moordonderzoek met het Witte Huis te maken? Wat was er aan de hand?*

'In dat geval zou ik verwacht hebben dat ik een afspraak zou hebben met hen,' zei ik. 'Met de geheime dienst.'

'Eén ding tegelijk,' zei hij. *Prima, veel meer kon mijn zenuwstelsel op het moment toch niet aan.*

Uit de houding van Reese straalde geen agressiviteit, hij leek gewoon heel erg zeker van zichzelf. Hij zag er in het echt eigenlijk jonger uit dan ik had verwacht, zelfs een beetje ballerig, met een buttondown overhemd en een klassieke das. Als je hem zo zou zien, zou je nooit zeggen dat zijn duimafdruk op de Amerikaanse wereldpolitiek stond.

'Voor nu,' ging hij verder, 'zou ik graag horen hoe het onderzoek vordert. Zou u me in het kort kunnen vertellen hoe u de dingen ziet en wat u tot nu toe hebt gevonden?'

Dit gesprek werd met de minuut vreemder.

'Het gaat prima, dank u.'

'Ik bedoel...'

'Ik denk dat ik weet wat u bedoelt. Maar met alle respect, meneer Reese, ik rapporteer niet aan het Witte Huis.' *Nog niet in elk geval.*

'Ik snap het. Natuurlijk heeft u daar gelijk in. Absoluut. Mijn excuses dat ik zo fel reageerde.'

Ik was al verder gegaan dan ik van plan was geweest, maar Reese ook. Ik besloot in de aanval te blijven.

'Heeft u ooit de naam Zeus gehoord in verband met deze zaak?' vroeg ik.

Hij liet de vraag even op hem inwerken. 'Niet dat ik me kan herinneren. En ik denk dat ik een naam als Zeus wel had onthouden.'

Ik was er behoorlijk zeker van dat hij loog en ik moest denken aan iets wat Lauren Inslee had gezegd over haar klanten: waarom zou iemand als Reese überhaupt antwoorden op mijn vraag, behalve met een leugen?

Toen de telefoon op zijn bureau overging, nam hij meteen op. Hij keek mij aan terwijl hij luisterde naar wat er aan de andere kant van de lijn werd gezegd en stond op zodra hij had opgehangen. 'Wilt u me even excuseren? Het spijt me. Ik weet hoe druk u het hebt.'

Toen hij de kamer uit liep, stapte er een agent van de geheime dienst binnen en ging met zijn rug naar me toe staan. Ik vroeg me onwillekeurig af wat er zou gebeuren als ik zou proberen op te stappen. In plaats daarvan bleef ik zitten en probeerde ik mijn positie te bepalen. Waarom was de stafchef betrokken bij mijn zaak? En hoe dan?

Al snel klonken er stemmen op de gang, een zacht gemompel dat ik niet kon volgen van de plek waar ik zat.

De agent in de deuropening liep weg en een andere agent nam zijn plaats in. Hij kwam binnen en zijn blik gleed snel door het kantoor. Zijn ogen scanden mij net zoals ze de rest van het meubilair in de kamer bekeken.

Toen deed hij een stap opzij om plaats te maken voor de president die met een glimlach het kantoor binnen kwam lopen.

'Alex Cross. Ik heb al zoveel over u gehoord. En niets dan goeds,' zei ze.

HOOFDSTUK 77

Haar uitstraling was compleet anders dan die van Reese. Ze was bijna collegiaal, zoals ze mij de hand schudde en op de gecapitonneerde leren bank ging zitten in plaats van achter het bureau. Niet dat dat me geruststelde.

'Ik heb uw boek gelezen,' zei ze tegen me. 'Jaren geleden, maar ik het staat me nog helder voor de geest. Erg interessant. En ook angstaanjagend als het allemaal waar is.'

'Dank u, mevrouw de president.'

Ik bewonderde Margaret Vance. Ze had een hoop gedaan om oost en west met elkaar in gesprek te laten komen. Zij en haar echtgenoot, Theodore Vance, waren allebei machtige mensen, niet alleen in Washington, maar in de hele wereld. Onder andere omstandigheden zou ik graag met de president hebben gewerkt. Maar de omstandigheden waren nu niet gunstig.

'Ik zou u om een gunst willen vragen, dr. Cross.' Ze knikte naar haar agent ten teken dat hij ons alleen moest laten en ik wachtte tot hij de deur achter zich dicht had gedaan.

'Aangaande mijn onderzoek?'

'Inderdaad. Ik denk dat u het met me eens bent dat het belangrijk is dat deze zaak zich niet dusdanig ontwikkelt dat het onschuldige mensen kan bedreigen, of in het bijzonder de nationale veiligheid, of zelfs het dagelijks functioneren van onze regering. Beschuldigingen kunnen net zo schadelijk zijn als aanklachten als ze op de verkeerde manier naar buiten komen. Dat weet u natuurlijk.'

'Ja,' beaamde ik. 'Daar heb ik enige ervaring mee.'

'Dus u begrijpt hoe gevoelig het ligt.' Ze praatte meer tegen me dan met me en leek te denken dat het allemaal in kannen en kruiken was. 'Ik wil u graag voorstellen aan een van onze leidinggevende agenten, Dan Cormorant, dan kunt u hem op de hoogte brengen en de zaak aan zijn zorg overdragen.'

'Ik weet niet zeker of ik wel in de positie ben om dat te doen,' zei ik tegen haar. 'Om diverse redenen.'

'Het zal geen probleem zijn. De geüniformeerde divisie van de geheime dienst heeft dezelfde wettelijke autoriteit als de Metropolitan Police.'

Ik knikte. 'Binnen de stadsgrenzen is dat correct.'

Ze ging meteen verder alsof ik niets had gezegd. 'En natuurlijk alle hulpmiddelen die een onderzoek ook maar nodig kan hebben. We hebben de beste mensen ter wereld in dienst.' Ze stopte even en keek naar me over haar bril heen. 'Afgezien van de hier aanwezige, natuurlijk.'

Welwelwel. Het is weer eens iets anders, de leider van de vrije wereld die bij je ging slijmen. Helaas kon ik er maar een paar seconden van genieten. Ik heb een aardig innerlijk kompas, maar ik wist dat het me een grens over stuurde, die ik nooit meer zou kunnen passeren.

'President Vance,' zei ik. Mijn hart bonsde, maar mijn hoofd was helder. 'Ik zal het allemaal in overweging nemen en binnen vierentwintig uur reageren, schriftelijk of persoonlijk, wat uw voorkeur heeft.'

Ze probeerde niet te verhullen wat ze daarvan dacht. Om haar mond verschenen twee lijnen, als een soort haakjes.

'Ik ben hier niet om te onderhandelen, dr. Cross. Deze bijeenkomst was uit beleefdheid, en vrij uitzonderlijk. Ik ging ervan uit dat u het niet zo prettig zou vinden als met u de vloer werd aangeveegd. Dat was duidelijk fout gedacht van mij.' Ze stond op en ik volgde meteen. 'Eerlijk gezegd ben ik verbaasd. Mij was verteld dat u een heel intelligente man bent. En een patriot.'

'Een patriot in een heel moeilijk positie, mevrouw de president.'

Vance richtte zich hierna niet meer tot mij. Het laatste wat ik haar hoorde zeggen was tegen de agent aan de andere kant van de kamer gericht, toen ze wegliep.

'Laat doctor Cross uit. Wij zijn hier klaar.'

DEEL VIER

Het huis platbranden

HOOFDSTUK 78

Het moordmysterie begon steeds meer op een plaag te lijken, het verspreidde zich en besmette iedereen die het aanraakte, en het was dodelijk.

Adam Petoskey ging plotseling rechtop zitten op de bank, met zijn hele een meter tweeënzestig. Zijn hart bonsde in zijn keel. Hij was van nog iets anders wakker geworden dan van een gruwelijke nachtmerrie, die hij de laatste tijd veel had, trouwens.

Wat was het?

Wat nu?

Zijn appartement werd alleen verlicht door de televisie. Hij had naar de *Daily Show* zitten kijken toen hij in slaap was gevallen, hij had troost gevonden in de eigenaardige humor van Jon Stewart.

Nu was er een reclamefilmpje op tv met allemaal mensen die lachten en schreeuwden over een of ander dieet. Misschien was hij daar wakker van geworden.

Hij woonde de laatste tijd samen met Paranoia en dat was geen gemakkelijke huisgenoot om mee opgesloten te zitten. Hij was al een minstens week de deur niet uit geweest. *Minstens een week.* De telefoon had hij eruit getrokken, de gordijnen zaten dicht en de vuilnis stapelde zich op bij de achterdeur, die hij had dichtgetimmerd na de eerste nacht dat hij geen oog had dichtgedaan.

Adam Petoskey wist dingen – dingen die hij het liefst niet had geweten.

Werken voor Tony Nicholson en zijn vriendin Mara, knoeien met de cijfers en de andere kant op kijken, was al erg genoeg geweest. Níet voor hem werken en niets van hem horen, was, zo bleek nu, nog veel erger.

Neem nou vanavond. Hij stond op van de bank, nog steeds een beetje bibberig.

Onderweg naar de keuken bleef hij staan. Voor de honderdste keer die week was hij ervan overtuigd dat er iemand achter hem stond.

En toen, voordat hij zich zelfs maar kon omdraaien om te kijken – *stond er iemand achter hem.*

Een sterke arm haakte om zijn keel en trok hard, tot zijn voeten bijna van de grond kwamen. Er werd duct tape over zijn mond geplakt. Hij hoorde hoe het achter hem werd afgescheurd en voelde hoe het strak over zijn mond werd geplakt.

'Verzet u niet, meneer Petoskey. Als u vecht, zult u verliezen, zult u sterven.'

Een vinger priemde in zijn rug precies tussen zijn schouderbladen en duwde hem in de richting van de slaapkamer. 'Kom op. Deze kant op, vriend.'

Zijn hersenen wrongen zich in allerlei bochten. Hij was tenslotte een man van de cijfers. Hij kon vergelijkingen oplossen en kansberekeningen maken als een rekenmachine en op dit moment kon hij niets beters bedenken dan precies te doen wat die vent tegen hem zei. Het gaf hem zelfs een vreemd soort gevoel van opluchting om na zeven dagen eenzaamheid in dit gruwelijke oord gewoon iemands bevelen te kunnen opvolgen.

In de slaapkamer deed de man het licht aan. Petoskey herkende hem niet – hij was lang en blank, met grijze plukken in zijn donkere haar. Op zijn pistool zat een soort verlengstuk, een geluiddemper, als de dingen die je op tv zag tenminste een afspiegeling waren van de werkelijkheid.

'Pak een tas,' zei hij. 'Zorg dat je niets vergeet. Kleren, portemonnee, paspoort, alles wat je nodig hebt voor een lange reis.'

Petoskey aarzelde niet, maar een heleboel nieuwe vragen overspoelden zijn overbelaste geest toen hij zijn tas ging pakken. Wat voor lange reis? En hoe kon hij ooit iemand overtuigen van de waarheid, namelijk dat het nooit zijn bedoeling was geweest om ook maar iemand te vertellen wat hij wist?

Eén ding tegelijk, Petoskey. Kleren, portemonnee, paspoort...

'En nu naar de badkamer,' zei de man tegen hem. 'Pak daar alle spullen die je nodig hebt.'

Oké, dacht hij, terwijl hij zich aan zijn taak wijdde. *Niks vergeten. Tandenborstel, tandpasta, scheerapparaat... condooms? Tuurlijk. Waarom het niet van de zonnige kant bekijken?*

De badkamer was klein, er was nauwelijks genoeg ruimte tussen de wastafel, toilet en douche om te staan.

Petoskey opende het medicijnkastje, maar toen kreeg hij weer een por tussen zijn schouderbladen.

'Ga in het bad liggen, mannetje.'

Het sloeg nergens op, maar dat gold op dit moment voor alles. Werd hij vastgebonden in de badkuip? Beroofd? Toch achtergelaten?

'Nee,' zei de man. 'Andersom, met je hoofd bij het putje.'

En opeens werd het hem volslagen duidelijk. Voor het eerst schreeuwde Petoskey – en hij hoorde zelf hoe dunnetjes zijn stem klonk vanachter de tape. Dit was het dan. Vanavond zou hij voor altijd verdwijnen.

Hij wist te veel – de namen van de beroemdheden en al hun gore geheimpjes.

HOOFDSTUK 79

Er waren steeds minder mensen met wie ik over deze moord-zaak kon praten. Gelukkig had ik Nana nog.

Ik had me een paar dagen ingehouden tegenover haar. Het leek op de een of andere manier verkeerd om nog meer stress de zie-kenhuiskamer binnen te brengen. Maar nadat er een paar dagen verstreken waren en mijn bezoekjes normaal waren geworden, begon ik iets in te zien. Als ze bij kennis was geweest, had ze me elke dag gevraagd hoe het ervoor stond met de zaak van Caroline. Daar twijfelde ik geen seconde aan.

Dus ik hield me niet meer in.

'Het gaat niet goed, oudje, met de zaak van Caroline,' zei ik die avond tegen haar. 'Het groeit me boven mijn hoofd, om eer-lijk te zijn.

Ramon Davies staat op het punt om me van de zaak te halen. De FBI had zich er helemaal op gestort, maar ik weet nu niet eens meer waar zij mee bezig zijn. Het Witte Huis zit in mijn nek te hijgen, of je het gelooft of niet. Nou, geloof het maar.

En dat zouden dan de goeien moeten zijn, Nana. Ik weet het niet. Het wordt steeds moeilijker om het verschil te zien tussen de goeien en de slechteriken. Het is precies zoals iemand zei: je kunt van dit land houden en de regering haten.'

Het was stil in de kamer, zoals gewoonlijk. Ik zette het geluid van de hartmonitor altijd zacht als ik er was en het enige wat je nog hoorde naast mijn eigen stem, was het suizen van de beademing en af en toe een flard van een gesprek uit de zusters-post aan het einde van de gang.

Nana's toestand was onveranderd, maar in mijn ogen leek ze achteruit te gaan. Ze zag er kleiner, grauwer, afstandelijker uit. Ik had de laatste dagen het gevoel dat mijn hele leven de verkeerde kant op gleed.

'Ik weet niet waar ik met dit alles naartoe moet. Het zal hoe dan ook allemaal uitkomen en als het uitkomt, zal het een enorme invloed hebben. Ik bedoel in de orde van grootte van Watergate. Er zullen hoorzittingen komen en er zal veel gedraaikont worden en waarschijnlijk krijgen we het echte verhaal nooit te horen. Maar ik heb het gevoel alsof ik de enige ben die deze bepaalde deur wil openen. Ik wil weten wat erachter zit. Ik moet het weten.'

Er was nog een positieve kant aan de stilte. Ik kon horen wat Nana terugzei.

Arme Alex. Sta je er helemaal alleen voor? Wat heb je nog meer?

Het was geen retorische vraag. Ze wilde het echt weten. Dus ik dacht er even over na... Ik had Sampson. En Bree natuurlijk. En ik had Ned Mahoney.

En ik had nog één plannetje achter de hand. Het was niet het soort plan dat ongedaan gemaakt kon worden op het moment dat je eraan begon, maar hoeveel erger kon het nog worden?

Ik stak mijn handen door de spijlen van het bed en legde ze op Nana's hand. Het was meer dan ooit belangrijk voor me dat ik haar kon aanraken, als ik maar met haar in contact was, zo lang als mogelijk.

Het zuurstofapparaat suisde. Ik hoorde iemand lachen in de gang.

'Dank je, oudje,' zei ik. 'Waar je ook bent.'

Niets te danken, liet ze me op een of andere manier weten, en daar lieten we het bij. Zoals altijd had Nana het laatste woord.

HOOFDSTUK 80

En er gingen nog steeds mensen dood. Iedereen die iets wist, liep gevaar.

Het was ruim drieduizend kilometer van Virginia naar het eiland Trinidad en het helderblauwe huis waar Esther Walcott was opgegroeid, even buiten Port of Spain, de hoofdstad. Na de inval in de club van meneer Nicholson was ze daarheen gevlucht.

Mam en pap hadden haar met open armen ontvangen, maar belangrijker nog: ze hadden geen vragen gesteld over het leven dat ze geleid had in Amerika en dat ze zo plotseling achter zich had gelaten.

Ze had twee jaar gewerkt als gastvrouw en nieuwe meisjes aangetrokken voor de club in Virginia waardoor ze nu een goedgevulde bankrekening had. Ze was van plan het geld te gebruiken voor het opzetten van een nagel- en schoonheidssalon, of iets op Westmall, waarvan ze altijd gedroomd had toen ze nog een klein meisje was. Het leek haar een ideale manier om een nieuw leven te beginnen.

Maar toen ze die derde nacht thuis wakker werd – toen een mannenhand stevig over haar mond werd gedrukt en ze een Amerikaans accent hoorde, wist Esther dat ze niet ver genoeg gevlucht was.

'Eén kik en we vermoorden iedereen in dit huis. Iederéén. Begrijp je wat ik zeg, Esther? Knik maar.'

Het was bijna onmogelijk niet te schreeuwen. Ze ademde

met korte, gierende snikken, maar het lukte haar ja te knikken.

'Goed zo, slimme meid. Net als in de club in Amerika. Waar is je koffer?' Ze wees op de kast. 'Oké, ik wil dat je heel langzaam rechtop komt zitten.'

Hij kreeg haar overeind en plakte een stuk tape over haar mond voordat hij haar losliet. Het was buiten nog 23 graden, maar ze rilde alsof het vroor. Zijn ruwe handen betastten haar buik en borsten en maakten dat ze zich praktisch naakt voelde. En kwetsbaar. En treurig.

Toen er een streep licht onder de deur door viel, maakte Esthers hart een sprongetje – eerst ging er een golf van hoop door haar heen, toen een van angst. *Er kwam iemand aan!*

De indringer draaide zich naar haar toe in het halfduister en legde een vinger op zijn lippen om haar eraan te herinneren wat er op het spel stond. Haar familie.

Even later klonk er een zacht geklop. 'Esther?' Het was de stem van haar moeder en ineens werd het haar te veel. Haar rechterhand schoot omhoog en rukte de tape van haar mond.

'Rennen, mama! Die vent heeft een pistool! Rennen!'

In plaats daarvan vloog de slaapkamerdeur open. Heel even zag ze de contouren van haar moeder in het licht van de gang.

Er klonk een zacht plopgeluid, het leek helemaal niet op een gewoon pistoolschot, maar Miranda Walcott greep naar haar borst en zakte in elkaar zonder nog een woord te zeggen.

Nu schreeuwde Esther – en ook al had ze het gewild, ze kon niet meer stoppen. Even later hoorde ze de stem van haar vader, die dichterbij kwam. Hij rende.

'Esther? Miranda?' riep hij.

De indringer liep bij haar weg en Esther wierp zichzelf op hem, in de hoop hem bij de enkels te kunnen grijpen, zodat hij zou vallen.

In plaats daarvan viel ze hard op de grond en hoorde weer die afschuwelijke plop. Er vloog iets aan scherven in de gang en haar arme vader klapte tegen de muur.

Esther zag vonken wit licht aan de randen van haar blikveld en de kamer tolde, toen ze weer op het bed kroop. Met twee vuisten sloeg ze door de hor voor het raam.

Niet ver onder het raam stonden een paar saliestruiken. Ze hing meer buiten dan binnen toen twee sterke handen haar bij haar enkels pakten en begonnen te trekken. Haar lichaam schraapte over het houten raamkozijn toen ze zich in tegenovergestelde richting bewoog.

Esther gaf nog één schreeuw en wist dat de buren haar zouden kunnen horen, maar ze wist ook dat het te laat zou zijn.

Ze zouden iedereen vermoorden die iets wist.

En iedereen die in de weg liep.

HOOFDSTUK 81

Damon was het weekend naar huis gekomen, en dat vonden we allemaal geweldig. Ik had een ticket voor hem gekocht en gevraagd of hij naar huis wilde komen, deels vanwege Nana, deels vanwege het feit dat we hem door al het gedoe nog meer misten dan ooit.

Ik wilde in elk geval dat de kinderen bij elkaar waren, al was het maar voor een paar dagen.

We maakten een welkomstdiner voor Day, met een heleboel van zijn favoriete gerechten: Caesar salade voor iedereen, met ansjovis voor mij; Nana's hamburgers in zuurdesembolletjes die de twee jongsten voor ons hadden uitgehold; en daarna Jannies broodpudding als toetje. Het was de eerste keer dat ze zelf de pudding maakte – zonder de hulp van Nana. Alle gebeurtenissen rond het bezoek van Day waren vrolijk en verdrietig tegelijk.

Het was interessant om de veranderingen in huis door de ogen van Damon te bekijken. Jannie, Ali en ik waren er inmiddels aan gewend dat Bree de dagelijkse gang van zaken regelde, hielp met het huiswerk en eten kookte. Voor Damon was dat allemaal nieuw. Meestal zei hij niet meer dan 'dankjewel', wat door Bree zeer werd gewaardeerd.

Ik wachtte tot we alles hadden gehoord over het leven op de Cushing Academie en samen van het eten hadden genoten, voor ik het gesprek op Nana Mama bracht.

'We moeten eens praten,' zei ik uiteindelijk.

Jannie zuchtte. Zij was degene die het meest op de hoogte was, maar emotioneel gezien was het voor haar het moeilijkst. Zij en Nana waren ontzettend close; ze deden alles samen, al sinds Jannie een baby was.

'Wat bedoel je, pap?' vroeg Damon. 'We weten toch allemaal wat er aan de hand is?'

'Precies wat ik zeg, we moeten eens praten. Nana zou beter kunnen worden. Daar hopen we natuurlijk allemaal op. En ze kan ook nog een tijdje in coma blijven. Maar het is ook mogelijk... dat ze niet meer wakker wordt.'

'Ze kan dóódgaan,' zei Jannie, een beetje lomp. 'We snappen het hoor, pap. Zelfs Ali.'

Ik keek naar Ali, maar hij leek het goed op te nemen. Op zijn manier was hij zijn leeftijd vooruit. Nana en ik hadden hem sinds zijn vierde als een volwassene behandeld en zijn intelligentie gerespecteerd. Een van mijn opvoedtheorieën, en die van Nana, is dat je een kind nooit te veel liefde kunt geven, maar dat het leven binnenshuis in relatie moet staan tot wat ze buiten in de echte wereld voor hun kiezen krijgen. Dus niet te veel verwennerij en korte metten maken met onacceptabel gedrag.

Ik knikte naar Janelle. 'We snappen het allemaal. We zijn allemaal verdrietig en boos. Kom allemaal 's hier. Misschien ben ik de enige die nu een beetje hulp nodig heeft.'

We kropen bij elkaar voor een groepsknuffel en het was beter om zo, zonder iets te zeggen, aan Nana te denken.

Bree was de eerste die begon te huilen, en daarna was iedereen in tranen. Geen schaamte, het was alleen een blijk van liefde. Dat werkt misschien niet in alle gezinnen zo, maar in het onze wel.

HOOFDSTUK 82

Maandag was ik eraan toe een nieuwe stap te zetten in de zaak. Ik had een afspraak met Wylie Rechler, ofschoon haar lezers haar simpelweg als 'Jenna' kenden. Ze was de FBI en Metro al vaker van dienst geweest, met name in zedenzaken.

Wylie Rechler was Washingtons antwoord op Cindy Adams en Perez Hilton en had een heel populaire roddelrubriek op internet, die *Jenna weet 't* heette. Ze had haar weblog gebruikt om een paar minder belangrijke verhalen uit Washington de wereld in te brengen – de benoeming van Angelina Jolie in de Raad voor Buitenlandse Betrekkingen, de geheime rookgewoonte van Barack Obama – maar haar blog was vooral gewijd aan het sociale en seksuele leven van de 'mensen die er echt toe doen', zoals ze ze op haar homepage noemde.

Sampson en ik gingen die middag naar de populaire roddelaarster in de Neiman Marcus-winkel in Friendship Heights. Wylie was daar voor de lancering van een nieuw designerparfum, wat dat dan ook moge zijn, dat ook *Jenna weet 't* heette. De walm van goedkope parfum was zo dik dat ik alleen maar kon denken dat het *Jenna zweet 't* heette.

Ze zat midden in de winkel, naast de liften. Mooie dames met zwarte bloesjes spoten voorbijgangers onder en Jenna signeerde flessen die in een grote rood met zwarte piramide opgestapeld stonden op een C-vormige toonbank.

Toen ze onze rechercheurspenningen zag, legde ze een perfect gemanicuurde hand op haar borst. 'O, god, ben ik eindelijk te ver gegaan?' De mensen achter ons konden er wel om lachen.

'Ik vroeg me af of u misschien eventjes kunt pauzeren,' vroeg ik haar. 'Het is belangrijk.'

'*Mais oui.*' Wylie stond op met een zwierig gebaar. 'Het spijt me dames, maar de roddel wacht. Metro weet alles. Maar – vertellen ze ook alles?'

Een deel van haar theatraliteit verdween zodra we uit het zicht van de mensen waren. 'Ik zit toch niet echt in de problemen, hè?' vroeg ze.

'Absoluut niet,' zei Sampson en hij hield de deur voor haar open die uitkwam op Wisconsin Avenue. 'We hebben alleen wat hulp nodig.'

We wachtten tot we in mijn auto zaten voor we verder gingen. Toen vroeg ik het haar zonder omhaal. 'Ik vroeg me af of u iets weet over een seksclub voor de betere kringen? In Virginia? Hij heet Blacksmith Farms. We zijn in eerste instantie op zoek naar bewijs.'

Ze had een beetje zitten rommelen in een rood handtasje, maar ze hield daar abrupt mee op. 'U bedoelt dat het waar is?'

'Ik vroeg me af wat u ervan gehoord hebt. Namen, verhalen, wat dan ook.'

'Al een tijdje niks,' zei ze en haalde een lippenstift uit haar tas. 'Niet genoeg om een verhaal te maken waar ik achter sta. Ik dacht dat het een... ja, een belachelijke provinciale mythe was.'

'Is het niet uw werk om geruchten te publiceren?' vroeg Sampson haar.

'Liefje, het is mijn werk om zo accuraat mogelijk te zijn en ervoor te zorgen dat ik niet voor de rechter word gesleept. Ik heb dat door bittere ervaring geleerd toen ik schreef over het liefdesleven van Condie Rice. En even voor de goeie orde, er bestaan geen oude geruchten in Washington.'

'Hoe bedoelt u dat?' vroeg ik.

'Ik bedoel dat je hier niks kunt doen zonder dat een onderzoeksjournalist die graag carrière wil maken het in de gaten heeft. Geruchten worden of direct voorpaginanieuws of ze sterven een stille dood. Toen ik niks meer hoorde over die seksclub, dacht ik dat het niks was.'

Ze glimlachte blij en begon haar lippen te stiften in het achteruitkijkspiegeltje. 'Tot nu dan.'

'Dat is nog iets,' zei ik, en ving haar blik. 'Ik wil dat u het even voor zich houdt.'

'Pardón? U weet wat ik doe voor mijn brood, toch?'

'En ik neem aan dat u weet wat ik doe,' zei ik. 'Dit is een onderzoek naar een moordzaak, geen spelletje. Begrijpt u wat ik zeg?'

'Oké, nu wordt het eng,' zei ze en ze stopte de lippenstift weer in haar tas. Toen kwam ze eindelijk los en gaf me een paar namen die ze had gehoord in verband met de seksclub. Nieuwe namen, wat nuttig was.

'Luister.' Ik gaf haar twee van mijn visitekaartjes. 'Bel me als u iets nieuws hoort en geeft u me alstublieft ook uw nummer. Zodra dit naar buiten kan komen, geef ik u alle informatie die ik heb. Hebben we een deal?'

'Dat hangt ervan af.' Ze wapperde zichzelf koelte toe met de kaartjes. 'Hoe weet ik dat u het type bent dat wederdiensten bewijst?'

Ik koos mijn woorden zorgvuldig. 'Ik praat hier nu met u omdat ik u nodig heb en ik weet dat u de politie eerder goede diensten hebt bewezen. Dat betekent ook dat ik het me niet kan veroorloven u kwaad te maken. Is dat eerlijk genoeg voor u?'

Ze pakte een gouden pennetje, krabbelde een paar getallen op een kaartje en drukte er een kus op. Ze overhandigde mij het kaartje met een lippenstiftafdruk naast het telefoonnummer.

'Heerlijk,' zei ze.

Ik nam het kaartje aan. 'Nee, u had zo-even gelijk, het is eng.'

HOOFDSTUK 83

Ik was verbaasd dat ik de volgende dag gebeld werd door een van de advocaten van Tony Nicholson. Het was niet de nerd met de vlinderdas en de bretels van de nacht van de inval, maar heel iemand anders. Deze klonk nog duurder. In het schermpje zag ik dat zijn nummer begon met 202. Het hart van het hart van de hoofdstad.

'Rechercheur Cross, u spreekt met Noah Miller, van Kendall en Burke. Ik begrijp dat u bekend bent met mijn cliënt, Anthony Nicholson?'

'Ik heb sinds vorige week geprobeerd een afspraak met uw cliënt te maken,' zei ik tegen hem. 'Ik heb wel zes berichten achtergelaten voor "Anthony".'

'Bij Nyth-Klein?' zei hij.

'Klopt.'

'Ja, zij vertegenwoordigen de LLC en hun holdings in Virginia. Wij hebben de persoonlijke vertegenwoordiging van meneer Nicholson overgenomen – wat me weer terugbrengt bij het onderwerp in kwestie. Ik wil heel duidelijk maken dat ik dit telefoontje pleeg op zijn uitdrukkelijke verzoek en dat hij ervoor heeft gekozen mijn goede raad in de wind te slaan.'

'Dat heb ik begrepen. Hoe snel kan ik met hem afspreken?' vroeg ik.

'Dat kan u niet. Dat is niet waarom ik bel. Luistert u alstublieft goed. Ik heb voor u de sleutel van een kluis, als u die tenminste wilt komen halen. Meneer Nicholson zegt dat het belangrijk is voor uw onderzoek. Hij gelooft ook dat bescherming van Metro zijn grootste kans is om in leven te blijven. Hij wil niets te maken hebben met de FBI.'

Terwijl hij aan het woord was googelde ik Kendall en Burke. 'Ik ben al in de kluis van Nicholson geweest,' zei ik tegen hem terwijl de site van zijn firma op mijn scherm verscheen. Een grote firma met een goede naam op K Street.

'Ja, dat weet ik. Het is bij dezelfde bank, maar een andere kluis,' zei hij en mijn vingers bleven boven mijn toetsenbord hangen. Wat zou Nicholson in die tweede kluis bewaren? En belangrijker nog, hoe konden we hem beschermen? En tegen wie?

'Kan ik ervan uitgaan dat u de sleutel vandaag komt halen?' ging Miller door.

'Absoluut, maar laat me u één ding vragen,' zei ik. 'Waarom Metro? Waarom ik? Waarom wil Nicholson dit niet aan de FBI geven?'

'Eerlijk gezegd vertrouwt mijn cliënt de mensen die hem vasthouden niet – of eigenlijk, de kwaliteit van hun onderzoek. En dan nog iets – hij wil er wel zeker van zijn dat zijn medewerking niet onopgemerkt blijft.'

Ik kon een glimlach niet onderdrukken. Het was wel vreemd om ineens aan dezelfde kant te staan als Tony Nicholson eh, Anthony. Het klonk alsof hij net zo paranoïde aan het worden was als ik – en misschien had hij daar wel een goede reden voor.

'2020 K Street, vierde verdieping?' vroeg ik en maakte een printje van het scherm.

'Heel goed, rechercheur Cross. Graag tussen halftwee en twee. Daarna ben ik de deur uit.'

'U ziet me om halftwee,' zei ik en hing op voordat advocaat Miller op kon hangen.

HOOFDSTUK 84

Ik had niet veel tijd nodig om de kluissleutel op te pikken bij Nicholsons raadsman bij Kendall en Burke en net zo weinig tijd om de Exeter Bank in en uit te lopen. Het was alsof de advocaat, Noah Miller, en de bankmanager, mevrouw Currie, met elkaar wedijverden wie mij het snelste weer uit zijn leven kon werken. Ik vond het prima.

In de kluis lag alleen een ongemarkeerde cd, en dat was wel wat ik zo ongeveer had verwacht. Ik reed direct terug naar het Daly-gebouw en belde Sampson vanuit de auto. Hij was er al, dus we konden elkaar treffen op het moment dat ik binnenkwam met de cd.

Sterker nog, de grote man zat met zijn voeten op tafel een beetje te rommelen op een laptop toen ik mijn werkkamer betrad.

'Wist je dat Zeus ook wel de wolkenverzamelaar werd genoemd?' zei hij. 'Zijn symbolen zijn de bliksemschicht, de adelaar, de stier en de eik. O ja, en hij was een pederast. Althans, dat gerucht ging.'

'Interessant,' zei ik. 'Haal je schoenen van mijn bureau en stop dit eens in de computer.'

Ik gaf hem de cd en deed de deur achter me dicht.

'Wat is het?' vroeg Sampson.

'Tony Nicholson denkt dat dit zijn levensverzekering is.'

Een paar seconden later begon het filmpje.

Ik herkende meteen de slaapkamer van het appartement boven de schuur in Nicholsons club. Het zag er precies zo uit, behalve dan dat er schone lakens op het bed lagen en er misschien iets meer prulletjes stonden.

De tijdscode onder in het scherm stond op 1.30 uur, 20 juli van de vorige zomer.

'Kan zo'n code nep zijn?' vroeg ik Sampson.

'Vast. Hoezo? Denk je dat Nicholson een spelletje met je speelt?'

'Misschien. Waarschijnlijk. Ik weet het nog niet.'

Na dertig seconden stokte het beeld en sprong de tijdscode naar 2.17 uur.

Nu lag er een meisje op bed, slechts gekleed in een zwart kanten slipje. Ze was blond en tenger en haar polsen zaten met zwarte handboeien vast aan de bedstijlen boven haar hoofd. Haar benen waren zo wijd gespreid als menselijkerwijs mogelijk was.

Er zat geen geluid bij de beelden, maar de manier waarop ze bewoog kwam eerder verleidelijk op me over dan angstig en defensief. Toch had ik een stevige knoop in mijn maag. Wat dit ook was, ik had niet het idee dat ik dit wilde afkijken.

Er kwam een man het beeld in lopen – een echte engerd in een volledige sm-outfit, met een rubberen of latex broek en een shirt met lange mouwen. Hij droeg zware laarzen en een nauwsluitend masker dat achter op zijn hoofd dichtgeritst zat. Behalve dat ik kon zien dat hij lang en gespierd was, kon ik niet meer van hem zeggen.

'Hij weet dat er camera's hangen,' zei Sampson. 'Misschien wilde hij wel dat dit gefilmd werd.'

'Laten we maar gewoon kijken, John.'

Ik kon nu even niet praten. Ik moest meteen denken aan wat Caroline was aangedaan, misschien in deze kamer, en misschien wel door de handen van deze creep waar we nu naar keken.

Zeus, of wie het dan ook was, boog zich over het meisje en legde een zwarte niervormige blinddoek over haar ogen. 'Hij draagt een ring,' zei ik. 'Aan zijn rechterhand.'

Het leek een chique ring, maar de beeldkwaliteit was niet goed genoeg om dat nu te kunnen zien.

Hij nam zijn tijd, haalde nog wat dingen uit de kast, een staaf om haar benen te spreiden die hij aan haar enkels vastmaakte; een bruin flesje met iets, mogelijk amylnitraat.

Toen hij het onder haar neus heen en weer zwaaide, werd het gezicht van het meisje heel erg rood. Onmiddellijk daarna rolde haar hoofd van links naar rechts.

Sampson en ik keken zwijgend toe toen ze neukten. Het grootste deel van de tijd hield hij een hand op de matras om zijn evenwicht te bewaren en de andere hand op haar keel. Ik kreeg de indruk dat hij wurgseks bedreef, hij hield de controle over de zuurstoftoevoer van het meisje, liet zuurstof door en nam het weer weg.

Het meisje speelde het spelletje mee en leek niet angstig, wat dan wel weer beangstigend was om te zien. Plotseling kromde hij zijn rug, ik denk dat hij klaarkwam, en hij stak zijn vrije arm in de lucht alsof hij net een of andere wedstrijd had gewonnen.

Het leek alsof hij met zijn volle gewicht op haar keel leunde en plotseling werden haar bewegingen schokkerig en wanhopig. Haar benen staken onder hem uit. Het was afschuwelijk om naar te kijken, alsof het ook echt nu gebeurde, en wij konden niets doen om hem tegen te houden.

Hoe meer het blonde meisje zich probeerde los te worstelen, des te opgewondener hij werd, tot uiteindelijk haar lichaam slap werd en helemaal niet meer bewoog. Pas toen kuste hij haar.

'Jezus,' fluisterde Sampson. 'Waar moet het naartoe met deze wereld?'

De moordenaar stapte van het bed. Hij draalde niet, deed niets meer met het lichaam. In minder dan een minuut verdween hij naar de privésuite.

Twintig seconden later stopte het filmpje.

'Kom, John. We gaan naar Alexandria. We moeten erachter zien te komen of dat Zeus was.'

HOOFDSTUK 85

Sampson en ik gingen het detentiecentrum in Alexandria binnen via de bezoekersingang. We legden de bekende route af – langs het archief en deur 15, waardoor de ontslagen gevangenen het pand mochten verlaten, tot we bij het commandocentrum kwamen.

Het zwaaien met onze politielegitimatie was genoeg om een stel stalen deuren voor ons te laten openen.

Dat was het makkelijke gedeelte. Toen kwamen we bij de balie.

Zoals gewoonlijk zaten er drie bewakers achter de balie. Twee waren van middelbare leeftijd en zaten wat verder naar achteren. De jongere man had de taak om bezoekers zoals wij af te handelen. Een gouden tand weerkaatste het licht toen hij sprak.

'Wat komt u doen?'

'Rechercheurs Cross en Sampson, MPD. We hebben een tijdelijk bevel van bewaring nodig voor twee gevangenen, Anthony Nicholson en Mara Kelly.'

'Hebben jullie de aanvraag op papier?' Hij had de hoorn van de telefoon al in zijn hand.

'We hebben ze eerder ondervraagd,' zei ik. 'Alleen een paar vervolgvragen en we zijn weer weg.'

Het was te proberen. Misschien hadden we mazzel en konden we ertussendoor glippen.

De bewaker was niet lang aan de telefoon en hij schudde zijn hoofd naar mij toen hij ophing.

'Eh, a: jullie hebben geen aanvraag voor vandaag en b: het maakt ook allemaal niet uit. Jullie mensen, Nicholson en Kelly, zijn allebei vertrokken.'

'Vertrokken?' Ik kon mijn oren niet geloven. 'Vertel me alsjeblieft dat ze zijn overgeplaatst.'

'Ik bedoel vertrókken.' Hij klapte een zwarte map open die op de balie lag. 'Jep, hier staat het. Om elf uur vandaag. Ene Miller heeft voor allebei – jezus – de borg betaald. Cash. Een kwart miljoen voor elk.'

Dat trok de aandacht van de andere twee bewakers. Ze waren opgestaan en keken nu mee over zijn schouder. Een van de twee floot zacht. 'Aardig,' zei de ander.

'Ja, hè?' beaamde de jongste.

Zij konden er niets aan doen, maar zij stonden nu eenmaal wel recht voor me.

'Wat is hier aan de hand?' vroeg ik. 'Nicholson is hartstikke vluchtgevaarlijk. Heeft iemand de moeite genomen om dat te controleren? Hij had de vliegtickets al in huis toen hij werd aangehouden!'

De jonge bewaker staarde me aan. De andere twee legden hun hand op hun wapenstok. 'Ik heb je wel gehoord, maar je moet nu achteruit, nú.'

Ik voelde Sampson aan mijn schouder trekken. 'Dit heeft geen zin, Alex. Kom, we gaan. Nicholson en het meisje zijn weg.'

'Dit is een ramp, John.'

'Dat weet ik, maar het is nu eenmaal gebeurd. Kom.'

Ik liet me door hem wegtrekken, maar ik had er heel wat voor over gehad om iemand een stevige klap te verkopen. Tony Nicholson bijvoorbeeld. Of die zelfvoldane advocaat, Miller.

Terwijl wij wegliepen, kon ik de bewakers over hun voormalige gevangenen horen praten. 'Stelletje rijke stinkerds. Die regelen hun eigen zaakjes, en die van anderen.'

'Ja, hè, het is precies wat ze altijd zeggen: de rijken worden alleen maar rijker, en de armen...'

'Werken hier.'

Het laatste wat ik hoorde was het gelach van de bewakers.

HOOFDSTUK 86

Wat een ongelofelijke toestand! Of Nicholson nu zelf had betaald voor zijn vrijlating of niet, hij had toch een rechter nodig om formulier 41 te ondertekenen en nog iemand die hoger stond in de voedselketen om borg te staan voor de deal.

Het verhullen van de feiten ging steeds verder en het zaakje begon met de dag meer te stinken. Ik vond alles wat er gebeurde niet zozeer schokkend als wel ontzagwekkend en erger nog, ik vreesde dat het nog lang niet voorbij was.

John en ik gingen halsoverkop naar het huis van Nicholson en het appartement van Mara Kelly, maar daar troffen we precies aan wat we verwacht hadden.

Er zat geel politielint op de deuren geplakt, maar het zag er niet naar uit dat er de afgelopen dagen nog iemand geweest was. En als ze er wel waren geweest, dan waren ze allang verdwenen. Ik betwijfelde of we Nicholson en Kelly ooit nog zouden zien.

Voor we de snelweg weer opgingen, vroeg ik Sampson of hij even wilde stoppen bij een Exxon-station, vlak bij het appartement van Mara Kelly. Ik kocht een prepaid Nokia voor 39 dollar en belde daarmee het nummer dat ik gisteren had gekregen.

Wylie Rechler nam direct op. 'Met Jenna. Zeg het maar.'

'Met rechercheur Alex Cross, Jenna. We hebben elkaar gisteren gesproken in Friendship Heights,' zei ik. 'Ben je klaar om erin te duiken?'

Ik hoorde een melodramatische zucht aan de andere kant

van de lijn. 'Liefje, ik was er al klaar voor tijdens ons gesprekje. Wat heb je voor me?'

'Ooit gehoord van ene Tony Nicholson?'

'Ik geloof het niet. Nee, nooit. Moet dat?'

'Hij heeft het kleine zwarte boekje dat jij maar al te graag in handen zou krijgen, al zal dat niemand ooit lukken. Tot elf uur vanochtend werd hij vastgehouden. Nu is hij op borgtocht vrij en als je het mij vraagt op weg om het land te verlaten. Met het kleine zwarte boekje.'

'Wat betekent dat voor mij?'

'Het zou heel veel kunnen betekenen, Jenna. Als je me wilt helpen. Ik wil dat je bij Sam Pinkerton van de *Post* een ballonnetje oplaat,' zei ik. 'Zou jij dat kunnen doen?'

'Ik denk het wel.' Ze zweeg even en ging toen zachtjes verder: 'Sam verslaat het Witte Huis. Dat weet je toch?'

'Ja.'

'O, jezus, ik sta te soppen... sorry voor mijn taalgebruik. Oké, en wat heeft meneer Pinkerton voor mij in petto, als ik hem bel? Als ik hem al bel.'

'Misschien niet direct iets, maar jullie zouden een mooi team kunnen vormen in deze zaak. Dan hebben jullie alle invalshoeken afgedekt.'

'Ik geloof dat ik verliefd op u ben, rechercheur.'

'Nog één dingetje,' zei ik. 'Sam heeft een gruwelijke hekel aan mij. Ik denk dat je veel verder komt als je mijn naam niet noemt.'

Toen ik ophing, wierp Sampson snel een blik opzij. 'Ik dacht dat Sam Pinkerton een vriend van je was.'

'Dat is-ie ook.' Ik stak de nieuwe telefoon in mijn zak, naast mijn oude. 'Maar ik wil dat ook graag zo houden.'

HOOFDSTUK 87

Ik moest die middag nog ergens naartoe en ik vroeg of Sampson me daar af wilde zetten.

Een tijdje terug was een van de favoriete inwoners van Washington overleden, ook een van mijn favorieten, Hilton Felton. Hij was zestig geworden en veel te vroeg gestorven. Ik had ontelbare avonden naar Felton zitten luisteren als hij speelde in Kinkead's in Foggy Bottom, waar hij sinds 1993 de huispianist was geweest. Daar werd ook het herdenkingsconcert voor hem gehouden.

Iets van honderdvijftig mensen stonden boven op elkaar om het leven van Hilton te herdenken en natuurlijk naar de mooie muziek van zijn vrienden te luisteren. Het was allemaal erg mooi en ontspannen en bijzonder. De muziek had alleen beter kunnen klinken als Hilton zelf had kunnen spelen.

Toen Andrew White naar voren kwam en een van de composities van Hilton speelde, prees ik me zeer gelukkig dat ik het voorrecht had gehad de man achter die muziek gekend te hebben, maar ik voelde ook een intens verdriet dat ik de muziek nooit meer zou horen spelen zoals alleen Hilton dat kon.

Ik miste hem vreselijk en tijdens de hele dienst moest ik ook steeds aan Nana Mama denken. Zij was degene die mij destijds mee had genomen om naar Hilton te luisteren.

HOOFDSTUK 88

Na het emotionele uitstapje naar Kinkead's nam ik een taxi naar Fifth Street en ging naar boven om te werken. Alsof er nog niet genoeg gebeurde, hadden we die avond een paar ongenode gasten. Tegen elven kwam Bree naar mijn werkkamer op zolder om me het nieuws te vertellen.

'Alex, we hebben bezoek buiten. Twee kerels in een Ford Explorer staan al een uur aan de overkant van de straat geparkeerd. Bekers op het dashboard, er stapt niemand in, er stapt niemand uit. Ze zitten daar maar en houden het huis in de gaten. Misschien zitten ze wel naar jou te kijken.'

Ik wist dat Bree een geweldige intuïtie had, dus ik twijfelde er niet aan dat we er een nieuw probleem bij hadden. Ik stopte mijn Glock in de holster en trok een windjack aan.

Op mijn weg naar beneden stopte ik bij de kamer van Damon en nam zijn oude honkbalknuppel mee. Een mooi stukje essenhout, geen aluminium.

'Kom alsjeblieft niet naar buiten,' zei ik tegen Bree bij de voordeur. 'Bel versterking als er een probleem is.'

'Als er een probleem is, bel ik om versterking én kom ik naar buiten,' zei ze.

Ik ging door de voordeur naar buiten en liep de veranda af. De Explorer stond net voorbij het huis aan de overkant van de straat geparkeerd. De bestuurder stapte uit bij mijn eerste actie waarbij ik zijn linkerachterlicht verbrijzelde.

'Wat doe je verdomme?' schreeuwde hij naar me. 'Ben je helemaal gek geworden?'

In het licht van de straatlantaarns kon ik zien dat hij stevig was maar niet dik. Hij had een kaalgeschoren kop en een neus die duidelijk een paar keer was gebroken. Ik dacht eerst dat de regering erachter zat, maar nu ik hem goed kon zien zag hij er meer uit als een privédetective uit de *Yellow Pages*.

'Waarom hou je mijn huis in de gaten?' schreeuwde ik naar hem terug. 'Wie zijn jullie?'

Zijn maat stapte aan de andere kant uit, maar ze bleven allebei op een afstandje.

'Alex?' Ik hoorde Bree achter me aan komen. 'Gaat het goed?'

'Prima,' riep ik terug. 'Kenteken DCY 182, Washington.'

'Hebbes,' zei ze.

De man met de kale kop hield zijn handpalmen naar me op. 'Serieus, even dimmen. We weten dat je een agent bent.'

'Ik dim als jullie mij vertellen wat jullie bij mijn huis doen.'

'We zijn hier niet voor het zware werk, oké? Ik heb niet eens een wapen bij me.' Hij trok zijn jack open om het te bewijzen. 'Iemand heeft ons ingehuurd om je een tijdje in de gaten te houden. Dat is alles.'

'Om míj een tijdje in de gaten te houden?' Ik hield de knuppel iets hoger. 'Of mij en mijn gezin?'

'Alleen jou. Alleen jou.' Ik weet niet of hij de waarheid sprak of dat hij alleen maar zei wat ik wilde horen.

'Voor wie werken jullie?' vroeg ik.

'Dat weten we niet. Echt niet. We krijgen handje contantje uitbetaald. We weten alleen hoe jij eruitziet en waar je vandaag allemaal bent geweest.'

Dat stelde me niet echt gerust. Ik deed nog een stap naar voren en sloeg ook het andere achterlicht kapot.

'En wáár ben ik geweest?'

'Je werkt aan een moordzaak voor Metro. Iets met een arrestant in Alexandria en verdomme, laat die auto met rust!'

Er was iets gekanteld in deze zaak. Het kwam hard aan, en ik kon er niet omheen. *De mensen die ik achterna zat, zaten nu mij achterna.*

'Weet je, je zou een beetje voorzichtiger moeten zijn,' zei de tweede privédetective tegen me.

Ik zette een stap in zijn richting. 'Hoezo?'

'Je hoeft je over ons geen zorgen te maken. Wie dit ook zijn en waarvan ze je ook willen weerhouden – ze hebben behoorlijk wat macht. Meer zeg ik niet. Je mag ermee doen wat je wilt.'

'Bedankt voor de waarschuwing.' Ik wees naar de straat. 'Jullie zijn hier klaar. Als ik een van jullie nog een keer in deze buurt tegenkom, arresteer ik jullie en laat ik deze auto wegslepen. Begrepen?'

'Ons arresteren?' Nu hij het ergste had gehad, besloot de eerste man iets meer lef te tonen. 'En waarvoor ga je mij dan arresteren?'

'Ik ben een agent, weet je nog? Ik verzin wel wat.'

'En hoe moet het nou met mijn auto? Dat is zo vijfhonderd dollar schade!'

'Declareer het maar bij je cliënten,' zei ik tegen hem. 'Geloof me maar, ze kunnen het zich wel veroorloven.'

HOOFDSTUK 89

De volgende morgen werd ik weer op het matje geroepen door Ramon Davies. Hij had zelfs een kantoorbediende voor de deur van mijn kamer gezet toen ik aankwam.

'Wat wil hij van me?' vroeg ik aan de agent. Er schoten me geen goede redenen te binnen, alleen maar heel slechte. Meer lijken bijvoorbeeld.

'Ik weet het niet, meneer. Hij wil u spreken. Dat is wat mij verteld is.'

Ik heb ooit eens gehoord dat Woody Allen zijn acteurs met rust laat als ze het goed doen en ze alleen regisseert als er een probleem is. Met Davies is het ongeveer net zo. Ik haatte die wandelingetjes naar zijn kantoor.

Toen ik daar aankwam, wachtte hij me samen met iemand anders op. Ik herkende het gezicht van het Witte Huis, maar ik wist niet hoe hij heette tot Davies ons aan elkaar voorstelde.

'Alex Cross, dit is FBI-agent Dan Cormorant. Hij is van de geheime dienst. Hij wil graag even met je praten.'

Cormorant had president Vance vergezeld naar de werkkamer van de stafchef toen ik daar was. Ik nam aan dat hij hier was op verzoek van zijn baas.

'We hebben elkaar min of meer ontmoet,' zei ik en schudde hem de hand. 'Ik neem aan dat u niets te maken heeft met de twee privédetectives die gisteravond bij mij voor de deur stonden?'

'Geen idee waar u het over hebt,' zei hij.

'Het zou 's.'

'Alex.' Ramon legde me het zwijgen op met stemverheffing en een handgebaar. 'Hou je mond en laten we beginnen.'

Cormorant en ik gingen tegenover hem aan zijn bureau zitten.

'Ik zal niet te lang stil blijven staan bij hoe we hier terecht zijn gekomen,' zei Davies, en zijn boodschap was duidelijk. Daar zouden we het later wel over hebben, onder vier ogen. 'Maar ik zal jullie wel vertellen wat er gaat gebeuren. Alex, jij stelt je beschikbaar voor agent Cormorant en geeft hem alle aan de zaak gerelateerde informatie die hij nodig heeft. Als je daarmee klaar bent, kom je je bij mij melden voor een nieuwe opdracht. Ik heb een viervoudige moordzaak in Cleveland Park waar jouw naam aan hangt. Grote zaak, serieus misdrijf.'

Ik hoorde de woorden, maar zat elders met mijn gedachten. Als ik mocht raden, zou ik zeggen dat Ramon in verlegenheid was gebracht doordat de geheime dienst hem was opgedrongen, waarschijnlijk door de chef zelf. Hij had nog nooit zo tegen mij gesproken, maar ik had me voorgenomen mijn kaken op elkaar te houden totdat ik de kans kreeg om erachter te komen wat Cormorant van plan was.

De bijeenkomst werd vrij snel daarna opgeheven en ik liep met Cormorant naar buiten, terug naar mijn kantoor.

'Hoe lang zit je nu al bij het presidentiële detachement?' vroeg ik hem. 'Dat is wel een verheven omgeving.'

'Ik zit nu acht jaar bij de geheime dienst,' zei hij, zonder echt antwoord te geven op mijn vraag. 'Daarvoor zat ik bij de politie van Philadelphia, en voor wat het waard is, ik weet hoe vervelend je het vindt dat ik hier ben.'

In plaats van daarop in te gaan, vroeg ik: 'En hoe ver zijn jullie mannen nu met Tony Nicholson? Waar is hij nu? Als ik vragen mag.'

Hij glimlachte. 'Wat weet je allemaal al?'

'Dat hij vrijdagochtend tot elf uur in Alexandria zat en dat hij nu niet te vinden is. Althans niet door Metro.'

'Dan hebben we dezelfde informatie,' zei Cormorant. 'Dat is deels de reden waarom ik hier ben. Dit is een gróót mysterie, rechercheur Cross. En nog gevaarlijk ook.'

Hij leek me iets losser in vergelijking met de andere jongens die ik bij de geheime dienst kende, maar dat was relatief. En de vraag bleef: was hij hier om een grondig onderzoek in te dienen in deze zaak of om de boel in de doofpot te stoppen?

In mijn kantoor pakte ik de laatste cd van Nicholson en gaf die aan hem. 'Het meeste fysieke bewijsmateriaal is al bij de FBI, maar dit is nieuw.'

Hij draaide het in zijn handen rond. 'Wat is het?'

'Is de naam Zeus al bekend bij jou? Ik neem aan van wel.'

Hij keek me aan, maar gaf geen antwoord.

'Cormorant, wil je mijn hulp of niet? Ik zou eigenlijk graag willen helpen.'

'Ja, ik heb de naam Zeus al eens gehoord,' zei hij.

'Vermoedelijk is hij dit. Op de cd.'

'Vermoedelijk?'

'Het is een moordenaar. Blanke mannelijke dader, met een opvallende ring aan zijn rechterhand. Ik hou alle mogelijkheden open. En dat zou jij ook moeten doen.'

Ik zou echt beter mijn best moeten doen om zinnetjes als die laatste in te slikken. Ik zag Cormorant meteen verstijven.

'Wat heb je nog meer?' vroeg hij. 'Ik moet alles weten.'

'Geef me even de tijd om mijn aantekeningen te ordenen. Maar ik kan je morgen alles geven wat ik heb,' zei ik tegen hem.

'En hoe zit het met kopietjes?' Hij hield de cd die ik hem net had gegeven op. 'Hoeveel van deze vrienden zwerven hier al rond?'

'Dat is bij mijn weten de enige,' zei ik. 'Hij komt uit de kluis van Nicholson. Hij gebruikte hem om te onderhandelen. Natuurlijk, als we hem zouden kunnen vinden...'

'Goed dan.' Hij schudde mij weer de hand. 'We spreken elkaar snel.'

Nadat hij vertrokken was, liet ik ons gesprek nog een keer de revue passeren in mijn hoofd en schreef alles op wat ik me kon herinneren. Hoeveel leugens had Cormorant me al verteld? Dus hoeveel leugens zou ik hem nog moeten verkopen, behalve die ene over de kopietjes van de cd van Nicholson, voor het allemaal voorbij was?

HOOFDSTUK 90

Het werd nu echt gek/paranoïde. Ik belde bijvoorbeeld niet meer met mijn eigen mobiel, maar gebruikte prepaid toestellen en wisselde ongeveer elke twee dagen van nummer.

Na mijn ontmoeting met Cormorant kocht ik snel een nieuw mobieltje en gebruikte het om Sam Pinkerton te bellen bij de *Washington Post*.

Sam en ik kenden elkaar van de sportschool waar we allebei trainden. Hij doet meer aan Shotokan-karate en ik boks alleen, maar we sparden weleens en gingen weleens iets drinken. Dus het kwam niet helemaal uit de lucht vallen toen ik hem belde om te vragen of hij zin had om na het werk even iets te drinken bij de Union Pub.

De rest van de middag joeg ik de schaduw van Tony Nicholson na en ik kwam eigenlijk geen steek verder.

Even na vijven liep ik over Louisiana en over Columbus Circle naar mijn afspraak met Sam.

Met een biertje erbij kletsten we wat en praatten een beetje bij, over hoe het met onze kinderen ging, wat we vonden van het echec van de budgetten voor scholen in D.C., we hadden het zelfs over het weer. Het was fijn om even rustig te zitten en een soort normaal gesprek te voeren. Mijn dagen zaten de laatste tijd te vol om een gewoon leven te leiden.

Bij het tweede rondje waren we warmgelopen en werd het gesprek iets gerichter.

'En, wat broeit er bij jou allemaal op je werk?' vroeg ik.

Hij leunde achterover en hield zijn hoofd een beetje schuin. 'Is onze bijeenkomst nu begonnen?'

'Ja. Ik ben met een zaak bezig en ik probeer een beetje te peilen hoe de stemming daar is.'

'Met daar bedoel je dáár?' En hij wees in de richting van het Witte Huis, zijn werkterrein, dat maar een paar straten verderop lag. 'Hebben we het over nieuwe wetgeving of iets anders? Ik denk dat ik het antwoord al weet.'

'Iets anders,' zei ik.

'Ik neem aan dat je het niet over de zestigste verjaardag van de president wilt hebben?'

'Sam.'

'Ik kan wel een uitnodiging voor je regelen, hoor, als je dat wilt. Het eten is altijd goed. Hou je van Norah Jones? Zij komt optreden. En Mary Blige.'

Hij wist dat hij me een gunst verleende en hij liet dat niet passeren zonder me een beetje te plagen.

'Oké, ik heb wel wat,' zei hij. 'Ken je die weblog, *Jenna weet 't*? Ik werd gisteren gebeld, door Jenna zelf. Nu moet je je natuurlijk altijd afvragen wat de bron van zoiets is, maar het moet gezegd dat ze behoorlijk groot nieuws had. Ik kan je op dit moment geen details geven. Misschien wil je me over een dag of twee wel weer voor een drankje uitnodigen.' Hij dronk zijn glas leeg. 'Tenzij jij mij nu wilt vertellen waar jij mee bezig bent.'

'Geen commentaar. Nog niet,' zei ik tegen hem. En ik dacht ook: missie volbracht. Wat er verder ook ging gebeuren, de zaak was in elk geval aan het rollen gebracht, met of zonder mij.

'Maar er is nog iets anders,' zei ik. 'Het is een beetje ongebruikelijk.'

'Mijn favoriete gebruik,' zei hij en hij maakte met zijn vinger een rondje in de lucht om de serveerster te laten weten dat we nog een rondje wilden bestellen.

'Het is vertrouwelijk. Als er de komende dagen of weken iets met me gebeurt, wil ik dat jij dat uitzoekt.'

Sam viel stil en staarde me aan. 'Jezus Christus, Alex.'

'Ik weet dat het een beetje raar klinkt. Nou ja, niet een beetje, heel raar.'

'Heb je niet – ik weet niet – een heel politiedepartement dat op je let?'

'Het is maar wat je daarmee bedoelt,' zei ik toen het volgende rondje op tafel werd gezet. 'Laten we het zo zeggen: ik heb ruggesteun nodig.'

HOOFDSTUK 91

Twee weken geleden, nee, verdomme, vórige week nog, liet Tony Nicholson flessen champagne van honderden dollars per stuk openknallen als hij dorst had. Nu zat hij ineengedoken in de regen bij een vies truckerscafé langs de 1-95 als een of andere illegale vluchteling.

Mara wachtte binnen en keek door de gepantserde ruit van de Landmark Diner naar buiten. Toen hij terugkeek, klopte ze op haar pols en haalde haar schouders op, alsof ze wilde zeggen dat hij misschien was vergeten dat ze ergens heen moesten.

Hij wist het, hij wist het.

Het alternatief hiervoor was geen alternatief geweest – een beetje wegrotten in een cel in het detentiecentrum van Alexandria. Nu had hij tenminste het vooruitzicht van paspoorten, vliegtickets en genoeg contant geld om hen voor altijd van dit week geworden continent te halen.

Maar zijn contactpersoon was laat en Nicholson werd met de minuut meer paranoïde. Daar kwam nog bij dat zijn geblesseerde knie alleen maar meer pijn ging doen in de kou en de regen, en de knie klopte als een gek omdat hij er te lang op had gestaan.

Weer vijf minuten later kwam er eindelijk een beetje beweging in zijn blikveld.

Een of andere bestelwagen kwam de parkeerplaats voor het wegrestaurant op rijden en knipperde met zijn lichten. Nicholson keek die kant op en de chauffeur gebaarde hem dat hij naar hem toe moest komen.

Hij gebaarde nog een keer – nu dwingender.

Nicholson voelde zijn hart in zijn keel kloppen. *Er was iets niet in de haak.* Het zou een personenauto moeten zijn en niet een bestelwagen, en er was afgesproken dat hij hier opgepikt zou worden, in het zicht van de mensen. Waar niks raars kon gebeuren.

Te laat. Toen hij weer naar het restaurant keek, was Mara weg. Er stond een jongetje op de plek waar zij had gezeten. Hij had zijn handen om zijn ogen tegen het glas gelegd en keek naar hem alsof hij in een remake zat van *Village of the Damned*.

Met kloppend hart gebaarde Nicholson naar de bestuurder dat hij zo terug zou zijn en hinkte naar de deur in een naar hij hoopte zo natuurlijk mogelijk tempo.

Het restaurant en de kiosk waren zo goed als leeg, Mara was nergens te bekennen.

Na een korte controle van de verlaten damestoiletten wist hij wat hij al wist: dit was zojuist officieel uitgeroepen tot individuele sport. Hij liep naar de achterdeur bij de toiletten en liep door.

De parkeerplaats aan de achterkant was rustig en leeg. Hij had zijn huurauto misschien vijftig meter verderop geparkeerd, maar dat leek nu vijftig meter te ver. Toen hij over zijn schouder keek, zag hij iemand uit dezelfde deur komen die hij net had gebruikt – misschien de bestuurder van de bestelwagen, misschien ook niet, het was moeilijk te zien met al die mist en regen.

Hij schakelde over naar een martelende, scheve looppas, maar hij hoorde snellere voetstappen achter zich op het natte wegdek.

Uit een ooghoek zag hij de bestelwagen weer, die aan de rand van het parkeerterrein reed. PETE'S FIJNE VLEESWAREN stond er op de zijkant, en zelfs nu zag een deel van zijn hersenen de ironie daarvan in.

Moeder Maria, ik ben er geweest. En Mara ook. Misschien zit zij al in die auto.

Hij kon net één hand op de portier van de huurauto leggen, verder kwam hij niet. Een eeltige handpalm werd over zijn mond geslagen en smoorde elke schreeuw die hij nog in de aanbieding had gehad. De armen van de man waren massief, en Nicholson voelde hoe hij werd omgedraaid alsof hij een klein kind was.

Eén seconde was hij ervan overtuigd dat zijn nek zou breken. In plaats daarvan kreeg hij een harde klap onder zijn kin, die hem een heftige pijn in de maag bezorgde en hem desoriënteerde.

Hij zag bijna niets meer. Parkeerplaats, lucht en auto vermengden zich allemaal tot een brij, tot het doek viel voor Nicholson en alles heel ver wegzakte.

HOOFDSTUK 92

Nicholson werd in het donker wakker, op een koude vloer, maar hij leefde tenminste nog. Hij realiseerde zich dat hij helemaal naakt was en dat zijn polsen en enkels zaten vastgebonden. Maar hij deed nog mee, en dat was nu het enige wat telde, nietwaar?

Achter hem stond een of ander gebouw, van binnenuit zwak verlicht. Verder zag hij alleen schaduwen en bomen. En iets van een stapel brandhout.

Naast het gebouwtje stond een soort machine. Wat was het? Een sneeuwblazer? Een grasmaaier?

'Hij wordt wakker,' zei een stem niet ver van hem vandaan.

Nicholson hoorde voetstappen en het geluid van klotsend water. Naarmate de voetstappen dichterbij kwamen, zag hij hoe een bundel licht uit een zaklantaarn op de grond scheen. Hij zag een paar voeten die in donkere Cordovans waren gestoken.

'Welkom terug, Tony. Ik was even bang dat we je kwijt waren geraakt. Daar ga je!'

De golf water kwam aan als een elektrische schok. Zijn hele lichaam werd bevangen door de kou en zijn adem kwam in idiote korte stootjes die hij niet onder controle kon houden.

'Zet hem overeind,' zei iemand anders.

Ze hesen hem onder zijn armen op tot zijn blote reet op een houten stoelzitting plofte. De zaklantaarn liet slechts stukjes van de omgeving zien – een gezicht, een boomstronk, een flits van iets zilverkleurigs in iemands hand. Een pistool? Een telefoon?

'Waar is Mara?' brabbelde hij, toen dat opeens in hem opkwam.

'Maak je over haar nu maar geen zorgen. Zij is je minst grote probleem, neem dat maar van mij aan.'

'We hadden een afspraak!' Hij klonk pathetisch en hij wist het. 'Er waren mij dingen beloofd en ik heb precies gedaan wat me gezegd was!'

Hij voelde iets scherps in de kruin van zijn hoofd prikken. 'Wie weet er nog meer van Zeus?' vroeg een van de mannen. Hij klonk vriendelijk, alsof hij gewoon een praatje wilde maken.

'Niemand! Ik zweer het! Niemand weet het. Ik heb mijn plicht gedaan. Net als Mara!'

Hij voelde een brandende pijn die als een streep van achter zijn oor naar de achterkant van zijn nek liep. Er stond een lichte bries, die de pijn deed opvlammen alsof het een zuur was.

'Adam Petoskey niet? Esther Walcott niet?'

'Nee! Ik bedoel... misschien zijn ze ergens achter gekomen. Adam was aan het eind niet meer zo voorzichtig als hij in het begin was. Maar ik zweer bij God...!'

Nog twee halen sneden over zijn borst en zijn buik. Nicholson schreeuwde beide keren.

Hij trok zijn buikspieren in – alsof hij op een of andere manier zou kunnen ontsnappen aan het lemmet dat langzaam verder naar beneden ging, huid van huid scheidde tot het net aan het begin van zijn penis stilhield.

'Wie nog meer, Nicholson? Het is een mooi moment voor jou om eens even goed op je praatstoel te gaan zitten.'

'Niemand! Jezus, God, niet doen!'

Hij huilde nu, kreunde ongecontroleerd. Het was allemaal zo vreselijk oneerlijk. Hij had zijn hele volwassen leven de ene leugen voor de andere ingeruild en nu zat hij hier, gevangen in de waarheid.

'Ik weet niet wat jullie willen,' snotterde hij. 'Ik weet helemaal niks meer...'

Ergens achter hem klonk ineens een derde stem uit de duisternis. Het was een andere stem dan de eerste twee, hij had een soort *Dukes of Hazzard*-achtig redneck-accent waar Nicholson altijd op had neergekeken sinds hij naar Amerika was gekomen.

'Hé, makkers, even doorwerken, ja? Ik heb nog meer te doen.'

En toen gaf Nicholson zijn laatste informatie prijs, zijn reddingsboei – althans, dat hoopte hij.

'Ik heb de cd aan de politie gegeven. Zeus stond erop. Rechercheur Alex Cross heeft de cd!'

HOOFDSTUK 93

Wat moet dat moet. Dat was altijd een van de favoriete uitspraken geweest van Nana – deels koppigheid, deels optimisme – en die uitspraak bleef de laatste dagen door mijn hoofd spoken. Ik gaf de zaak nog niet op, net zoals ik haar nog niet opgaf.

De hele intensive care van het ziekenhuis, vierde verdieping, westvleugel, was inmiddels behoorlijk vertrouwd geworden. Ik kende alle verpleegsters en de familieleden van sommige andere patiënten. Sterker nog: ik stond op een avond op de gang met een nieuwe kennis te praten over het herenletsel van haar vader, toen het alarm afging in Nana's kamer.

Een alarmsignaal was niet altijd reden tot paniek op de vierde verdieping. Ze gingen de hele tijd af, voor vingerclipjes die losgeschoten waren en andere elektronische haperingetjes. De vuistregel was dat hoe hoger en vervelender het geluid werd, hoe meer reden er was tot zorg.

Dit alarm begon zacht, maar tegen de tijd dat ik in Nana's kamer was, was het overgegaan tot een hard geloei. Een van de zusters, Zadie Mitchell, was er al.

'Wat is er aan de hand?' vroeg ik Zadie. 'Is er iets?'

Ze bevestigde de clip aan Nana's vinger die haar zuurstofgehalte mat en tuurde naar het golvenpatroon op de monitor, dus ze antwoordde niet direct.

Een andere zuster, Jayne Spahn, kwam na mij binnen. 'Slechte bloedtoevoer?' vroeg ze.

'Nee,' zei Zadie. 'Die is goed. Piep Donald Hesch op.' Ze drukte op de zuurstofknop van het beademingapparaat en begon het vocht weg te zuigen.

Mijn hart bonsde. 'Zadie, wat is er aan de hand?'

'Haar longen lopen vol, Alex. Maar maak je nog maar geen zorgen.'

Daar was ik niet zo zeker van. Zelfs met de beademing zorgde al het overtollige vocht in Nana's systeem ervoor dat het een constant gevecht was voor haar hart om voldoende zuurstof rond te pompen. Voor zover ik wist, verdronk ze voor mijn ogen.

Dr. Hesch kwam even later binnen, samen met Jayne en een van de ademhalingstherapeuten. Ze persten zich tussen de apparaten en gingen met Nana aan de slag. Het enige wat ik kon doen was erbij blijven, meeluisteren en proberen overeind te blijven.

'Ze heeft vanochtend een shot gekregen omdat haar bloeddruk te laag was en nu is ze aan het decompenseren. Ik heb sputum met bloed weggezogen sinds we u hebben opgepiept.'

'Heeft ze vandaag al eerder een uitschieter gehad?'

'Nee. Ze is een taaie; haar laatste uitschieter was twee dagen geleden.'

'Oké, voer het maar op naar tien en probeer over een uur de nieuwe waarden te meten. Laten we kijken wat de dialyse morgenochtend uitricht. Ik zal intussen haar röntgenfoto's bekijken.'

Hesch vloog weer naar buiten zonder een woord te zeggen, en Jayne nam me bij de elleboog en leidde me naar de gang.

'Ze heeft een zware nacht, Alex, maar ze gaat er goed doorheen komen.'

Ik keek door de deur naar Nana. Zadie en de ademhalingstherapeut waren nog steeds met haar bezig. Ik voelde me zo hulpeloos, ik was niet in staat haar te geven wat ze nodig had, zelfs niet zoiets basaals als zuurstof. Vooral zoiets.

'Alex, heb je me gehoord?' Het drong tot me door dat Jayne

nog steeds aan het woord was. 'Morgenochtend weten we pas meer. Iemand kan om zeven uur bellen om te vragen...'

'Nee,' zei ik. 'Ik blijf vannacht hier.'

Ze legde een hand op mijn schouder. 'Dat is echt niet nodig,' zei ze.

'Ik begrijp het.'

Maar het ging niet meer over nodig of niet nodig. Het ging over waar ik wel en geen invloed op kon uitoefenen. De afgelopen tien minuten had ik niet alleen gedacht aan hoe het zou zijn om Nana te verliezen. Ik had me afgevraagd: *wat was er gebeurd als ik hier niet was geweest?* Wat als ze gestorven was en er niemand bij haar was geweest?

Dat zou ik mezelf nooit vergeven, dacht ik. En als dat betekende dat ik weer nachtdiensten moest gaan draaien, dan ging ik dat doen.

Wat er ook gebeurde – ik zou er voor Nana zijn.

HOOFDSTUK 94

Senator Marshall Yarrow trok net een tas met golfclubs uit de achterbak van zijn Navigator toen hij Sampson en mij aan zag komen lopen over de parkeerplaats van de Washington Golf & Country Club. Hij keek alsof ik zojuist zijn perfecte zaterdag-ochtend had verpest. Stel je eens voor. Wat een schande.

'Wat doe jij hier in godsnaam?' vroeg hij toen wij naar zijn auto liepen.

'Drie afspraken, alle drie afgezegd,' zei ik tegen hem. 'U kunt me voor gek verklaren, meneer de senator, maar ik zou zeggen dat u me probeert te ontlopen. Probeerde, in elk geval.'

'En wie is dit?' Hij keek naar John – meer op dan neer, gezien de lengte van John.

'Dit is mijn partner, rechercheur Sampson. U kunt gewoon net doen of hij er niet is. Hij past wel in het plaatje, hè? Wij al-lebei trouwens. Misschien kunnen we als caddy mee.'

Yarrow snoof verachtelijk en zwaaide toen naar iemand die onder de luifel voor de ingang van de club stond te wachten. 'Mike, ik zie je zo binnen. Bestel maar vast een espresso voor me, alsjeblieft.'

Later drong tot me door dat dat Michael Hart was geweest, een senator uit North Carolina en een Democraat, terwijl Yarrow een Republikein was.

'Wilt u liever in mijn auto praten?' vroeg ik hem. 'Of mis-schien in de uwe?'

'Zie ik eruit als iemand die graag met jou in één auto zit, rechercheur Cross?' Ik was verbaasd dat hij nog wist hoe ik heette.

Hij deed een stap achteruit zodat hij uit het zicht was, tussen zijn eigen suv en een andere gigantisch grote auto die ernaast stond, een gloednieuwe Hummer H3T. Je moest hier waarschijnlijk 100.000 dollar entree betalen, dus ik denk dat niet veel mensen zich hier zorgen maakten om de brandstofprijzen.

'Ik zal u niet al te lang ophouden, senator,' zei ik, 'maar ik dacht dat u wel zou willen weten dat we eigenlijk geen kant op kunnen. De enige logische volgende stap in mijn ogen is dat we de opnamen uit de club van Tony Nicholson gaan vrijgeven.'

Yarrows blik schoot naar Sampson; ik denk dat hij zich afvroeg of we hem allebei in actie hadden gezien, of alleen ik. Hij greep de kop van de TaylorMade-driver in zijn tas steviger vast.

'Dus tenzij u een nuttige aanwijzing hebt over in welke richting we verder moeten zoeken...'

'Waarom zou ik?' vroeg hij, nog steeds beheerst.

'Ach, ik had zo'n vaag idee. Misschien door al die afgezegde afspraken.'

Hij haalde diep adem en streek over de weekendstoppels op zijn kin. 'Ik moet dit natuurlijk allemaal wel met mijn advocaat bespreken.'

'Dat lijkt me een goed idee,' zei ik. 'Maar deze zaterdag is voor ons een gewone werkdag, dat u dat weet. We moeten wel íets doen vandaag.'

Ik had bijna medelijden met Yarrow, hij keek erg ongemakkelijk. Er waren geen mogelijkheden meer over, en dat wist hij. En wanneer ik een beetje mazzel had, bracht dat de mensen er meestal toe dat ze de waarheid vertelden.

'Alleen even theoretisch gesproken,' zei hij, 'wat kun je me bieden in de zin van onschendbaarheid?'

'Nu niets. Dat is aan de officier van justitie.'

'Juist ja, want jullie sluiten nooit deals, hè?'

'Dit is wat ik kan doen,' zei ik. 'U vertelt ons gewoon wat u weet, en als de geheime dienst bij u langskomt, en dat gaat gebeuren, dan zal het niet gaan over belemmering van de rechtsgang en medeplichtigheid aan het verdoezelen van een reeks moorden.'

Ik kon me voorstellen hoezeer Yarrow me nu haatte. Zonder ook maar één keer zijn blik af te wenden, zei hij: 'Vertel eens, rechercheur Sampson. Zou je zeggen dat je partner een wraakzuchtig man is?'

Sampson legde een grote hand op het dak van Yarrows auto. 'Wraakzuchtig? Neuh, zo is Alex niet. Ik zou eerder zeggen: realistisch. Misschien is dat een mooi woord voor u om even over na te denken.'

Eerst dacht ik dat Senator Yarrow ervandoor zou gaan, of misschien uit zijn dak zou gaan met een van die TaylorMade-ijzers van hem. In plaats daarvan stak hij zijn hand in zijn zak en de deuren van de Lincoln klikten open.

'Stap in.'

HOOFDSTUK 95

De lederen bekleding van Yarrows auto rook naar koffie en sigaretten. Ik had hem eerder als sigarenroker ingeschat.

'Laat me eerst even wat dingen ophelderen,' zei ik om te beginnen. 'Was u een betalende klant bij die club, of niet?'

'Volgende vraag.'

'U was zich ervan bewust dat escortmeisjes die verbonden waren aan de club zijn gestorven.'

'Nee. Dat is niet waar,' zei hij. 'Ik kreeg net een vermoeden dat er iets niet in de haak was, voor al dit gedoe begon.'

'En wat was u van plan geweest te doen met die informatie? Uw vermoedens?'

Opeens draaide Yarrow zich naar me toe en priemde met een vinger in mijn gezicht. 'Ondervraag me niet, Cross. Ik ben verdomme een senator, niet een of andere waardeloze misdadiger uit Southeast D.C.'

'Dat wil ik nou net zeggen, meneer Yarrow. U bent senator en u wordt verondersteld een geweten te hebben. Hebt u iets voor ons of niet?'

Hij pauzeerde even, net lang genoeg om een pakje Marlboro uit het handschoenenvakje te pakken. Ik zag dat het vlammetje van zijn gouden senaatsaansteker trilde toen hij zijn sigaret probeerde aan te steken.

Na een paar opeenvolgende lange halen begon Yarrow weer te praten, met zijn gezicht naar de voorruit gericht.

'Er is iemand die jullie zouden moeten natrekken. Hij heet...
Remy Williams. Volgens mij zit hij er tot zijn nek toe in.'

'Wie is dat?' vroeg ik.

'Dat is eigenlijk wel een goeie vraag. Volgens mij zat hij vroeger bij de geheime dienst.'

Die laatste twee woorden gingen in mijn hoofd af als een Romeinse kaars. 'De geheime dienst? Welke afdeling?' vroeg ik hem.

'Bij de beveiliging.'

'Van het Witte Huis?'

Yarrow rookte bijna aan één stuk door. De knokkels van zijn andere hand werden wit omdat hij zo hard in het stuur kneep.
'Ja,' zei hij op een uitademing. 'Van het Witte Huis.'

Sampson keek mij over de hoofdsteun aan en ik weet zeker dat we ons allebei hetzelfde afvroegen. Was dit de connectie met het Witte Huis waar we al eerder over hadden gehoord? Of het soort toevalligheid dat altijd onderzoeken verpestte?

Senator Yarrow ging verder zonder dat ik hem daartoe aanspoorde. 'Het laatste wat ik heb gehoord, is dat Remy in een of ander aftands schuurtje woont, ver buiten Louisa County, net als die quasioverlevers met flessenwater en geweren en de hele rataplan. Zo'n levensstijl als in *Into the Wild*.'

'Hoe kent u hem?' vroeg Sampson.

'Hij was degene die mij in eerste instantie vertelde over de club.'

'Dat is niet echt een antwoord op de vraag,' zei ik. 'Luister, senator, dit gesprek komt niet in het dossier. Nog niet althans.'

Yarrow deed zijn raampje open, tikte de laatste as van zijn sigaret en deed daarna de peuk in de asbak. Ik voelde hoe hij alle auto's op de parkeerplaats scande.

'Hij is de broer van mijn ex, oké? Ik heb die klootzak al geen jaar meer gezien en dat doet er ook niet toe. Het hele punt is dat jij daar naartoe rijdt. Het lijkt me dat dat je wel wat beters te doen hebt op je zaterdag dan ambtenaren lastigvallen.'

HOOFDSTUK 96

Het was iets meer dan twee uur rijden naar de westgrens van Louisa County, ongeveer een uur ten zuiden van de club van Nicholson. Die twee locaties vormden een simpele driehoek met de plek langs de I-95 waar Johnny Tucci uit Philly was aangehouden met het stoffelijk overschot van mijn nichtje in de achterbak. Misschien leidde dit eindelijk allemaal ergens toe.

Omdat Yarrows aanwijzingen over waar de hut precies lag een beetje vaag waren, namen we een paar keer de verkeerde afslag voor we de juiste zandweg te pakken hadden vanaf Route 33. Na een paar kilometer door het bos liep de weg provisorisch dood. Een rij stenen blokkeerde de doorgang. Ze waren daar duidelijk door mensenhanden neergelegd en we hadden niet veel tijd nodig om de weg vrij te maken.

Achter de wegversperring liepen twee zandpaden naar het dichtbegroeide terrein, en we moesten nog een halfuur rijden voor we weer iets tegenkwamen wat door mensenhanden gemaakt was. De dichtstbijzijnde buur van Remy Williams leek het Lake Anna State-park aan de oostzijde te zijn.

De weg, voor zover je die zo kon noemen, kwam uit op de achterkant van een eenvoudig bouwwerk zonder verdiepingen dat omringd werd door sparren. Het zag er hiervandaan onaf uit. Het had een zinken dak, maar de muren bestonden uit bouwplastic dat afgetimmerd was met kromgetrokken en grijs geworden multiplex.

'Heel mooi,' mompelde Sampson, of eigenlijk gromde hij het meer. 'Unabomber van het oosten, is daar iemand?'

Het was groter dan de beruchte hut van Ted Kaczynski. Daar was ik één keer geweest, maar de algemene indruk was hetzelfde: het onderkomen van een gek.

De twee kleine ramen aan de voorkant waren donker. Er was een kaal stuk grond waar makkelijk een paar auto's konden staan, maar er stond er niet één. Het terrein leek compleet verlaten en ik hoopte deels dat dat ook echt zo was.

Pas toen ik bijna een heel rondje had gereden, zag ik de houtversnipperaar naast het huis staan.

'Sampson?'

'Ik zie het.'

Het was een oud fabrieksapparaat, met twee banden en een roestig sleepwiel dat met een trekhaak balanceerde op een gasbetonblok. De meeste verf was ervanaf, op een paar impressionistische vlekjes John Deere-groen en geel op het frame na. Ernaast lag een blauw zeildoek opgevouwen. Het werd op zijn plek gehouden door een tienlitergasfles.

Ik liet de motor draaien toen we uitstapten en ik trok mijn Glock.

'Is daar iemand?' riep ik halfslachtig.

Er kwam geen reactie. Ik hoorde alleen de wind, een paar vogeltjes die kwetterden in de bomen en mijn auto.

Sampson en ik gingen aan weerszijden van de veranda staan en checkten de ramen en daarna de deur.

Toen ik naar binnen keek, duurde het even voor mijn ogen aan het donker gewend waren. Toen zag ik een man op een stoel zitten tegen de achterwand. Het was te donker om details te onderscheiden; ik kon zelfs niet zeggen of hij dood was of leefde. Niet zeker althans. Nog niet.

'Fuck,' mompelde Sampson.

Precies. Mijn idee.

HOOFDSTUK 97

De voordeur van de hut had geen slot, alleen een smeedijzeren veerslot, en zodra dat opensprong, sloeg de stank ons tegemoet.

Het was die combinatie van zweet en verrotting die zo herkenbaar is en nauwelijks te dragen. Alsof er fruit en vlees dagenlang in dezelfde ruimte hebben liggen rotten.

De ruimte was bijna leeg, er stonden maar een paar meubels – een ijzeren stretcher, een houtkachel, een lange boerentafel.

De enige stoel in de kamer was bezet en zo te zien was Remy Williams erin gestorven.

Zijn mond hing open en hij zag eruit als een tekening uit een graphic novel, de helft van zijn gezicht was weggeblazen. Een Remington-geweer hing nog half in zijn linkerhand, de loop was op de zachte grenen vloer gericht.

De andere hand hing slap langs zijn zij en het leek alsof er iets op zijn onderarm geschreven stond. *Geschreven? Was dat het?*

'Wat is dit verdomme?' Sampson bedekte zijn mond en neus met zijn arm en boog voorover om het beter te kunnen bekijken. 'O, nee toch.'

Toen ik mijn zaklantaarn erop richtte, zag ik dat er letters in zijn arm waren gesneden, ze waren niet geschreven.

Op de grond, naast de voeten van Williams, lag een jachtmes met een lemmet van vijftien centimeter, er zaten strepen op in dezelfde roodbruine kleur als zijn huid. De letters waren nog gemakkelijk te lezen:

SORRY

HOOFDSTUK 98

Nadat we Williams hadden gevonden, gebeurde er ineens heel snel heel veel. Binnen een paar uur hadden we nieuwe versies van de oude deelnemers op de set – de Virginia-staatspolitie uit Richmond en het FBI-team uit Charlottesville. Ik kende niemand en dat was misschien een voordeel, maar misschien ook niet. Daar zou ik snel genoeg achter komen.

Bij het onderzoeksteam van de FBI zaten een paar serieus kijkende types van serologie, sporenanalyse, vuurwapens, fotografie en vingerafdrukken. Ze zetten een tent op en legden lange stroken vetvrij papier over multiplex schraagtafels.

De bodem rond de houtversnipperaar werd verdeeld in vierkanten van twintig centimeter en ze gingen meteen aan de slag. Ze onderzochten elk vierkant minutieus en scheidden mogelijk bewijsmateriaal van vuil en rommel.

De versnipperaar zelf zou worden overgebracht naar een lab in Richmond, maar er waren al sporen aangetroffen van serum. Een grondige inspectie had ook al aangetoond dat er mogelijk stukjes bot op de snijplaat van het apparaat zaten.

Alles werd nauwkeurig gefotografeerd, gedocumenteerd en ofwel te drogen gelegd of in manilla mappen gestopt om vervoerd te worden.

Het onderzoek in de bossen verliep sneller. Een commissaris van de staatspolitie riep twee hondenpatrouilles op en binnen een paar uur snuffelden die zich een weg naar een stukje vers omgeploegde aarde, een kleine kilometer ten oosten van de hut.

Na wat voorzichtig graafwerk tot op anderhalve meter diepte kwamen er twee plastic zakken met 'stoffelijke overschotten' naar boven. Iedereen liep rond met een deemoedig gezicht. Niemand is ooit klaar voor zo'n soort plaats delict.

De nieuwe stoffelijke overschotten leken erg op die van Caroline en iedereen was het erover eens dat ze niet langer dan drie dagen in de grond hadden gezeten. Ik dacht meteen aan Tony Nicholson en Mara Kelly, die nog steeds officieel als vermist te boek stonden.

'Het klopt wel, op papier in elk geval,' zei ik tegen Sampson. 'Je haalt ze uit de gevangenis en je zorgt dat ze voor eens en voor altijd verdwijnen. En wij moeten denken dat ze het land uit gevlucht zijn.'

''t Is wel een manier om je sporen uit te wissen,' zei Sampson. 'Maar ik moet zeggen dat het effectief is.'

Het was een uur 's nachts en we zaten op de rand van de veranda. We keken naar de agent die de zojuist gevonden overledenen labelde als bewijsmateriaal voordat ze in lijkzakken werden gestopt. John kon zijn ogen er niet vanaf houden, maar ik had genoeg gezien. Ik vond het deprimerend te bedenken dat de zaak van mijn eigen nichtje de weerzinwekkendste zaak was die ik ooit had onderzocht.

Maar dat hield me ook op de been. Voor de vierde keer in vier uur toetste ik het nummer van Dan Cormorant in.

Deze keer nam de geheim agent eindelijk op.

'Waar blijven jullie?' vroeg ik hem. 'Volgen jullie dit wel?'

'Je zit kennelijk niet voor de tv,' zei hij. 'Het lijkt of iedereen behalve ESPN is uitgerukt daar in de bossen.'

'Cormorant, luister. Remy Williams was Zeus niet, net zoals Tony Nicholson en Johnny Tucci dat niet waren. Williams was misschien een ijskoude moordenaar, maar hij is niet degene die wij zoeken.'

'Dat ben ik helemaal met je eens,' zei Cormorant, 'en weet je waarom? Omdat we Zeus te pakken hebben. Nú. Als je je bezig wilt blijven houden met een bijzaak, blijf dan waar je bent. Maar als je hier wilt zijn als wij deze zaak oplossen, dan raad ik je aan als de donder hierheen te komen. *Pronto*, rechercheur Cross. Deze zaak is zo goed als gesloten. Je zou hier moeten zijn.'

HOOFDSTUK 99

Het klinkt een beetje treurig, maar tegen de tijd dat we bij het Eisenhower-gebouw aan de overkant van de westvleugel aankwamen, draaide ik alleen nog maar op adrenaline en cafeïne. Het was op dat moment vier uur in de ochtend, maar het Joint Operations Center gonsde van de bedrijvigheid alsof het midden op de dag was.

De stemming in de vergaderzaal was op zijn zachtst gezegd gespannen. CNN stond aan op een van de tien flatscreens die aan de muur hingen. Er was een overzichtsshot van de hut van Remy Williams, met daaronder de tekst: 'GEHEIM AGENT DOOD AANGETROFFEN'.

Voor in de zaal zat een agent van een jaar of vijftig in hemdsmouwen door de telefoon te schreeuwen, net hard genoeg dat iedereen het kon verstaan.

'Het kan me geen reet schelen wie je wilt spreken, hij werkt niet bij de geheime dienst. Verander verdomme dat onderschrift!'

Ik had al een paar bekenden gezien, onder wie Emma Cornish, contactpersoon tussen Metro en de taskforce zware delicten van de geheime dienst; en Barry Farmer, een van de twee agenten van de geheime dienst die ondergebracht waren bij de afdeling moordzaken van Metro. Het was net of de twee divisies ineens aan elkaar gebreid waren, hier, midden in de nacht.

Misschien alleen voor de show?

Ik kon er nog niet veel over zeggen.

We gingen allemaal aan een grote ovale tafel zitten voor de briefing. De man met de harde stem vooraan bleek Silo Ridge te zijn, van de FBI. Hij had hier de leiding en ging samen met agent Cormorant staan.

'Ik deel even een lijstje rond met alle feitelijke gegevens,' zei Ridge en hij gaf aan weerskanten een stapeltje door. 'De naam van de verdachte is Constantine Bowie, ook bekend als Connie Bowie, beter bekend als Zeus. De meesten van jullie weten het al, maar Bowie zat tussen 1988 en 2002 bij de geheime dienst.'

Niemand vertrok een spier, behalve ik – en Sampson misschien. Het was alsof een heleboel nieuwe informatie voor ons uit de doeken werd gedaan.

Ik stak mijn hand op. 'Alex Cross, MPD. Ik loop een beetje achter, maar wat is de relatie, als die er al is, met Remy Williams, voor zover we weten? Behalve dan het feit dat ze kennelijk allebei voormalig agenten zijn.'

'Detective Cross, fijn dat u er bent,' zei Ridge en een paar hoofden draaiden zich in mijn richting. 'De focus van deze operatie ligt op voormalig agent Bowie. De rest is op dit moment niet relevant.'

'Ik vraag het alleen omdat...'

'We zijn altijd blij met de inbreng van de MPD. Dit ligt allemaal nogal gevoelig, maar we gaan nu niet alles op tafel leggen. We gaan door.'

Ik gaf Ridge het voordeel van de twijfel, in elk geval voor het moment. Ik hoefde deze brug nog niet over te steken. Of te verbranden.

Op een van de schermen werd het legitimatiebewijs van Bowie uit 2002 getoond. Hij zag er onopvallend uit, van hem waren er in mijn ogen nog een miljoen – een rechttoe rechtaan Amerikaan, met vierkante kaken en bruin achterovergekamd haar. Hij zag er normaal uit, op de donkere zonnebril na.

'Bowie is betrokken bij de moord op tenminste drie vrouwen,' ging Ridge verder, 'allemaal bekende werkneemsters bij een zogeheten herenclub in Culpeper County. Die vrouwen zijn Katherine Tennancour, Renata Cruz...' De beelden van de bewakingscamera die ik eerder had gezien werden nu getoond. 'En dit is Sally Anne Perry.'

Er werd een video gestart en ik zag meteen dat het de opname was die ik een dag eerder aan Cormorant had overhandigd. Zoals Ridge al had gezegd: *de geheime dienst was blij met de inbreng van de* MPD.

'Het is niet aangenaam om dit te moeten zien,' zei Ridge, 'maar jullie moeten weten achter wie we aan zitten. De man die zo de slaapkamer binnen komt is Constantine Bowie. En hij staat op het punt een moord te plegen.'

HOOFDSTUK 100

Iedereen hield professioneel het hoofd koel terwijl de video werd afgespeeld en agent Ridge praatte al die tijd.

'Een korte geschiedenis. Bowie werd van de Philadelphia PD in 1988 naar de geheime dienst gehaald. Over de dertien jaar daarna is niet veel te vertellen, maar vlak na 9/11 ging hij steeds slechter functioneren.

In februari 2002 werd Bowie na een incorrect gelost pistoolschot, waar ik vanochtend niet verder op in zal gaan, uit de geheime dienst ontslagen zonder uitkering.'

Cormorant nam het op dat punt over en toonde een dia van een doorsnee kantoorgebouw.

'In 2005 opende hij Galveston Beveiliging, hier in D.C...'

'Galveston?' vroeg iemand.

'Zijn huidige woonplaats,' zei Cormorant. 'Nu heeft hij kantoren in Philadelphia en Dallas, met een eigen vermogen van ongeveer zeven miljoen. De connectie met Philly bewijst verder niets, maar het is wel de moeite waard op te merken dat de maffiafamilie Martino uit Philadelphia af en toe voor hem heeft gewerkt.'

Cormorants blik bleef even op mij hangen voor hij verderging. 'Wat we jullie ook nog kunnen vertellen is dat de telefoongegevens laten zien dat vanaf de mobiel van Bowie twee keer gebeld is naar de mobiele telefoon die vandaag in de hut van Remy Williams is gevonden. Een van die telefoontjes is twee maanden geleden gepleegd, het andere vier dagen geleden.'

'Waar is Bowie nu?' vroeg een van de agenten.

'Om elf uur gisteravond is hij thuis gesignaleerd. We hebben zes agenten die zijn woning in de gaten houden.'

'Hoe snel kunnen we toeslaan?' vroeg iemand anders. Je kon het ongeduld in de zaal voelen. Niemand wilde de zaak aanpakken, denk ik, maar iedereen wilde wel graag dat alles voorbij was.

Agent Ridge keek op zijn horloge. 'We gaan zodra jullie er klaar voor zijn,' zei hij, en iedereen maakte direct aanstalten om op te staan.

HOOFDSTUK 101

Het was angstaanjagend stil toen we voor een stel rijtjeshuizen met platte daken stopten op Winfield Lane in Northwest. Op de Georgetown-tennisbanen aan de andere kant van de straat speelden twee mensen een partijtje; en de speelvelden waren nog vochtig. Als Nana nu thuis was geweest, dacht ik, zou ze nu zo ongeveer opstaan en zich klaarmaken voor de kerk.

We hadden vier agenten van het arrestatieteam achter de hand, met MPD-cruisers aan beide uiteinden van de straat en de medische hulpdiensten stand-by. De rest van ons bevond zich op straat, een paar deuren verwijderd van het huis van Bowie, waar een wit bestelbusje net voor de deur stopte.

Zodra Ridge het startsein gaf, stapte een invalteam van vijf man sterk in kogelvrije uitrusting uit het busje en sloop in een rij naar de voordeur van Bowies huis. Het was een stille operatie; ze wrikten de deur open en verdwenen toen naar binnen.

Daarna moesten we tien minuten wachten terwijl zij systematisch het huis verkenden en kamer voor kamer inspecteerden. Ridge hield zijn hoofd gebogen en legde een hand op zijn oortje. De commandant van het arrestatieteam hield hem fluisterend op de hoogte van hun vorderingen. Hij stak twee vingers in de lucht om aan te geven dat ze de tussenverdieping hadden bereikt en een paar minuten later stak hij drie vingers op.

Toen ging hij plotseling rechtop staan. Ik hoorde geschreeuw uit het huis komen.

'Ze hebben hem!' zei Ridge – maar toen: 'Wacht.'

Er werden over en weer dingen geroepen, Ridge gooide de ene mededeling na de andere eruit. 'Ja? Ik kan je verstaan. Niet terugtrekken.' Uiteindelijk zei hij: 'Oké, geef me één seconde,' en hij draaide zich om en richtte zich tot ons.

'We zitten in een impasse binnen,' zei hij. 'Bowie is gewapend en strijdlustig. Hij zegt dat hij niet met de geheime dienst wil praten.'

Ik hoefde hier niet lang over na te denken. 'Laat mij met hem praten,' zei ik.

Ridge stak zijn vinger op en richtte zich weer tot het microfoontje in zijn mouw. 'Peters, ik stuur een telefoon naar binnen...'

'Nee,' zei ik. 'Ik wil hem face to face spreken. Nu ziet hij alleen maar vijf gewapende agenten. Laten we er niet omheen draaien, Ridge. Je hebt ons hiernaartoe meegenomen met een reden en wij weten wat die reden is.'

Daarna werd er weer lang heen en weer gepraat tussen Ridge, het arrestatieteam en Constantine Bowie. Uiteindelijk werd er een overeenkomst bereikt. Bowie zou ze de rest van het huis laten controleren om er zeker van te zijn dat er verder niemand was en dan zou ik naar binnen gaan. Opeens gaf iemand me een kogelvrij vest en Ridge gaf me instructies.

'Hou het arrestatieteam te allen tijde tussen jou en Bowie in. Als je hem zover krijgt dat hij zich overgeeft, dan is dat mooi, als het niet lukt, wegwezen. Ga niet eindeloos lang door.' Hij keek nog een keer op zijn horloge. 'Een kwartier krijg je. Meer niet. Als je dan nog niet terug bent, kom ik je hoogstpersoonlijk halen.'

HOOFDSTUK 102

De profielschetser in mij draaide overuren toen ik de zolderverdieping betrad. Het huis van Bowie was fris en goed gemeubileerd. Een hoop geld was in vroeg-Amerikaanse kunst en antiek gaan zitten. Het was ook extreem netjes; geen rondslingerende tijdschriften, kranten of verdwaalde snuisterijen te zien. Je kon zien dat hier een controlfreak woonde. *Was dit het huis waar Zeus woonde? Had hij hier ook moorden gepleegd?*

Bowies slaapkamer lag boven aan de trap op de tweede verdieping.

Er stonden twee agenten van het arrestatieteam op de gang, ze knikten naar mij toen ik boven kwam, maar ze zeiden niets. Ik zag ook twee van de drie agenten die in de slaapkamer waren. Ze hielden Bowie vanuit verschillende hoeken onder schot met hun MP5's. Ik riep naar Bowie.

'Bowie, mijn naam is Alex Cross. Ik werk bij de MPD en ik kom binnen, oké?'

Er viel een stilte en toen hoorde ik een gespannen stem. 'Kom binnen. Ik wil je penning zien.'

Hij zat plat op de grond en droeg alleen een boxershort. Hij zweette als een otter. Het kingsize bed was duidelijk beslapen en de la van het nachtkastje stond open.

Hij zat onder het raam en had zichzelf ingesloten tussen het bed en een van de twee kasten. Zijn armen hield hij gestrekt voor zich en hij richtte een .357 SIG Sauer op de agent die het dichtst bij hem stond.

Wat me ook opviel was de zegelring die hij aan zijn rechterhand droeg – goud met een rode steen, net als de ring op de video die we inmiddels allemaal hadden gezien. *Jemig, hij maakte het ons allemaal wel heel makkelijk. Waarom? Was hij Zeus?*

Ik hield mijn handen voor me en liet hem mijn penning zien. Ik bleef op de drempel staan. De agenten stonden als standbeelden.

'Mooi huis,' zei ik direct. 'Hoe lang woon je hier al?'

'Wát?' Bowie liet zijn blik een halve seconde op mij rusten en keek daarna snel weer naar zijn doelwit.

'Ik vroeg me af hoe lang je hier al woonde. Dat is alles. Ik probeer het ijs een beetje te breken.'

Hij lachte minzaam. 'Om te kijken hoe scherp ik ben?'

'Precies.'

'Ik woon hier nu twee jaar. Margaret Vance is president van de Verenigde Staten en zeven keer acht is zesenvijftig, nou goed?'

'Dus je bent je bewust van de ernst van je eigen handelingen?' vroeg ik hem.

'Nu zit je verkeerd,' zei hij. 'Ik heb geen flauw idee wat hier gaande is.'

'Goed, dan zal ik het je vertellen. Ik zal een poging wagen althans. Je staat onder arrest, op verdenking van de moord op Sally Anne Perry.'

Zijn ogen schoten vuur zonder echt te bewegen. 'Stop 't maar in je reet! Ze proberen me al te grazen te nemen sinds ik eruit gezet ben.'

'Wie zijn ze?'

'De dienst. De FBI. En president Vance ook voor zover ik weet, verdomme.'

Ik zei even niets en haalde diep adem en hoopte dat hij hetzelfde zou doen. 'Je geeft verschillende signalen, Bowie,' zei ik. 'Het ene moment lijk je helemaal helder, het volgende...'

'O ja, dus alleen omdat ik paranoïde ben, zijn ze er niet op uit om me te pakken?'

Gek genoeg had ik daar niets tegen in te brengen, dus ik ging verder.

'Waarom vertel je me niet wat je van ons wilt horen voordat jij je wapen neerlegt?'

Hij wees met zijn kin naar de agent die het dichtst bij hem stond. 'Zij moeten eerst hun wapens neerleggen.'

'Kom op, Constantine. Dat gaat niet gebeuren en dat weet jij ook. Werk een beetje mee. Als je echt onschuldig bent, sta ik aan jouw kant. Waar heb je die ring vandaan?'

'Stop met die vragen. Gewoon kappen.'

'Oké.'

Zijn armen waren een en al spier, maar na minstens twintig minuten in gestrekte houding begonnen ze te trillen. En hij veranderde van houding. Hij ging op één knie zitten en liet de hand met het wapen op zijn knie rusten.

'Bowie, ik...'

Glasgerinkel. Dat was alles. Een van de kleine raampjes achter hem lag aan diggelen en Bowie viel met zijn gezicht naar beneden op het vloerkleed. Er zat een klein zwart gaatje in zijn achterhoofd.

Ik kon het niet geloven. Ik wilde het niet geloven. Het arrestatieteam kwam direct in actie. Iemand trok mij achterwaarts de gang op en de andere vier mannen gingen om Bowie staan.

'Eénmaal geschoten – het doelwit is neergegaan! We hebben hier medische assistentie nodig, nu!'

Een paar seconden later wurmde ik me weer de kamer in. Mijn hele lichaam trilde van woede. Waarom hadden ze op hem geschoten? Waarom nu? Ik had hem aan het praten gekregen. Bowie lag op de grond, zijn armen langs zijn zij. Door de gebroken ruit zag ik een agent op het tegenoverliggende dak staan met zijn geweer.

'Laat die medische assistentie maar zitten,' zei de commandant. 'We komen naar beneden en dan brengen we wel iemand naar boven.'

En toen werd ik door twee agenten op niet mis te verstane wijze de kamer uit geleid en naar beneden gebracht. Ik was duidelijk niet meer nodig hier.

Toen we de stoep voor het huis hadden bereikt, stonden daar de medische mensen te wachten. Het stond in het protocol om ze binnen te roepen, maar in dit geval was het niet meer dan dat. Ik had genoeg gezien om te weten dat Constantine Bowie zo dood was als hij maar zijn kon.

En ik was alleen maar lokaas geweest in deze hele verrotte zaak. Ze waren van het begin af aan van plan geweest om hem te doden.

Maar wie waren 'ze'?

HOOFDSTUK 103

Het leek allemaal te mooi, te makkelijk, maar dat betekende nog niet dat Constantine Bowie niet de moordenaar was. De dagen daarna werden gevuld met papierwerk, heel veel papierwerk. Ik denk dat de meeste mensen geen idee hebben hoeveel inkt ervoor nodig is om een moordzaak af te handelen en in het archief te stoppen, vooral niet een van deze omvang.

Zelfs niet als de FBI en de geheime dienst allebei beweren dat gerechtigheid is geschied.

Er stonden nog eindeloze vergaderingen op het programma en daarna openbare hoorzittingen. Er werd een parlementair onderzoek beloofd, na allerhande speculaties op Capitol Hill en in de media. In het hele land gonsde het van de geruchten, over de klantenlijst van Tony Nicholson, over de betrokkenheid van de geheime dienst en zelfs over wie er misschien nog vrij rondliep en deel had uitgemaakt van Bowies moordpartijtjes.

Toen het papierwerk allemaal gedaan was, nam ik voor de rest van de week vrij. Ik vertrok woensdagavond laat van kantoor en ging rechtstreeks naar het ziekenhuis. Nana zag er veel vrediger uit de laatste dagen, als een engel. Dat was op een bepaalde manier prettig om te zien, maar ook moeilijk te accepteren. Ik bleef het grootste deel van de nacht bij haar waken.

Tante Tia kwam me vroeg aflossen op donderdagochtend en ik ging snel naar huis. Daar trof ik Bree nog in bed aan. Ze was net wakker aan het worden en ik kroop snel naast haar.

'Doe wat je wilt,' fluisterde ze zacht, 'maar maak me niet wakker.'

Maar toen begon ze te lachen, draaide zich om en kuste me goedemorgen. Haar voeten en benen bleven met de mijne verstrengeld onder de dekens.

'Oké dan, doe maar met me wat je wilt,' zei ze.

'Dit voelt goed, weet je nog hoe het was?' vroeg ik.

Ze knikte en drukte haar voorhoofd tegen het mijne en ik bedacht dat ik misschien wel nooit meer ergens anders wilde zijn. Alleen maar hier. Voor altijd.

Toen ging de deur van de slaapkamer open. *Natuurlijk ging de deur van de slaapkamer open.* 'Papa, ben je thuis?' Ali stak zijn hoofd om de hoek en sprong op het bed voordat we hem konden vertellen dat hij weg moest wezen.

'Kleine man, hoe vaak heb ik je niet gezegd dat je eerst moet kloppen?' vroeg ik hem.

'Ongeveer een miljoen keer,' zei hij lachend en wurmde zich toch tussen ons in.

Jannie deed niet voor hem onder en kwam er al snel bij. Die twee begonnen tegen ons aan te kletsen alsof het niet pas half-zeven 's ochtends was. Maar het was toch wel erg fijn om weer met zijn allen bij elkaar te zijn.

Tegen zevenen stond ik een berg eieren met spek en tomaat te bakken terwijl Bree koffie zette en sinaasappelsap inschonk. Jannie en Ali spelden de ochtendkrant op zoek naar mijn naam en vanuit de woonkamer klonk Gershwin. Het was niet helemaal hetzelfde als in bed liggen met Bree, maar het kon ermee door.

Juist op het moment dat ik mijn ontbijtcreaties uit de pan wilde schudden, begon er boven een telefoon te piepen, hard genoeg om boven de muziek uit te komen.

Iedereen stopte meteen met wat hij aan het doen was en keek naar mij, terwijl ik daar stond met mijn vette bakspaan in de hand.

'Wat is er?' vroeg ik met wijd open ogen en een onschuldige uitdrukking op mijn gezicht. 'Ik hoor niks.'

Er ging een gejuich op aan tafel en ik kreeg zelfs een tikje op mijn bil van Bree.

Wie het ook was, hij of zij had goed aangevoeld dat-ie het niet nog een keer moest proberen.

HOOFDSTUK 104

Een paar uur later kwamen Bree en ik thuis nadat we de kinderen naar school hadden gebracht en boodschappen hadden gedaan. 'Naar boven, jij,' zei ik tegen haar nog voor de voordeur achter ons dicht was. 'We hebben nog iets met elkaar te verhapstukken, jij en ik.'

Ze nam de boodschappentas van me over met een zoen. 'Ik kom eraan. Niet zonder mij beginnen.'

Ik was halverwege de trap toen ze me vanuit de keuken riep. 'Alex!' Ze klonk gespannen. Wat nu weer? 'Bezoek.'

Toen ik de keuken binnen kwam, stond zij bij het gangetje naar de serre en keek naar buiten.

'Drie keer raden wie hier is,' zei ze.

Ik kwam naast haar staan en zag Ned Mahoney in onze achtertuin zitten. Hij trommelde met zijn vingers op onze tuintafel.

'Wel verdómme,' zei ik.

Hij bleef zitten waar hij zat toen ik naar buiten kwam om te kijken wat er aan de hand was.

'Belde jij vanochtend?' vroeg ik. Ned knikte en nog voor hij een woord had gezegd, wist ik dat de zaak nog niet voorbij was. 'Wil je binnenkomen?'

'Laten we hier praten,' zei hij.

Ik griste een jas en twee koppen koffie mee van binnen en liep naar de tafel.

Ned nam een slok van zijn koffie toen ik ging zitten. Hij zag er uitgeput uit. Zijn normale uitbundigheid leek verdwenen – of op zijn minst getemperd.

'Gaat-ie?' vroeg ik hem.

'Alleen een beetje moe,' zei hij. 'Ik heb het niet losgelaten, Alex. Ik heb al mijn vrije dagen en al mijn vakantiedagen opgemaakt. Kathy staat op het punt me te vermoorden.'

Ik knikte. 'Bree ook. En zij heeft een pistool.'

'Maar het was zeker de moeite waard. Ik heb iemand die je moet ontmoeten. Hij heet Aubrey Lee Johnson. Hij woont in Alabama, maar hij heeft een groothandel in visserijartikelen waardoor hij vaak in Virginia is.'

Ned nam zijn laatste slok koffie en ik schoof mijn kop naar hem toe. Hij kreeg weer een beetje praatjes. 'Deze kerel heeft een verhaal waarvan hij denkt dat het belangrijk kan zijn. En weet je, Alex? Het ís belangrijk.'

HOOFDSTUK 105

Mahoney zou zeker geen vergoeding of verlof krijgen hiervoor. Zelfs als het zijn zaak was geweest, wat het niet was, zat de FBI nogal op onze belastingcenten en vroeg liever agenten van de lokale hoofdbureaus voor ondervragingen in een andere staat. Ned had al een paar mailtjes uitgewisseld met het hoofdkantoor in Mobile, maar uiteindelijk besloten we toch maar op eigen kosten naar Alabama te vliegen.

We kwamen de volgende morgen laat aan op de regionale luchthaven van Mobile en huurden daar een auto.

Aubrey Johnson woonde op Dauphin Island, een uur rijden in zuidelijke richting. Het was een slaperig stadje, in elk geval in deze tijd van het jaar, en we vonden zonder problemen zijn winkel – Big Daddy's Visgerei, op Cadillac Avenue.

'Is dit de reden van onze komst? Big Daddy's Visgerei?' zei ik tegen Ned.

'Raar maar waar, maar hier is het, dit is het eindpunt van onze reis. De samenzwering komt hier tot een eind. Tenminste, als we geluk hebben.'

'Nou, laten we dan maar beginnen met geluk hebben.'

Johnson was een lange, vriendelijke kerel van halverwege de vijftig. Hij haalde ons binnen als een stel oude vrienden, vlak voordat hij de deur op het nachtslot deed achter ons.

Ned had hem al ondervraagd over de telefoon, maar Johnson vertelde voor mij het hele verhaal opnieuw – hoe hij ongeveer een maand geleden 's avonds laat op Route 33 in Virginia reed en een prachtig meisje in gescheurde lingerie uit de bosjes kwam gekropen en voor zijn auto was gesprongen.

'Eerlijkheid gebiedt mij te zeggen dat ik dacht dat ik die nacht een mazzeltje had,' zei hij, 'tot ik zag hoe slecht ze eraan toe was. Als ze haar met een iets groter kaliber hadden geraakt in haar rug, was ze dood geweest.'

Maar goed, het meisje had erop aangedrongen dat Johnson bleef doorrijden, in elk geval tot ze de staatsgrens over waren. Even buiten Winston Salem had hij haar naar de eerstehulp gebracht.

'Maar Annie bleef niet wachten tot de politie er was,' ging hij verder. 'Ze zei dat ze daar ofwel te voet, ofwel in mijn auto zou vertrekken, dus ik heb haar weer meegenomen. Dat had ik misschien niet moeten doen, maar het is nu eenmaal gebeurd. Sindsdien zorgen mijn vrouw en ik voor haar.'

'Ze heet Annie?' vroeg ik.

'Daar kom ik zo op,' zei Johnson.

'Waarom heeft ze zich gemeld?' vroeg ik hun. Het enige wat ik wist was dat het contact tussen meneer Johnson en Mahoney gelegd was vóór de namen Constantine Bowie en Zeus de voorpagina's van de kranten hadden gehaald.

'Dat is een beetje ingewikkeld,' zei hij. 'Ze heeft ons nog steeds niet alles verteld. We weten niet eens hoe ze echt heet; we noemen haar gewoon Annie om het eenvoudig te houden. Toen ik hier en daar een balletje opgooide, kon ik niet zo heel veel informatie geven, dus ik denk dat mensen me niet al te serieus namen. Tenminste, totdat agent Mahoney me belde. Hij reageerde op een telefoontje dat ik had gepleegd naar het hoofdkantoor van de FBI in Mobile.'

'En waar is ze nu, Aubrey?' vroeg Ned.

'Ze is vlakbij.' Johnson stond op en pakte een sleutelbos van de toonbank. 'Ze mag het jullie zelf vertellen, maar ik zal je dit vertellen: die man die ze Zeus noemen op het nieuws? Zij zegt dat jullie de verkeerde te pakken hebben. Zij heet geen Annie, en hij geen Zeus.'

HOOFDSTUK 106

Johnson reed door het dorpje in zijn pick-up terug in de richting vanwaar we waren gekomen, bijna tot aan de brug naar het vasteland.

Toen sloeg hij af en parkeerde bij de Dauphin Island-jachthaven. Minder dan de helft van het aantal ligplaatsen was bezet en het kantoortje en de snackbar aan de waterkant zagen er dicht uit. Het seizoen was voorbij, alles was afgesloten.

We volgden hem over een van de drie lange steigers naar een sportvissersboot met de naam The May. Een stevig gebouwde vrouw, waarschijnlijk mevrouw Johnson, zat te wachten op het dek. Ze keek ons met heel wat meer scepsis aan dan haar man had gedaan.

'Zijn dit ze?' vroeg ze.

'Je weet dat dit ze zijn, May. Toe maar.'

Ze bewoog niet. 'Dit meisje is door een hel gegaan, begrijpen jullie? Jullie moeten echt voorzichtig met haar zijn.'

Ik had geen aanmerkingen op haar houding; sterker nog, ik was haar dankbaar. We verzekerden mevrouw Johnson dat we aardig voor het meisje zouden zijn en toen volgden we haar naar een kleine hut benedendeks.

'Annie' zat in de kromming van de muurbank, ze oogde afgetobd en nerveus. Maar desondanks was ze duidelijk een mooi meisje, met de licht Aziatische trekken waar Tony Nicholson zo'n voorkeur voor had gehad op Blacksmith Farms. Haar broek

302

en het wijde roze sweatshirt waren ofwel geleend, ofwel koopjes uit een tweedehandswinkel en ze droeg een grijze mitella om haar rechterarm. Ze zat in elkaar gedoken en als ze bewoog kon ik zien dat haar rug, de plek waar ze was geraakt, nog steeds een beetje pijnlijk was.

Mahoney begon met ons voor te stellen en vroeg of ze bereid was haar echte naam te vertellen.

'Ik heet Hannah,' zei ze, in eerste instantie een beetje voorzichtig. 'Hannah Willis. Kunt u me daar misschien mee helpen? Met het aannemen van een andere identiteit? Getuigenbescherming, of wat jullie tegenwoordig ook doen.'

Ned legde uit dat het ministerie van Justitie zou bepalen of zij überhaupt moest getuigen, maar als dat zo was, dan ja, dan was zij de ideale kandidaat voor het getuigenbeschermingsprogramma. Maar tot die tijd, verzekerde hij haar, zouden we niets in ons dossier opnemen van wat zij te vertellen had.

'Laten we beginnen met wat er met je gebeurd is,' zei ik. 'De nacht dat Aubrey je met zijn pick-up heeft opgepikt.'

Ze knikte langzaam, ze probeerde haar gedachten en herinneringen bijeen te rapen, of misschien wel de moed om ze te verwoorden. May Johnson zat naast haar en hield de hele tijd haar hand vast.

'Er zou een of ander privéfeest zijn op Blacksmith,' zei Hannah. 'We wisten niets, behalve de schuilnaam van de klant. Zeus. Misschien had hij wel een hoge dunk van zichzelf? Om de naam van een god als schuilnaam te gebruiken?'

'Was dit feestje in het appartement boven de schuur?' vroeg ik.

'Klopt.' Ze leek verrast dat ik dat al wist. 'Ik was daar nog nooit geweest, maar ik wist dat daar beter betaald werd.'

'Als je zegt "we",' vroeg Ned, 'met z'n hoevelen waren jullie dan bij Zeus?'

'Alleen ik en nog een ander meisje, Nicole,' zei ze. 'Maar ik betwijfel of dat haar echte naam was.'

Het was ook niet de eerste keer dat ik die naam hoorde vallen. Ik voelde mijn hart tekeergaan. Ik stak mijn hand in mijn zak en haalde de foto van Caroline eruit die ik vanaf het begin van deze horror bij me had gedragen.

'Is dit haar, Hannah?' vroeg ik.

Ze knikte en de tranen begonnen te stromen.

'Ja, meneer. Dat is het meisje dat is gestorven. Dat is Nicole.'

HOOFDSTUK 107

Ik luisterde aandachtig en probeerde mijn gevoelens van woede en razernij weg te houden van de informatie die Hannah ons gaf over de moord op Caroline en haar eigen afschuwelijke ervaringen op Blacksmith Farms.

Ze beschreef hoe Zeus hen aan het bed had vastgemaakt met handboeien en hen daarna met zijn vuisten en zijn tanden had bewerkt. Hij had zich meer op Caroline gericht dan op haar, om redenen die ze niet begreep, nog steeds niet. Tegen de tijd dat hij beide vrouwen had verkracht, zei ze: 'Nicole was nauwelijks nog bij kennis en het hoeslaken was glibberig van het bloed.'

Niet snel daarna vertrok hij en Hannah begon te hopen dat het ergste voorbij was, tot er twee mannen kwamen en ze meenamen. De ene was lang en blond, de andere hispanic en gedrongen. Op dat moment begreep ze wat er ging komen – uitgaande van wat er met Zeus was gebeurd, *en uitgaande van wat zij en Caroline over hem wisten.*

'Ze werkten snel, alsof ze het vaker hadden gedaan. Ze ruimden zijn troep op,' zei Hannah. 'Ik zie die twee nog zo voor me. En die verveelde uitdrukking op hun gezicht.'

Beide meisjes werden naar beneden gedragen en in de achterbak van een auto gestopt. Hannah vertelde ons hoe ze de hand van Caroline vast had gehouden in het donker en dat ze zo lang mogelijk had geprobeerd haar aan de praat te houden. Maar op een gegeven moment antwoordde Caroline niet meer.

Tegen de tijd dat ze op de plaats van bestemming waren aangekomen en de achterklep weer openging, was ze dood.

Ze waren in de bossen, bij een of andere hut. Er was een derde man, en hij leek het werk van die andere twee over te nemen. Het enige licht kwam uit zijn lantaarn en hij had die opgehouden om Hannahs gezicht te bestuderen. Hij had naar haar gekeken alsof ze een homp vlees was. Toen zette hij de lantaarn op de grond om Caroline beter te bekijken, om te zien of ze wel echt dood was.

Op dat moment besloot Hannah dat ze niets te verliezen had, ze zouden haar zeker ook vermoorden. Ze schopte de lantaarn omver en rende het bos in.

De drie mannen kwamen uiteraard achter haar aan en er werd geschoten. Ze raakten haar in haar rug. Op de een of andere manier lukte het haar om te blijven rennen. Ze kon het niet verklaren en ze kon het zich eigenlijk ook niet meer zo goed herinneren. Ze wist nog wel precies dat ze op de weg terecht was gekomen en de naderende koplampen van de pickuptruck van Aubrey Johnson had gezien.

Het hele verhaal sloot aan bij wat ik al wist – de aanwijzingen van tandafdrukken op Carolines stoffelijk overschot; de hut in de bossen; de beschrijving van die twee mannen met de auto. Maar één vraag bleef in de lucht hangen.

Dé vraag.

'Wie was hij, Hannah? Wie was Zeus? Hoe wist je wie hij was?'

'We wisten het omdat hij zijn gezicht liet zien aan ons. Hij heeft dat vreselijke masker opgetild en zei dat het niet uitmaakte of Caroline en ik zijn gezicht zagen.'

'Hannah,' zei ik nog een keer. 'Wie is hij? Wie is Zeus?'

En zelfs op dat moment, met alles wat ik wist van de zaak, was ik totaal verbijsterd door haar antwoord.

HOOFDSTUK 108

De grote hal van het Kennedy Center leek wel een kerstetalage van Macy's. Het was de avond van het jaarlijkse eregala. De vijf grootste sterren uit de entertainmentwereld waren vanavond onderscheiden met een erepenning en het leek wel of half L.A. hier was en zich mengde met half D.C. Voor Washingtonse begrippen was er geen avond als deze. Er was geen gelegenheid waarbij er meer sterren bij elkaar waren dan nu.

Voor Teddy was het zeker een avond om feest te vieren. Als je de celebrity's vroeg wat er die week op de voorpagina van de kranten had gestaan, hadden negen van de tien hetzelfde antwoord gegeven. Zeus was dood. Een heel slechte man had vreselijke dingen gedaan en hij had de hoogste prijs betaald voor zijn onfatsoenlijkheid. Het was een klassiek geval.

En net als elk goed sprookje, was het een leugen die alleen zijdelings was gebaseerd op de werkelijkheid. Sterker nog, Zeus was hier, onder de mensen, en hij genoot van de kreeftcocktail en de champagne, net als ieder ander. *Nou, niet helemaal als ieder ander.* Teddy's wereld was er een waarin zelfs de machtigste mensen regelmatig in zijn kont kropen en waarin mensen grif betaalden om met hem in dezelfde ruimte te mogen zijn. Als dat geen privilege was dat de moeite waard was om in stand te houden, dan wist hij het niet meer.

Maar dan was er nog wel de kwestie van zijn 'driften'. Om mooie meisjes te neuken. Om ze te zien lijden. Om te moorden.

Of hij die 'driften' wel of niet onder controle kon houden, was nog even de vraag, maar de timing, en de kans om alles achter zich te laten, kon niet beter. Hij was buiten gevaar. Hij had een tweede kans gekregen.

Dus Teddy duwde al die nare gedachten naar de achtergrond, waar ze nu in elk geval thuishoorden, en hij ging verder met het afwerken van de zaal zoals alleen hij dat kon. Dit was op en top Teddy; Teddy op zijn best; Teddy in zijn element.

Hij maakte een praatje met Meryl Streep en John McLaughlin bij de bar. Hij complimenteerde de voorzitter van het Huis van Afgevaardigden met zijn geslaagde *Meet the Press*-interview. Hij feliciteerde Patti LuPone, een van de eregasten van die avond, met wat ze allemaal voor fantastisch had bereikt – wat dat dan ook mocht wezen. En hij liep weer verder, altijd in beweging, altijd in beweging, bleef nooit te lang op een plaats staan, bleef nooit te lang plakken, onthulde niets van zichzelf. Dat was de schoonheid en de allure van het cocktailuur.

Uiteindelijk kwam hij in de Hall of Nations Maggie tegen, die stond te smoezen met de nieuwe Democratische gouverneur van Georgia en zijn vrouw, die eruitzag als een hazenwindhond. Teddy kon nooit onthouden hoe ze heette.

'Als je het over de duivel hebt.' Maggie gaf hem een arm. 'Dag, schat. We hadden het net over je. Douglas, Charlotte en ik.'

'Hallo Doug, Charlotte. Niets dan goeds, mag ik hopen,' zei hij en de anderen lachten alsof dat van ze verwacht werd en dat was ook zo.

'Je vrouw stond net te vertellen dat je zo'n goede ruiter bent,' zei de gouverneur.

'Ah,' antwoordde Teddy. 'Mijn publieke geheimpje. Ik heb er nog maar weinig over heden ten dage. Ik zie niet graag dat die de wereld ingaan.'

'Jullie moeten een keer naar onze boerderij komen. We hebben prachtige ruiterpaden in de omgeving van ons zomerhuis.'

'Dat klinkt geweldig, de boerderij,' zei hij en hij vertelde de leugen die nooit iemand kwetst. 'En de president en ik nodigen jullie een keer uit om op het Witte Huis te komen logeren.' Hij keek naar Maggie en glimlachte kalm. 'Toch, schatje?'

HOOFDSTUK 109

Toen we die avond van het vliegveld kwamen, waren Ned Mahoney en ik verwikkeld in een telefonische vergadering die snel bijeen was geroepen toen wij nog in de lucht hingen. Theodore 'Teddy' Vance zou met zijn vrouw, de president van de Verenigde Staten, op het eregala zijn in het Kennedy Center. We hadden hem. De vraag was nu alleen nog hoe we het moesten aanpakken.

De meeste weerstand kwam van de geheime dienst, die ironisch genoeg het minst te zeggen had in deze beslissing, op mij na misschien. Hun plaatsvervangend hoofd onderzoek, Angela Riordan, was het meest aan het woord.

'We gaan zeker geen gebruikmaken van een arrestatiebevel of dat soort onzin, begrepen? Dit is wel de *first gentleman* van de Verenigde Staten waar we het hier over hebben. Als de FBI denkt dat ze onze beveiliging kan passeren, dan is hij vertrokken voor er ook maar iemand het gebouw heeft betreden. Moet ik mezelf nog een keer herhalen?'

'Daar hebben wij geen problemen mee, Angela.' Dat was Luke Hamel van de FBI die op de zaak had gezeten voor die naar Charlottesville was overgeplaatst. De baas van de FBI was er ook, Ron Burns, die meeluisterde met een paar mensen van de juridische afdeling. 'Niemand heeft het hier over arrestatie,' ging Hamel door. 'We willen alleen met hem praten. Hij is een belangrijke persoon in deze zaak.'

'Dan is er geen enkele reden waarom dit niet kan wachten tot morgen.' Ik herkende het lichte accent van de persoonlijke advocaat van Vance, Raj Doshi, die tijdens ons gesprek onderweg was vanuit Maryland.

'Eigenlijk is er een erg goede reden,' zei ik. 'Er zijn al mensen gestorven door deze doofpotaffaire. Als we vanavond niks doen, betekent dat dat we het risico lopen dat er nog meer slachtoffers vallen en het feit dat we dit gesprek nu voeren maakt het risico daarop alleen maar groter.'

'Sorry – rechercheur Cross, was het toch?' vroeg Riordan. 'We gaan geen tactische beslissingen nemen op grond van uw onderbuikgevoelens, of uw paranoia.'

'Met alle respect, maar u weet helemaal niet of ik paranoïde ben of niet,' zei ik. Ik wilde er niet een al te groot punt van maken, maar Ned Mahoney en ik hadden meer troeven in handen dan wie dan ook in dit gesprek.

Uiteindelijk denk ik dat Riordan inzag dat ze geen goede argumenten had en ze stemde erin toe dat Vance werd aangehouden voor ondervraging.

Toen Doshi erop stond dat de ondervraging op een geheime locatie zou plaatsvinden, had de FBI daar geen bezwaar tegen. Ze kwamen snel overeen dat het Eisenhower-gebouw een goede plek was.

'Cross hier nog even,' zei ik in de luidspreker. 'Dan Cormorant heeft dienst vanavond in het Kennedy Center, mag ik aannemen?'

'Waarom wil je dat weten?' Dat was agent Silo Ridge, ik wist niet eens dat hij ook aan de lijn hing.

'Cormorant is mijn contactpersoon bij de geheime dienst, inzake Zeus,' zei ik. 'Het zou me verbazen als hij géén nuttige informatie voor ons had.'

De waarheid was dat ik Cormorant een paar dingen wilde vragen en ik wilde hem onder vier ogen spreken voor ik dingen zou zeggen waar ik later spijt van zou krijgen.

Ze gaven geen antwoord, maar dat deed er ook niet toe. Ik zou er snel genoeg achter komen. Ik zag het Kennedy Center al voor ons opdoemen.

HOOFDSTUK 110

Dit was waarschijnlijk de grootste vernedering uit de politie-analen, in elk geval in mijn eigen politiegeschiedenis.

We verzamelden ons op het terras van het Kennedy Center net buiten de grote hal waar het feest in volle gang was. Ik had al een handjevol filmsterren voorbij de achttien meter hoge ramen zien schuiven, maar nog geen spoor van Teddy Vance. *Geen spoor van Zeus?*

Luke Hamel van de FBI had nog een hoofdagent meegenomen, James Walsch, die ik niet herkende en die ik denk ik nooit eerder had ontmoet. Mijn oude baas, Ron Burns, hield zich op de achtergrond, maar hij had er wel voor gezorgd dat er plaats was voor mij en Mahoney. Ik zou hem wel weer een keer een wederdienst bewijzen.

Van de geheime dienst hadden we Riordan en Ridge, naast het team dat al ter plaatse was. Dat hield in dat er agenten in smoking bij alle deuren stonden, er veel politie op straat was en een helikopter en medische hulpdiensten stand-by; de standaardbezetting bij een presidentieel evenement.

Op het Witte Huis na was er op dit moment geen gebouw in Washington dat beter beveiligd was. Ik voelde de spanning bezit van me nemen.

Zodra we allemaal onze posities hadden ingenomen, kondigde Riordan een tijdelijke noodverordening af – er mocht niemand meer in of uit, tot de first gentleman het pand had verlaten. Daarna werd het verkeer omgeleid. Een heleboel automobilisten werden daardoor flink gedupeerd, maar dat was nu niet onze grootste zorg.

De first gentleman was naar alle waarschijnlijkheid een moordenaar.

Binnen een minuut kwam Dan Cormorant naar buiten in zijn smoking. Hij richtte zich rechtstreeks tot Angela Riordan en negeerde de anderen.

'Mevrouw, we kunnen naar binnen.'

'Oké. Ik wil dat dit een rustig vertrek wordt, begrepen, Dan? Montana komt deze kant op en we gaan dan naar het Eisenhower.'

'Ja, mevrouw.'

Hij zag nog net dat ik hem aan stond te staren voor hij zich omdraaide en wegliep. Ik wist niet in hoeverre Cormorant op dat moment al op de hoogte was gesteld, maar mijn aanwezigheid sprak voor zich. Hij zou moeten weten waar dit over ging. Maar ik kon niets van zijn gezicht aflezen en hij liep alweer naar binnen en gaf bevelen door via het microfoontje in zijn mouw.

'Cormorant hier. Team Montana moet zich voorbereiden op vertrek, onder mijn leiding. We hebben vervoer nodig vanaf het noordplein. Nú.'

Instinctief boog ik me naar Ridge toe en fluisterde in zijn oor: 'Je zou met hem mee moeten gaan.'

Hij keek me niet aan. 'Dank voor de tip, rechercheur.'

'Ik meen het,' zei ik tegen hem, maar hij stak zijn hand uit om me tegen te houden, het was meer een hele arm.

'Cross, op een dag word jij de koning van de wereld, maar in de tussentijd moet je je niet te druk maken.'

Dat viel me zwaar. Ik vond dit helemaal geen fijn scenario – niet als Theodore Vance echt onze moordenaar was.

HOOFDSTUK 111

Er was iets niet in de haak. Teddy kon de spanning van Cormorant al voelen voor de agent van de geheime dienst nog maar één woord had gezegd. 'Sorry, meneer. Wilt u even met me meekomen? Het is belangrijk.'

Maggie zag het ook en wist meteen hoe ze moest reageren. Ze lachte haar stralendste grote-feestjes-lach. 'Hou hem niet te lang bezig, Dan, oké?'

'Nee, mevrouw.'

'Gouverneur, hou die gedachte even vast,' zei Teddy tegen hun gast. 'Ik ben zo terug.'

En toen, hij wist zelf ook niet goed waarom, boog hij zich naar zijn vrouw en kuste haar op de wang. 'Ik hou van je, lieveling,' fluisterde hij en zij knipoogde terug.

Lieve Maggie. De wereld zou waarschijnlijk nooit weten hoe goed deze vrouw kon zijn. Niet dat hij echt van haar hield, of beter gezegd, dat hij wist hoe dat voelde, echt van iemand houden. Maar het werkte. Zij samen werkte. Hoewel er veel was wat zij nooit van hem te weten zou komen, kon dat niet tenietdoen wat er wel was tussen hen. De som der delen, en dat soort dingen. Gecompliceerd, net als alle relaties.

Hij zette stevig de pas erin om naast de agent te komen en samen liepen ze door de hal.

'Wat is er aan de hand, Dan?'

'Meneer, u moet rustig blijven,' zei Cormorant. 'De FBI wil u wat vragen stellen. Ze wachten buiten op ons en volgen ons naar het Eisenhower.'

Teddy hield even zijn pas in. 'Wacht even. Probeer je...' Hij draaide zijn hoofd opzij en glimlachte naar een paar mensen die hem aangaapten. Toen draaide hij de zaal zijn rug toe. 'Probeer je me hier een beetje een hartverzakking te bezorgen?'

'Meneer, ik weet wat ik doe. Echt. U moet me vertrouwen.'

'Jou vertrouwen? Je drijft me regelrecht in hun armen!'

Cormorant stak de hand met het zendertje in zijn zak en hij ging over op fluistertoon. 'Heb ik me nog steeds niet bewezen? Jezus, Teddy, denk eens na. Ze willen je alleen maar wat vragen stellen.'

'Waarom geloof ik dat niet, Dan? Dit is niet goed. Dit is helemaal niet goed, toch?'

'Luister.' De blik van de agent dwaalde naar de verste uitgang en terug. 'De enige mogelijke weg naar buiten is door die uitgang. We lopen door, of ze komen naar binnen om je te halen. We kunnen geen kant op, Teddy. Als ze naar binnen komen, staat de president voor schut.'

Hij kon ze zien staan, een groepje mannen in donkere pakken op het terras – inclusief die rechercheur die hem op de hielen zat. Alex Cross. Die allang dood en opgeruimd had moeten zijn.

'Meneer, we moeten gaan.'

'Jut me niet zo op, verdomme! Vergeet niet – ik ben Teddy Vance.'

Teddy trok zijn strikje recht en pakte een glas champagne van een dienblad van een passerende ober. Het viel niet mee om het niet in één keer achterover te slaan. Alleen een slokje en nog een ongedwongen glimlach voor de zaal, terwijl het bloed in zijn oren suisde.

'Oké,' zei hij. 'Laten we maar gaan. Ik kan vast wel een paar van hun vragen beantwoorden.'

HOOFDSTUK 112

Dan Cormorant was rustig en efficiënt, dat moet ik hem nageven. Hij verdween de grote hal in en verscheen vijfenveertig seconden later weer met Theodore Vance aan zijn zijde. Tot zover leek het allemaal goed te gaan. Maar toen stopte Vance voor hij de deur had bereikt. Hij draaide zich om om iets tegen de agent van de geheime dienst te zeggen. Cormorant stak zijn zendertje in zijn zak. Dit was niet goed, dit was helemaal niet goed.

Naast me legde Angela Riordan een hand over haar oortje, en probeerde te horen wat er gezegd werd. 'Dan, wat doe je?' Hij gaf geen antwoord.

'Cormorant, loop door. Dan! Haal Montana naar buiten, nu,' zei Riordan.

Ze gebaarde naar agent Ridge dat hij naar binnen moest gaan, maar trok hem terug toen Vance zelf omdraaide en onze kant op kwam lopen. Hij keek ons nu recht aan.

Was hij Zeus? Volgens Hannah Willis wel. En ik geloofde haar.

Cormorant liep vlak achter hem. Aan weerskanten van de first gentlemen liepen drie beveiligingsmannen van het presidentiele paar iets voor hem uit. Een agent bij de uitgang deed de deur open en stapte als eerste naar buiten en hield de deur open om Vance door te laten.

Daarna ging alles bliksemsnel. Zo'n moment dat in een seconde voorbij is, maar dat is vastgelegd in het geheugen en nooit meer vergeten wordt.

Cormorant ging vrijwel geheel schuil achter Vance en ik zag alleen dat het rugpand van zijn jasje opwipte.

Mijn Glock kwam een fractie later tevoorschijn, maar toen was het al te laat.

Cormorant richtte zijn .357 en schoot Theodore Vance door het achterhoofd. Vance vloog naar voren en viel hard op de stenen.

Er volgde chaos. Onbegrip. Angst. Ongeloof. Bijna direct werd Cormorant onder vuur genomen door de agenten om hem heen. Binnen een paar seconden lag hij ook op de grond en brak er totale gekte los.

Honderden mensen gilden en probeerden bij de uitgang te komen. Direct werden de gordijnen van de hal gesloten, waardoor het zicht op de schietpartij werd weggenomen.

Terwijl de gordijnen dichtgingen, zag ik nog net een groepje agenten van de geheime dienst die met naar ik aanneem de president in hun midden naar de eerste de beste kamer die ze voor dat doel hadden ingericht renden. Ik vroeg me af of ze wist dat haar echtgenoot was neergeschoten.

Riordan schreeuwde in haar microfoontje in een poging boven de herrie uit te komen. 'Er is geschoten! Montana is neer, ik herhaal, Montana is neer! We hebben een reanimatieteam nodig op het terras aan de noordzijde. Nú!'

Het veiligheidsteam van Teddy Vance had zich in een cirkel van twee rijen dik om hem heen opgesteld, de ene groep dicht bij de grond en de andere groep met het gezicht naar buiten, de wapens getrokken. Mahoney en ik liepen uit elkaar, als onderdeel van een cirkel met een grotere omtrek.

De media drong zich al op aan de randen, erop gebrand hun verhaal te krijgen, om wat dan ook op te vangen. Overal waren agenten, er loeiden sirenes op straat en plotseling klonk er van alle kanten een oorverdovend geschreeuw.

Het was nog te vroeg om een officiële verklaring te geven, maar ik dacht dat ik wel wist waar we zojuist getuige van waren geweest. Cormorant was een oudgediende, een patriot, althans dat vond hij zelf. Hij had gewacht tot Teddy Vance het gebouw had verlaten en had toen één fataal schot gelost, in de wetenschap dat hij direct neergeschoten zou worden. Het was zowel zelfmoord als moord – het laatste bedrijf van een bloedige doofpotaffaire, en helemaal in de stijl van Cormorant zelf – de enige manier die hij nog zag om voor zijn president de schade beperkt te houden.

HOOFDSTUK 113

Ik kwam die ochtend om halfvijf thuis, nog natrillend en uitgeput, misschien voorlopig de laatste keer dat ik zo laat thuis kwam. Als Bree nog niet wakker was, zou ik haar wakker maken en haar vertellen wat er was gebeurd...

Maar Bree was er helemaal niet. Bree was niet thuis.

Het drong pas echt tot me door toen ik de breitas van tante Tia naast de keukentafel op de grond zag staan. Tia was op de kinderen komen passen en engel Bree was naar het ziekenhuis gegaan om mijn nachtdienst over te nemen. Natuurlijk had ze dat gedaan. Ze zou het net zo vervelend hebben gevonden als ik als Nana alleen was 's nachts.

Ik zat al bijna weer in mijn auto, maar het was zinvoller om Bree straks pas af te lossen zodat tante Tia dan naar huis kon. We moesten zo efficiënt mogelijk met onze tijd omgaan.

Dus ging ik naar boven en ging op bed liggen, klaarwakker en met een gonzend hoofd van alle gebeurtenissen, niet alleen van vannacht, maar van de afgelopen weken. De klap zou nog maanden, zelfs jaren, nagalmen, daar was ik zeker van. We wisten nog steeds niet hoeveel Carolines er waren geweest en misschien zouden we daar ook nooit meer achter komen. We wisten ook niet hoeveel mensen betrokken waren bij het verhullen van Zeus, en ook niet wie die mensen waren. Theodore Vance was een succesvol en zeer vermogend zakenman geweest. Hij had de middelen om te doen wat hij wilde, of waarover hij fantaseerde. En kennelijk was dat precies wat hij had gedaan.

Later die dag moest ik mijn schoonzusje Michelle bellen. Ik moest ook nog beslissen hoeveel ik haar zou vertellen van het verhaal van haar dochter. Sommige details hoorden niet in de herinneringen van een moeder thuis. Soms vroeg ik me af of ze wel in mijn herinneringen thuishoorden.

Ik was nog geen halfuur thuis, of op de gang ging de telefoon.

Ik sprong op en nam op voor hij voor de derde keer overging. Gezien de gebeurtenissen van de afgelopen vierentwintig uur zou een fiks aantal mensen naar mij op zoek kunnen zijn.

'Alex Cross,' fluisterde ik.

En op dat moment veranderde alles weer.

'Alex, met Zadie Mitchell, ik bel vanuit het ziekenhuis. Hoe snel kun je hier zijn?'

HOOFDSTUK 114

Ik rende.

Ik rende naar mijn auto op de oprit.

Ik reed met loeiende sirene naar het St. Anthony-ziekenhuis en rende de trappen op naar de kamer van Nana.

Toen ik binnenkwam zag ik Bree zitten, tranen liepen over haar wangen. En naast haar, in het bed, met ogen als spleetjes – maar ópen – lag Nana Mama.

Regina Hope Cross, de sterkste persoon die ik in mijn hele leven had ontmoet, was nog niet klaar met ons.

Haar stem was slechts een zacht geknisper, het klonk een beetje als atmosferische storing, maar ik raakte er helemaal van in de war. 'Waar bleef je nou?' zei ze. 'Ik ben er weer.'

'Ja, ik zie het.' Ik straalde toen ik me vooroverboog om haar zo voorzichtig mogelijk te kussen. Ze lag nog steeds aan twee infusen en aan de hartbewaking, maar ze was van de beademing af en het was alsof ik naar iemand keek die ik in geen weken had gezien.

'Heb ik iets gemist?' vroeg ze.

'Neuh, niet veel. Bijna niks. De wereld is gestopt met draaien zonder jou.'

'Heel grappig,' zei ze, al bedoelde ik het nog best serieus. Al het andere kon wachten.

Zadie en een van de cardiologen, dr. Steig, bekeken hoe Nana's gezondheid was. 'Regina heeft wat wij noemen een LVAD nodig,' zei de dokter. 'Een *left ventricular assist device*. Die helpt het hart beter te functioneren. Het is op een transplantatie na het beste wat we hebben en daardoor kan ze sneller naar huis.' Hij legde een hand op Nana's schouder en praatte wat harder. 'Is er iets waar je in het bijzonder naar uitkijkt, Regina?'

Ze knikte zwak. 'Naar het nog niet dood zijn,' zei ze en ik lachte, net als iedereen.

Haar ogen gingen alweer dicht.

'De komende dagen zal ze nog wel steeds af en toe wegzakken,' zei Steig. 'Niks om je zorgen over te maken.'

Hij nam nog een paar minuten de tijd om met Bree en mij door te nemen wat er allemaal ging gebeuren en toen liet hij ons alleen met Nana.

We zaten samen naast het bed en Bree vertelde dat ze het nieuws had gezien. Alle grote zenders zonden live uit vanaf het Kennedy Center, het Witte Huis en het huis van de familie Vance in Philadelphia. Er was al een vreemd soort rouwproces op gang gekomen en het verspreidde zich over het land.

'Is het nu echt klaar?' vroeg Bree. 'Is het nu voorbij?'

'Ja,' zei ik, maar mijn gedachten waren meer bij Nana dan bij Teddy Vance. 'Voorbijer dan dit kan niet. Zeus is dood. Zoveel is zeker.'

EPILOOG

De feniks verrijst

HOOFDSTUK 115

De kerstdagen vlogen om dit jaar. Damon kwam thuis voor de kerstvakantie en tegen Oud en Nieuw was Nana weer fit genoeg om een feestmaal aan te richten voor het hele gezin, met wat hulp van haar vrienden. Het was een mooie manier om afscheid te nemen van het jaar – met zijn zessen, ook al zouden Ali en Nana twaalf uur waarschijnlijk niet halen.

Nieuwjaarsdag begon ook rustig. Ik luisterde met Nana naar een paar hoofdstukken van *A Free Life* van Ha Jin in haar kamer, maakte een brunch voor de kinderen en toen vroeg ik aan Bree of ze zin had om een eindje te gaan rijden.

'Een ritje de stad uit lijkt me heerlijk,' zei ze. 'Goed idee. Ik ga mee.'

Het was buiten iets onder het vriespunt, maar in de auto was het lekker warm. Ik stopte een cd van John Legend in de cd-speler, reed richting het noorden en we keken een uur lang hoe de wereld aan ons voorbij gleed.

Bree had helemaal niet in de gaten waar we heen gingen, totdat ik in Maryland van de 207 afging.

'O jeetje.'

'O jéétje?'

'Ja, je hebt me goed verstaan. O jeetje. Jeetje mekreetje. Ik ben gek op deze plek!'

Catoctin Mountain-park heeft voor ons allebei een sentimentele waarde. Het was de eerste plek waar Bree en ik samen naartoe gingen en daarna hebben we er een paar keer gekampeerd, met de kinderen en met zijn tweeën. Het is daar het hele jaar door prachtig – en gesloten op nieuwjaarsdag, bleek nu.

'Het geeft niks, Alex,' zei Bree. 'Het ritje hiernaartoe alleen al was prachtig.'

Ik stopte voor de grote stenen toegangspoort vlak bij de hoofdingang en zette de motor af.

'Laten we gaan wandelen. Wat zouden ze doen, ons arresteren?'

HOOFDSTUK 116

Een paar minuten later hadden Bree en ik het pad naar de Cunningham-watervallen helemaal voor onszelf, de rest van de middag zou het zo stil blijven. De sneeuw was vers, de lucht was blauw – een perfecte dag van Moeder Natuur.

'Heb jij nog goeie voornemens?' vroeg ik haar.

'Tuurlijk,' zei ze. 'Te hard werken, niet meer naar de sportschool en eten tot ik dik ben. En jij?'

'Ik ga stoppen met recyclen.'

'Goed idee.'

'En misschien iets minder tijd met de kinderen doorbrengen.'

'Zeker. Heel goed plan.'

'En ik wil kijken of ik er niet voor kan zorgen dat de vrouw van wie ik hou met me wil trouwen.'

Bree bleef abrupt staan – ik had niet anders durven hopen. Ik maakte gebruik van het moment en haalde de ring uit mijn zak.

'Deze is van Nana geweest,' zei ik. 'Zij wil ook graag dat jij hem krijgt.'

'O mijn god.' Bree glimlachte en schudde haar hoofd; ik kon niet helemaal peilen wat dat betekende. 'Alex, er is de laatste tijd zoveel gebeurd in je leven. Weet je zeker dat dit het goeie moment is voor jou?'

Als zij een andere vrouw was, had ik misschien gedacht dat

dit haar manier was om me vriendelijk af te wijzen. Maar dit was Bree en zij had geen maniertjes.

'Bree, herinner je je mijn verjaardag nog?' vroeg ik haar.

'Ja,' zei ze, een beetje beduusd. 'Toen alles begon. Alle ellende. Die avond hoorde je van Caroline.'

'En tot het moment dat het telefoontje van Davies kwam, was het de bedoeling geweest dat het de avond zou worden waarop ik je ten huwelijk zou vragen. En aangezien we dat moment niet terug kunnen halen, zou ik zeggen dat dit het perfecte moment is. Wil je met me trouwen, Bree. Ik hou zoveel van je dat ik er niet meer omheen kan.'

De wind trok aan en zij stak haar armen onder mijn jas om me te omarmen. We kusten langdurig. 'Ik hou ook van jou,' fluisterde Bree.

'Dus ja, Alex,' zei ze uiteindelijk. 'Ik hou ook heel veel van jou. Ik zeg ja tegen jou. En tegen jouw geweldige gezin...'

'Ons geweldige gezin,' zei ik en ik kuste haar nogmaals.

Ze knikte en drukte zich stevig tegen me aan om de kou buiten te houden. 'Ja, tegen alles.'

HOOFDSTUK 117

Die avond vierden we weer een feestje, met een maaltijd van de afhaalchinees dit keer, en daarna dronken we champagne met Sampson en Billie die langs waren gekomen om het grote nieuws te horen. Niemand kon blijer zijn dan ik, maar Sampson en Billie kwamen aardig in de buurt. Ik hoorde niet één grapje over hoe gek Bree wel niet moest zijn om met mij te trouwen.

Veel later, toen we in bed lagen – en met we bedoel ik alleen Bree en ik – en het al uitgebreid hadden over de bruiloft van van de zomer, ging ineens mijn mobiel af in mijn nachtkastje.

'Nee, nee, nee.' Ik trok een kussen over mijn hoofd. 'Dit is míjn goede voornemen. Geen telefoontjes meer. Nou ja, straks weer.'

We moesten allebei de volgende dag weer aan het werk – maar dat was pas over acht uur.

'Liefje...' Bree klom over me heen om de telefoon uit de la te pakken. 'Ik trouw met een politieagent. Politieagenten nemen hun telefoon op. Maak er niet zo'n punt van.' Ze gaf me mijn mobiel met een zoen en rolde toen weer terug.

'Alex Cross,' zei ik.

'Ik wil graag een van de eersten zijn die je feliciteert, Alex. Jou en Bree. Wat een mooi einde.'

Ik ging rechtop zitten. De stem was niet alleen maar bekend. Het was een ijskoude, regelrechte nachtmerrie.

De meeste mensen kenden Kyle Craig als het Meesterbrein.

Ik kende hem als een oude vriend die nu mijn ergste vijand was.

'Waarom bel je me eigenlijk, Kyle?'

'Ik verveel me, Alex. Niemand speelt met me zoals jij dat doet. Niemand kent me zo goed als jij. Het leek me een mooi moment om wat plezier te maken. Alleen wij tweetjes.'

'Ik geloof niet dat wij dezelfde definitie hanteren voor het woord "plezier",' zei ik.

Hij lachte zacht. 'Dat weet ik wel zeker. Trouwens, zelfs ik zie nog wel in dat je toe bent aan een korte pauze, na Zeus. Zie het als mijn huwelijkscadeau. Maar maak het je niet te gemakkelijk, makker. Niets is voor altijd. Maar dat wist je al, toch? De beste wensen ook voor Bree, voor Nana, en natuurlijk voor de kinderen. En Alex – proost, op het plezier.'